古龍武俠小說 領先時代半世紀

【記者賴素鈴／報導】江湖代有才人出，這廂古龍凋零二十載，那廂今朝懸賞百萬獎新秀，浪淘不盡，唯有武俠熱愛，不隨時間變易，在學術研討會上更見分明。以「一代鬼才：古龍與武俠小說」為主題，淡江大學第九屆文學與美學國際學術研討會昨起在國家圖書館，展開為期兩天的議程，紀念武俠小說家古龍逝世二十周年，新生代學者與古龍故舊齊聚一堂，以文論劍話武俠。

日前與淡大中文系教授林保淳共同發表《台灣武俠小說發展史》，武俠小說評論家葉洪生昨天在專題演講中，直批胡適1959年底發表「武俠小說下流論」是「胡說」，學界泰斗的不當發言以及隨即展開的「暴雨專案」，反而促成1960年起台灣武俠新秀的繁興，「武俠小說迷人的地方，恰恰在門道之上。」，葉洪生認定，武俠小說審美四原則在文筆、意構、雜學、原創性，他強調：「武俠小說，是一種『上流美』。」

集多年心血完成《台灣武俠小說發展史》，葉洪生認為他已為從十歲起迷上武俠小說的半世紀畫上完美句點，並且宣布他「以後決心退出武俠論壇，封劍退隱江湖」。

雖然葉洪生回顧武俠小說名家此起彼落，套太史公名言「固一世之雄也，而今安在哉？」，認為這是值得深思的嚴肅課題，昨天意外現身研討會而備受矚目的溫世仁，則為了紀念他意外身亡的哥哥溫世仁，推出第一屆「溫世仁武俠小說百萬大賞」，即日起至今年10月3日截止收件，經兩階段評選後於明年12月7日公布首獎得主，預料將會是一場武林新秀的龍虎爭霸戰。

看明日誰領風騷？風雲時代出版社發行人陳曉林眼中的古龍，其實領先他的時代半世紀，以致如今雖然古龍逝世20年，陳曉林認為大家對古龍的了解仍然有限，預言未來世代更能和古龍的後設風格共鳴。

昨天這場研討會，也凸顯武俠小說作為一項文學研究門類，仍有待開發學習空間。多位與會都指出，武俠小說的發表、出版方式和管道具考證難度，學術理論與論文格式的建立待加強。而武俠名家的版權之爭、市場競爭力，也增加出版推廣困難，古龍武俠小說的版權糾紛、司馬翎作品的版權官司也成為研討會的場外話題。

與 武俠小說

第九屆文學與美

古龍兄為人慷慨豪邁、跳蕩

自如，變化多端，文如其人，且緩多

奇氣，惜英年早逝，余與古兄書

生交好，且喜讀甚書，今驟不聞其

人，又無新作可讀，深自悲惜。

金庸

一九九六、十、十一香港

護花鈴（下）

古龍精品集 73

護花鈴（下）

二十	十九	十八	十七	十六
撲朔迷離	荒林女神	諸神島主	斷腸時節	笑傲生死
199	151	091	055	005

目・錄

廿一　奇遇奇逢……247

廿二　群奸授首……287

十六　笑傲生死

就在此時，遠遠本有幾條人影奔來，一聽嘯聲響起，便倏然頓住腳步，其中一人身材窈窕，秋波盈盈，正是郭玉霞。

她身側一左一右，兩個男子，一個是瀟瀟灑灑任風萍，一個是面容蒼白的石沉，身後四個老人，卻是江南七鷹中的兄弟。

郭玉霞柳眉一皺，道：「這會是誰，怎地……」

黑鷹堵住耳朵，顫聲道：「聽來像是昔年火焚『萬獸山莊』的風漫天，以絕頂內力化成的『破玉嘯』。」

郭玉霞秋波一轉，道：「風漫天，他難道還沒有死麼？」

任風萍道：「聞道那風漫天昔年曾以『破玉嘯』震懾萬獸，是以才會大破『萬獸山莊』，嘯聲一起，比佛家的『獅子吼』還具威力，今日聽來，也不過如此而已。」

郭玉霞媚笑道：「那不過是我們離得還遠而已。」輕輕一拉任風萍的腕子，道：「既然姓風的老怪在這裡，就算我們倒楣白來一趟也好了，快走為妙。」拉著任風萍，轉身而行。石沉目光瞬也不瞬地凝注在郭玉霞拉著任風萍的纖手，眉宇間亦不知是憤怒抑或是悲哀，但終於還是

垂首跟在郭玉霞身後，如飛掠去，去得有如來時一般迅快。

這七人來而復返，那邊的人自然全不知道，南宮夫人早已轉過頭去，不忍再看。嘯聲漸漸低弱，有如嘯聲般孃嫋，但卻另有一種奪人神志的威力。

嘯聲之中，慘嚎也變為呻吟，夾雜著一片野獸咀嚼之聲，南宮平只覺心頭熱血翻湧，再也忍受不得，他雖然明知這些二人俱是十惡不赦之徒，對於善良的人來說，他們甚至比狼豺虎豹還要惡毒。

但他畢竟是人，南宮平忍不住動了惻隱之心，仁心一起，嘯聲對他便全無作用，他如飛掠到鐵籠前，雙手揮動，將鐵籠一齊打開，一步竄到風漫天身前，大喝道：「罷手，罷手。」

風漫天目光一閃，亦不知是驚奇抑或是喜悅，嘯聲一頓，突地仰天長笑起來。

笑聲一起，亦有如洪鐘大呂，萬鼓齊鳴，不但有震人心弦之力，而且是驚天動地之威。

數十隻猛獅一聞笑聲，刹那間只見獅虎煞威，豺狼無力，有如遇到對頭剋星一般，連當前的血肉都顧不得了。

鐵籠中還有二十餘個僥倖未死，掙扎至今的漢子，一聽這笑聲，卻有如當頭棒喝，一齊震醒，連滾帶爬地逃了出來。鐵大竿右臂已被齊根咬去，趙雄圖滿身血跡淋漓，亦不知傷了多少處，胡振人卻早已屍骨破碎，飽了獅吻。

刹那間所有的人俱都連滾帶爬地逃得乾乾淨淨，杜小玉暗道一聲：「僥倖。」也無聲無息地走了。

風漫天鐵杖一點，身形飛掠，只聽一連串鐵杖點地的「叮叮」聲響，他隨手在野獸身上一斫，夾頭一把抓起，便將之拋入箱內，片刻間竟將數十隻獅虎狼豹一齊制住，一齊拋入箱內，那百十條毒蛇，也像是蚯蚓一般地爬回箱子裡，大地間又恢復了平靜，若不是地上一遍血肉狼藉，誰也看不出這裡方才已發生過一幕令人不忍卒睹的人間慘劇。

風漫天仰天笑道：「你們飽餐了一頓惡人的血肉，又可乖乖給我蹲上數十天了。」

南宮平道：「這便是你飼獸的方法麼？」

風漫天笑道：「以惡徒來飼猛獸，豈非是天地間最合理之事？牛羊狗馬是畜類，卻遠比這類惡徒可憐得多，何況他們是自己送上門來的。」

南宮平木立半晌，只覺無可對，但目中卻已有瑩瑩淚光泛起。

魯遷仙吐出一口長氣，尋著酒葫蘆，痛飲了幾口，長嘆道：「我當真未曾想到你箱子裡裝的竟是這些東西，只奇怪這些猛獸藏在箱子裡竟會如此服貼，我若非眼見，怎能相信？」

風漫天笑道：「此事說來，並無奇處，我制住這些猛獸的手法，正如武林高手點人穴道一般，野獸雖然不似人類有固定穴道，但周身血液循環，卻和人類一樣有固定系統，你只要算準時間，看準部位，在牠血液流經之處一斫，使牠血液立時凝住，便是再兇狠的野獸，一樣也可被你制住。」

南宮常恕道：「如此說來，這手法豈非如『排教』中的『下手』一樣？」要知「下手」一法，雖與「點穴」之道有異曲同工之妙，其實手法卻是大不相同！

風漫天撫掌道：「這正與排教中之『下手』一樣，只是當今江湖上，懂得此法的人已不太多了。」他們在這裡談論著武林傳言中說來比「點穴」更加玄妙的「下手」之法，南宮平卻充耳不聞，心中只在暗自思忖，如何埋葬鐵籠裡的殘屍斷體，如何收拾這一片血腥，只聽身後輕輕一嘆，南宮夫人道：「我來幫你。」他雖然一言未發，但南宮夫人卻已看出了他的心意，當下眾人便在山林中掘了一個大坑，將殘屍斷肢全都埋了下去，堆起一個高高的土墳，直到日後此事在江湖中傳說開來，武林中人便將此地喚作「惡人塚」。

半個時辰過後，馬群才漸漸恢復常態，但數百匹健馬，卻已被嚇死大半，車馬再復前行，人人俱都不再說話，心頭俱是十分沉重，會時越來越短，別時越來越近，二日後到了三門灣，極目遠眺，已可見到那一片湛藍的海水。

天水相連，碧波盪漾，南宮平初次見到大海，精神不覺一振，將兩日前積鬱心頭的悶氣，全部一掃而空，中華自唐代以來，海運已開，這三門灣一地，正是浙幫、皖幫、徽幫商人出口貿易的必經之路，是以市面倒也十分繁盛，只是街道上行走的人群，大多都帶著幾分粗獷之氣，連微風吹到身上，都似乎帶著些鹹味。

黃昏一過，街上便充滿了短衣赤足，敞胸露臂的船伕、漁翁，身上的海水猶未全乾，髮猶自帶著海水的鹽粒，便三五成群，出來買醉，他們衣衫雖襤褸，囊中雖羞澀，但面上的笑容，卻甚是開朗，久被大海薰洗的漢子，心胸自然開闊得多。

南宮平只覺這城市的風味與人物俱是這般新奇，不禁留在店門外，不忍遽入，但方自流連

半晌，便已聽得南宮夫人的呼喚之聲。

風漫天腸胃中除酒之外，彷彿便別無他物，才一坐定，又喝將起來，一斤落肚，他突地自懷中取出一條長長的紙單，展在桌上，紙單上字跡零亂，大小不一，有的寫得風緻透逸，有的寫得鐵劃銀勾，有的寫得力透紙背，有的卻寫得有如幼童塗鴉，有的是柳體，有的是顏體，有的是王草，有的是魏隸，有的卻是孩童體，有的卻是誰也認不出是什麼體來。

開頭一行寫的是「汞一百斤，鉛三百斤」，接著是「綿線一百斤，精鐵一千斤」，還寫著一些零零碎碎千奇百怪之物，卻原來是張貨單，卻又俱非日用之物，最後一節，開的貨物竟是「猛虎、雄獅雌雄各一頭，毒蛇一百二十條，狼、豹雌雄各兩頭。」眾人心中不覺大是奇怪，不知道那百十年來一直被武林中人視為聖地的「諸神殿」，要這些東西作甚？

南宮平目光一掃，看到最後一行，寫的竟是「惡人十名」四字，心頭不禁又是一跳，脫口道：「惡人難道也算貨物麼，要來有何用處，你卻又要到哪裡買去？」

風漫天微微一笑，道：「你慢慢自然就會知道的。」笑容之間，隱含神秘，神秘之中，卻又帶著一些悲哀，南宮平猜不透他表情中的含義，卻也沒有再問，風漫天飽餐一頓，便去採購，卻也不見他帶有貨物回來。

到了晚間，風漫天擺上一桌極為豐盛的酒菜，開懷暢飲，高談闊論，談的俱是些風花雪月，以及他生平得意之事，他口才極佳，說的當真令人忘倦，俱都忘了問他何時啟程，自何處啟程，他也絕口不提有關「分手」之事。

不知不覺間，更漏已殘，風漫天突地端起酒壺，為南宮常恕等四人各斟滿一杯，舉杯說道：「長亭十里，終有一別，天下無不散的筵席，風漫天再至江南，能見到各位如此光霽月的朋友，實是高興得很，只是聚日不多，別時已至，飲完了這一杯送別之酒，風某便該去了。」

眾人只當他貨物尚未辦齊，在這裡總該還有數日勾留，聞言不覺一震。

南宮夫人顫聲道：「如此匆忙做什麼，風大俠如不嫌棄，請再多留幾日，待我為風大俠再整治一些酒菜……」

魯遷仙道：「正是正是，人生聚散無常，你我一別，不知何時再能相見，何不留在這裡，再痛飲幾杯孔雀開屏？」

風漫天微笑不答，舉杯道：「請、請。」眾人對望一眼，仰首一飲而盡。

南宮夫人目光深深凝注著南宮平，道：「風大俠好歹也要等過了今日再走，今夜我好好做幾樣菜……」突覺頭腦一陣暈眩，一句話竟然也說不下去！

剎那間人人都覺眼花撩亂，天旋地轉，面上的杯、盤、碗、筷都像是風車一樣的旋轉起來，南宮夫人心念一動，呼道：「平……兒……」站起身子，往南宮平走去。

風漫天仰天長笑道：「人生本如黃粱一夢，生生死死，聚聚散散，等閒事耳，各位俱是達人，怎地也有這許多兒女俗態，咄……」

「咄」字方自出口，只聽一陣杯盞跌倒聲，眾人竟都倒了下去。

南宮平只覺眼重心眩，再也支持不住，模模糊糊，矇矇矓矓間，他只看見他慈母的憂鬱悲哀的眼波，像十月的秋水一樣……終於，他的靈魂與肉身，都深深地墮入無邊的黑暗，有如死亡一般的黑暗！

莫非「諸神殿」只是存在死亡中而已！

莫非世上根本就沒有「諸神殿」一地？

諸神殿，這虛無縹緲的神秘之地，莫非只是聰明人用來欺騙世上愚人的一個騙局？

南宮平迷迷糊糊間到了一個島嶼，只見遍地俱是瑤花瓊草，奇珍異果，閃亮的黃金，眩目的珠寶，滿滿鋪了一地，他踐踏著，就正如人們在踐踏泥土一樣，綿羊與猛虎，共臥在一株梧桐樹下，樹上棲臥著一對美麗的鳳凰，梧桐的葉子，卻是整塊的翠玉。

遠處有一座高大的宮殿，白玉為階，黃金作柱，金樑玉瓦建成的殿背，高聳入雲，幾與天齊，來往的人群，也都是仙風道骨，不帶半分火氣，他恍恍惚惚地信步前行，突地見到他父母雙親也雜在人群中行走，大喜之下，狂奔而去。

哪知腳步竟忽然不能動彈，彷彿突然被人點住穴道，他又驚又急，苦苦掙扎，剎那間只見到所有的珍寶花果都變作了惡臭垃圾，往來的人群也都化為了毒蛇猛獸，梅吟雪、葉曼青、王素素、龍飛，以及他的父母雙親，都被數十條毒蛇緊緊纏住，毒蛇的眼睛，卻忽然都變成郭玉霞含笑的秋波……

他用盡全身之力，大喝一聲，奮然躍起……張開眼來，眼前卻只有一盞孤燈，散發著柔和的光輝，四下水聲潺潺，他舉手一掠，滿頭冷汗，汗透重衣，才知道方才只不過是一場噩夢。

轉目望處，四壁蕭然，只有一床、一几、雙椅，高處有一扇小小的窗戶，窗外群星閃爍，他才突然發覺，他已置身海上。

原來他已睡了一天一夜，他定了定神，掙扎站起，只覺地面不住搖晃，再聽到四下的流水聲，他才突然發覺，他已置身海上。

就在方才昏睡之間，他已遠離了紅塵，遠離了親人，遠離了他生長的地方，所有他熟悉與他深愛著的人們，此刻已與他遠隔千里之外，而且時間每過一分，他和他們也就更遠離一分。

一念至此，他只覺心胸欲裂，不禁悲從中來，突地重復坐下，熱淚奪眶而出，難道他的生命真的從此便不再屬於他自己了麼，那豈非等於生命便從此結束？但父母師門之恩，俱都未報，紅塵中他還要去做的事，更不知尚有多少？

也不知過了多久，他突地伸手一抹淚痕，奮然長身而起，自語道：「我還要回去的，我還要回去的……」

突聽門外朗聲一笑，風漫天推門而入，道：「你還要回去麼？」

南宮平挺胸道：「正是！」

風漫天笑聲一頓，長嘆道：「好、好，你有此志氣也好！」他手持巨壺，腳步蹌踉，酒意更濃。

南宮平雖然有許多話想要問他，但見他如此神情，只得住口，過了半晌，海風突盛，強勁

的風聲，在船外呼嘯而過，海行更急，也卻更加搖晃。

但只有獨腿的風漫天，在搖晃的船板上，卻走得平平穩穩，他搬來許多酒食，與南宮平對坐而飲，轉瞬間天光已亮，南宮平只聽四下漸漸有了嘈雜的腳步與人語聲，不時還夾著獅虎的吼聲。

一線陽光，穿窗而入，風漫天突地長身而起，道：「隨我來！」

兩人一齊出了船艙，南宮平一眼望去，只見海天極處，金光粼粼，四下天水相接，金光波影，景色當真壯觀已極，但船板上卻是說不出的齷齪零亂，四下滿堆著箱籠雜物，後桅邊卻放著一排鐵籠，籠中的獅虎豺狼，俱已自箱中放了出來，一見生人，便不住怒吼劇躍，張牙舞爪。

一個消瘦而沉默的漢子，敞著衣襟，立在後梢掌舵，另一個矮小臃腫的漢子，穿著一身油膩的衣衫，滿頭癩瘡，立在他身邊嘻嘻醜笑。

南宮平一見此人，心中便有說不出的厭惡，漁人船伕，雖然窮困，但大多俱是明朗而潔淨的，此人卻是既齷齪，又猥瑣，笑聲更是刺耳難聞，忍不住問道：「此人是誰？」

風漫天道：「伙夫。」

南宮平呆了一呆，想到今後自己要吃的飯菜，竟是此人所做，胸口已不覺起了一陣噁心，皺眉道：「怎麼尋來如此人物？」

看來順眼得多。

這海船製造甚是堅固，只有一根船桅，確是難見的大船，此刻船帆俱都張起，便連後檣也已縱帆，都被海風漲滿，藍天碧海，萬里無雲，南宮平初次來過這種海上生活，不兩日便已漸漸將胸中的不快忘去，反而充滿新奇之感，只恨不得早日到達目的，完成責任，那時用盡千方百計，也要重回江南。

船上船伕，大多形容古怪，面色陰沉，一個個不住以奇怪的目光，窺伺著南宮平，有如野獸窺伺獵物一般，完全不似海上常見的船伕，南宮平心中不覺暗中起了警惕，但風漫天卻似滿不在意。

他每日清晨，陽光初昇之際，都要站到船頭，撮口長嘯一番，直震得海天都掀起波瀾，除此之外，便是終日坐在艙中飲酒，而且言語越來越少，有時甚至終日不發一言。

他不但自己飲酒，而且每餐每飯，都要強勸南宮平喝上幾杯他那葫蘆裡的烈酒，南宮平每次見到那癩子端來菜飯時，心頭都覺得十分難受，不喝幾杯烈酒，當真是食難下嚥。

那癩子廚師當真齷齪已極，連臉都未曾洗過一次，幸好船上清水甚是珍貴，他菜又燒得極好，雖然人人厭惡於他，卻還可容忍，他終日唯有癡癡呆笑，更似乎仁麼事都不放在心上，每見到南宮平時，都咧嘴的一笑，使得南宮平一聽他的笑聲，就趕緊將目光轉過一邊。

船行數日，舉目四望，仍是海天茫茫，見不到一片陸地。

南宮平忍不住問道：「不遠了麼？」

風漫天卻只是冷冷回答：「到了你自會知道！」

船行越久，他臉色就越陰沉，酒也喝得越多，這自是大違常情之事，只因無論是誰，離家漸近，心裡總是該高興的。

這一日風浪甚大，南宮平多喝了幾杯，想起親人，心頭不覺甚是煩悶，悄悄出了艙門，走到船頭，只見天上星群影入海中，天水相映，幾乎令人分不出哪裡是天，哪裡是海。

他心神方覺一暢，突聽甲板上傳來一聲癡笑，接著船板一陣輕響。

南宮平實是不願見到此人，眉頭一皺，身形閃動，輕輕掠至船艙旁的陰影中，只見兩個船伕夾著那癲子伙夫躍上船面，南宮平本待閃身入艙，見到這三人行跡彷彿十分鬼祟，心念一轉，手掌一搭，全身隱沒在船艙邊的短簷下。

只見那兩個船伕，一個身形枯瘦，身材靈便，名叫「金松」，另一人卻是陰沉的舵手「趙振東」，這兩人船上生涯俱都十分精到，在船伕中彷彿甚有權威，是以南宮平都認得。

金松一上船面，四望一眼，輕輕道：「缺點子！」

趙振東冷冷道：「你再去四面踩踩盤子，掌舵的不是併肩子！」

他兩人出口竟是江湖黑話，南宮平不禁更是疑雲大起。

要知「缺點子」便是無人之意，「踩盤子」乃是探查，「併肩子」便是「朋友」，這幾句話綠林豪強最是常用，南宮平雖非老江湖卻也懂得。

金松果然展動身形，四下探查了一番，身形輕捷靈便，輕巧竟似極有根基，嗖地自南宮

平身側掠過，搖頭道：「沒有動靜，只有掌舵的那廝還在艙那邊，而且伏在舵上，似已睡著了！」

趙振東微一頷首，將那癩子廚師拉到一堆貨物下，那癩子跌跌撞撞，笑也笑不出來了，趙振東面色一沉，嗖地自靴裡拔出了一柄解腕尖刀，在癩子面前一晃，陰惻惻笑道：「你要死要活？」

那癩子駭得縮成一團，結結巴巴地說道：「自……自然要活！」

趙振東道：「要活就得聽老子們的話，老實告訴你，老子們都是殺人不眨眼的人物，你只要是在海面上混的，大概就聽過老子們的名字，老子就是『舟山海豹幫』的『海豹』趙老大！」

那癩子不由一愣，苦著臉道：「大……大王有何……吩咐小人都聽話。」他一駭之下，話更說不清了。

趙振東冷冷一笑，道：「諒你也不敢不聽！」自懷中取出一個紙包，接道：「明天給我漂漂亮亮地做了一鍋海帶雞湯，把這個一半下在湯裡，一半混在飯裡！」

那癩子顫聲道：「雞湯裡不用放胡椒鹽的！」

趙振東笑罵道：「呆子，這不是胡椒，告訴你這就是殺人的毒藥，無論是誰，吃下半點，立刻七竅流血而死，你記著千萬不要將它放入口裡，事成之後，老子們發了財，少不得也要分你一點，但你若走漏一點消息，老子們就要把你大卸八塊，拋下海裡餵魚，知道了麼？」

那癲子點頭如搗蒜，連聲應了，金松輕輕一笑，道：「小弟這幾日暗地觀察，這一票油水就足夠我兄弟快樂半輩子，只是不但那跛子跟那怪物有些扎手，那個漂漂亮亮的小白臉，手底下也有兩下子。」

趙振東冷「哼」一聲，道：「你當汪治，孫超，連那邊掌舵的那死臉子李老三是好人麼？

我看這三人混上船來，也沒有安著好心，八成也是黑道上的朋友，只是他們既然不是咱弟兄一路，明日索性連他們也做翻了算了！」

這兩人輕言細語，直聽得南宮平暗中心驚，心中暗道：「僥倖，天教我無意中窺破他們的陰謀，否則豈非要著了他們道兒。」

心念轉動間，突聽左面一聲衣袂帶風之聲「嗖」地劃過。

南宮平心頭一驚，只見一條黑影人影一掠而來，冷冷道：「趙老大你好狠心，連我兄弟你也要一齊做翻餵魚麼？」

趙振東面色大變，翻身躍起，掌中緊握尖刀，輕叱道：「誰？」

黑影中緩步走出一人，死眉死眼，長腳大手，面上不帶半分表情，正是被趙振東暗中喚做「死臉子」的李老三。

趙振東、金松如臨大敵，虎視眈眈，李老三神情卻仍是呆呆板板，緩步走了過去，道：

「癲皮狗，快把毒藥拿出來。」

那癲子縮在箱籠間，當真有幾分像是癲皮狗，趙振東叱道：「你先把命拿來！」刀光一

閃，便要撲上前去。

李老三道：「且慢動手，要知我令你們交出毒藥，並無惡意，那跛子是何等角色，豈是一包毒藥就可以解決得了的，若是被他發覺，豈非打草驚蛇，壞了大事，快把毒藥拋入海裡，我自然另有好計來對付他們。」

趙振東果然停下腳步，但口中仍在發狠，道：「你是什麼玩意，我『海豹』老大要聽你老人家怎……」

李老三冷冷道：「你不認得我麼？我就是……」突然湊到趙振東耳邊，輕輕說了幾個字。

趙振東面色大變，身子一震，「噹」地一聲，連掌中的尖刀都落到地上，顫聲道：「你……你的！」

李老三道：「不要多話，快回到艙裡睡覺，時候到了，我自會通知你，你『海豹幫』顯然辛苦了一趟，我也不會虧待你們。」

趙振東道：「是，是……」拉起金松就走。

那癩子畏縮地跟在後面，「李老三」突然一把抓起他臂膀，厲聲道：「好大膽的殺胚，你當太爺沒有看出你是什麼變的麼！拿命來！」右掌一揚，立掌如刀，刷地一掌，向癩子天靈直劈而下！

南宮平心中大奇：「難道這癩子也是個角色？」

那癩子卻早已駭得癱在地上，只見「李老三」一掌已將震破他頭頂天靈，他卻仍然動也不

動，哪知「李老三」掌勢突地一頓，只是在癩子肩頭輕輕一拍，道：「不要怕，我只是試試你的，去吧！」

他無論做什麼事，面上都絲毫不動聲色，話一說完，轉身回到舵邊，那癩子爬起來爬下艙板，目光卻在有心無意之間，望了望南宮平隱身的短簑。

南宮平不禁又是一驚，只聽船艙上一隻老鼠跑過，他方才只當那癩子發現他行藏，哪知那癩子只不過是看到了老鼠而已。

南宮平啞然一笑，見到四下再無人影，輕輕掠下，一手拉開船艙之門，方待閃身而入……

哪知他目光一抬，黑暗中竟赫然有一雙發亮的眼睛，瞬也不瞬地緊盯著他，彷彿早已隱在船艙門後，等著他進來似的。

南宮平一驚之下，雙掌一錯，護胸防身，只見面前的不過只是那怪物「七哥」而已。

「七哥」咧開闊口，露出那一排森森白牙，朝他一笑，便轉身走開，腳步間真當沒有一絲聲音。

南宮平又驚又奇，忖道：「難道這怪物也聽到了方才那些話麼？怎地他卻不動聲色！」大步走入，找著風漫天，只見他仍在燈下喝酒，他從不睡覺，也不吃飯，老天生下他來，彷彿只是為了喝酒似的。

他頭也不回，緩緩道：「還沒有睡麼？可是要喝兩杯？」

南宮平沉聲道：「前輩若再喝酒，以後只怕永遠喝不成了！」

風漫天朗聲一笑，道：「世上竟真會有能令老夫喝不成酒的事麼？如此說來，我倒當真要聽上一聽！」話說完，又滿滿喝了一口。

南宮平道：「前輩可知道船上的船伕，全是殺人越貨的海盜麼？」他一口氣將方才所見所聞全都說了出來。

哪知風漫天卻全然不動聲色，南宮平皺著眉道：「晚輩雖也未將這些惡賊放在心上，但既已知道他們的陰謀，好歹也該有所舉動……」

風漫天哈哈一笑，道：「你當我不知道麼！自他們踏上此船那一刻開始，我便知道這些人裡全無一個好人，只有那癩子癡癡呆呆，並非他們一路，是以我才要癩子來做伙夫，但我猶自放心不下，早已在酒中下了可解百毒之藥，是以我每餐都要你喝上幾杯，至於他們若要動武，哈哈，那便是他們死期到了，你看我終日飲酒，當我真的醉了？」

南宮平暗嘆一聲，道：「前輩之能，當真非人能及……」

風漫天大笑截口道：「我不過年老成精，看得較清楚而已，你若是到了我這樣的年紀，便知道世上的陰謀詭計俱都可笑得很，只是……那李老三看來倒是個角色，卻不知道他是什麼變的……」

南宮平道：「此人必定大有來歷，但在前輩你的面前，只怕他也難施展了！」他此刻對風漫天已由心中欽服，絕非故意奉承。

風漫天大笑道：「不管他有什麼來歷，他要姓趙的那廝不要在酒菜中下毒，倒是聰明得

很，無論是多高明的迷藥，無論他下在何物之中，老夫若是看他不出，便算枉活這七八十年了！」

南宮平道：「前輩難道不準備揭破他們的陰謀麼？」

風漫天道：「我每日長嘯，便是為了要唬住他們，否則他們只怕早已動手了，若是揭破陰謀，殺了他們，還有什麼人來做船上的苦工？」他仰天一笑，道：「這幫惡人遇著老夫，只怕是合當倒楣了。」

南宮平心中突地一動，懍然道：「前輩貨單上最後一項，難道便要以他們充數麼？」

風漫天笑道：「正是，我早知會有人自動送上門來，是以絕不費心去找，到了地頭……到了地頭……」笑聲突地一頓，又痛飲起來。

南宮平暗嘆一聲，只覺這老人既是可敬，又是可怕，目光轉處，只見他雙眉突地緊緊皺在一處，心中竟似甚是憂悶，一杯接一杯，不住痛飲，忽又回過頭來，道：「老夫生平唯有一件憾事，你可知道那是什麼事麼？」

南宮平搖頭道：「不知。」

風漫天「啪」地一聲，將掌中巨觥，重重放到桌上，長嘆道：「老夫生平憾事，便是飲酒不醉，便是終日不斷的喝，仍是清清楚楚，當真可悲可嘆。」

南宮平大奇道：「千杯不醉，是為海量，乃是人人慕羨之事，有什麼可悲可嘆？」

風漫天道：「常言道：『一醉解千愁』，世上飲酒，十之八九，多是為了消愁解憂，古往

今來，聖賢豪傑，英雄詩人，有幾個逃得開這個『酒』字，便是爲了人人心中俱有煩悶之事，

『何以解憂，唯有杜康！』那曹阿瞞雖是大奸巨惡，這句話卻是說得對的，那謫仙詩人李太白

說得更妙，『勸君更進一杯酒，與爾同消萬古愁！』哈哈，萬古愁，哈哈，好一個萬古愁！這

三字一個字便值得喝上一杯！」

他拿起巨觥，連盡三杯，方自接口道：「世人飲酒，俱是爲了消愁，量淺之人喝上一點，

便能將憂愁混然忘卻，豈非大妙，海量之人，久飲不醉，既費金錢，又耗時間，已是大大不

幸，若似老夫這般，永遠喝它不醉，更是不幸中之最最不幸了，豈非可悲可嘆之事！」

這一番言論，南宮平真是聞所未聞，不禁大笑道：「話雖如此說法，但老前輩一生英雄，

名滿天下，晚來更能隱於武林中人心目中的天堂樂土『諸神之殿』，可說是福壽雙全，卻又爲

了什麼定要以酒消愁？」

風漫天呆呆地愣了半晌，喃喃道：「諸神之殿，諸神之殿……」突地揮手苦笑嘆道：「我

已有酒爲伴，你去睡吧！」

南宮平直到入睡以前，心裡還在奇怪，不知道風漫天爲何如此愁苦，第二日他上到船面，

只見趙振東、金松、以及「李老三」等人仍是照常做事，他自然也裝作糊塗，但心中卻又不禁

爲這些人的命運悲嘆。要知他生長大富之家，幼有才子之名，長有英雄之譽，可說是個天之驕

子，是以悲天憫人之心，便分外濃厚。

風漫天索性連日來的長嘯都免卻了，酒喝得更兇，南宮平見他精神似乎日漸萎頹，心頭憂

鬱日漸沉重，就正如那籠中的獅虎一樣。

要知海上食物清水最是珍貴，自無足夠的飲食供給獅虎，再加以浪大船搖，獅虎豺狼雖是陸上之雄，到了海上，卻也不慣，幾日下來，這一群猛獸早已被折磨得無精打采，威風盡失，就連吼聲聽來俱是有氣無力。

南宮平看看風漫天，看看這一群猛獸，不禁為之嘆息。

四面仍是海天茫茫，連船舶的影子都看不到，入海自已極深了，李老三面如死水，坐在船邊，拿了根釣竿釣起魚來，到了黃昏，風漫天拿著葫蘆上了船板，倚在船桅上看他釣魚，似乎看得津津有味。

南宮平笑道：「大海中釣魚，可釣得著麼？」

風漫天道：「只要有餌拋下水去，多少總會有一兩條魚來上鉤的！」

話聲未了，「李老三」釣竿一揚，果然釣上一條魚來，滿身細鱗，微帶紅色。

風漫天嘆道：「這條魚正是海中最稱美味的『紅魚』，下酒最是佳妙，只可惜沒有令堂那樣的妙手烹調而已。」

提到南宮夫人，南宮平神色不禁一陣黯然，但瞬即展顏笑道：「在下的手藝，卻也不差哩。」

風漫天大喜道：「真的麼？」

南宮平笑道：「自是真的！」他為了要為這老人暫解愁緒，竟真的拿過那尾鮮魚下艙做起

菜來。

要知「烹飪」一道，其中亦有極深的功夫，極大的學問，火候、刀法、作料，有一樣差錯一點，味道就大不相同，但南宮平天資絕頂，不但詩詞書畫，一學便精，就連做菜，竟也無師自通，風漫天興高采烈，看他做菜，那癩子也一直在旁癡癡呆笑。

片刻間便已做好，一條魚端將出來，果然是色、香、味俱全，風漫天早已等不及了，一面喝酒，一面吃魚，還未回到船艙，便已將魚吃了大半，眼見一盤子裡只剩下半段魚尾，一個魚頭，方自訕訕笑道：「你做的菜，你也要吃上一點！」

南宮平含笑夾起一段魚尾，慢慢咀嚼，他看到這老人的笑容，心裡也甚是開心，風漫天回頭一望，只見那怪物「七哥」也站在旁邊咧嘴而笑，彷彿甚是羨慕，便含笑道：「你想吃麼？魚頭拿去！」

那怪物「七哥」拿起魚頭，整個拋入口裡，竟連皮帶骨地大嚼起來，當真有如野獸一般，南宮平見了他的吃相，不禁暗中皺眉。

風漫天哈哈笑道：「好，好，有其母必有其子，想不到你居然也燒得一手——」語聲、笑聲，突地一齊頓住，他語聲本自越說越響，有如紙鳶越放越高，此刻笑聲突頓，有如紙鳶被人一刀斬斷長線，又被狂風呼地捲走。

只見他雙目圓睜，面色漸漸變青，突地狂吼一聲：「不好！」呼地一掌，五指箕張，筆直向南宮平抓來！

南宮平驚愕之下，全然呆住，哪知風漫天一掌抓來，竟是劈手奪過了南宮平手中猶未完全吃淨的半段魚骨，厲喝道：「好畜牲，老夫竟上了你的當了！」喝聲淒厲，目皆皆張，手掌一揚，魚骨「刷」地飛出，向立在船艙邊，手中猶自拿著釣竿的「李老三」擊去。只聽一縷尖風，破空而至！「李老三」陰陰一笑，掠開數尺。

「奪」地一聲，魚骨全都嵌入艙板裡，風漫天大喝道：「魚中有毒！快動手將這般惡徒全都殺淨！」鐵栩一點，飛身而起。

「七哥」仰天長嘯一聲，當真有如惡虎兇狼一般，十指箕張，抓向「海豹幫」中的一條漢子，那漢子早已被這一聲狂嘯駭倒，竟然不知躲閃，被他一把抓住，十隻手指，全都插入胸骨之中，半聲慘嗥未盡，已自氣絕身死。

「七哥」隨手一抖，將那人的心肝五臟都掏出，竟放到口中大嚼起來，只見他目閃兇光，滿面鮮血，口中咀嚼有聲，怪笑著撲向另一條漢子。

那漢子早已心裂膽寒，不敢回手，撒腿就跑，哪知，七哥一聲怪笑還未笑完，突然兩眼一翻，仰天跌倒，滿口的鮮血，沿著嘴角流了出來。

南宮平一掌擊斃了一條大漢，與「金松」交手方自一招，亦覺頭腦暈眩，不能支持，心中暗道一聲：「罷了！」他不願落到這一群惡賊手中，身形一展，便要投海自絕！

哪知趙震東卻突地一把拉住了他的腰帶，獰笑道：「你想死得這麼舒服麼？真是做夢。」

竟一把將他拉了回來，但他卻已不省人事了！

那邊風漫天身形如風，撲向「李老三」，「李老三」見了他如此神情，如此武功，亦是暗暗心驚，不敢招架，閃身而退，口中卻冷笑道：「老匹夫，你還不倒下！」他身形雖快，風漫天更快得不可思議，巨掌一撈，閃電般抓住了「李老三」的衣衫。

「李老三」大驚之下，全力前衝，只聽「嘶」地一聲，衣衫撕作兩半，「李老三」心膽皆喪，頭也不回「噗」地跳下海去。

風漫天霍然轉身，鐵枴一點，便已到了一條彪形大漢身前，這人漢身材極為魁梧，面容更是兇惡，在賊黨中有「大力鬼」之稱，此刻還妄想招架一陣，哪知風漫天伸手一抓，便已將他龐大的身子舉了起來，隨手向外拋去，摔在船板之上，這大漢厲吼一聲，天靈碎裂，腦漿直濺出五尺開外。

風漫天身形不停，撲向「金松」，他自知已中迷毒，便想將船上的惡賊全都殺淨，哪知他中毒已深，所中的迷藥，又是異品，縱然功力通神，卻也支持不住，只覺目眩神迷，眼前「金松」的人影，由一變二，由二變四，剎那間竟似變成了無數條人影，在他身旁飛來舞去。

他自知再也無法支持，一代英雄，竟落於小人之手，他不禁狂吼一聲：「恨煞我也！」揮手拋出了孨下的鐵枴，便翻身跌倒，這最後一擊，他不但用盡全身之力，便連胸中的悲憤之氣，也隨之發出，這力道是何等驚人！

只見一條鐵枴，生生自他前胸穿入，後胸穿出，勢力未歇，餘力猶勁，「奪」地一聲穿入艙

只聽一陣狂風呼嘯而來，金松呆呆地愕在當地，竟不知閃避，原來他早已被嚇破了苦膽，

板，竟將「金松」生生釘在艙板之上。

這一切發生俱在剎那之間，船板上僥倖未死的人，一個個早已駭得膽破心寒，呆如木雞，雙掌一捏，掌心俱是冷汗。

留在甲板下廚艙中的癲子，聽到甲板上的響動、慘呼，連忙爬上甲板。

但這時南宮平、風漫天與那怪物「七哥」俱已昏倒在地，只有那「八哥」在船桅上飛來飛去，咕咕叫道：「笑話，笑話……」突然一頭撞在船桅上，沿著船桅，跌落下來，只有海風依然，船行依然，彷彿什麼事都沒有發生過似的。

「李老三」水淋淋地自海中爬了上來，目光一掃，淡淡道：「還好還好，只死了四個！」

揮手道：「快拋入海裡」，將甲板上洗乾淨，明日清晨我要好好款待這三條畜牲。」

經歷了這許多變故，他面上還是聲色不動，俯身在南宮平、風漫天，以及那怪物「七哥」身上，各個點了三處大穴，心裡卻還是不放心，又以油浸的麻繩、藥製的牛筋，將他們綁得緊緊的，方自入艙更衣。趙振東等人早已對他佩服得五體投地，遵命收拾甲板，看來他方才在魚餌上下了極烈的迷藥，那條魚吃了魚餌，便已滿含迷毒，風漫天一時大意，只當自己眼見他自海上釣的魚，又是南宮平親手做的，更加以「李老三」本是極力攔阻別人下毒的人，這條魚想必萬萬不會有毒，便放心吃得乾乾淨淨。

哪知道這條萬萬不會有毒的魚裡，下的卻是天下無藥可解的迷魂毒粉，等到風漫天自知中毒，再想以內力逼出的時候，已自來不及了，這一代英雄竟被人有如粽子似的綑在甲板上。

直過了一個對時，星月昇起落下，天光又復大亮，「李老三」睡足了覺，更衣而出，令人在他們身上淋了三桶海水，方自悠悠醒來。

南宮平只覺一陣陽光刺目，一陣笑聲刺耳，悚然醒來。

只聽「李老三」冷冷笑道：「我三十六條計謀，只不過施出一計，你們便已著了我的道兒，倒教我失望得很。」口裡雖說失望，但語聲中卻滿是得意。

南宮平張眼望去，只見自己與風漫天以及那怪物「七哥」，俱都是被縛在一隻鐵籠的欄杆上，除了眼睛之外，全身上下不但絲毫不能動彈，而且麻木得失去知覺。

甲板上早已洗得乾乾淨淨，像是一條魚肚朝天的巨鯨，浸浴在海上明亮的陽光下，甲板上的人，卻像是一群春天的蚱蜢，不住在各處跳來跳去，興奮得片刻都無法安靜，趙振東雖然立在船尾掌舵，但目光也不住地朝這邊的箱籠打量。

「李老三」手裡可多了一條長長的鞭子，他一揚鞭梢，筆直地指到風漫天的鼻子上，冷笑道：「風漫天，你還有什麼話說，聽說你武功之高，一時無兩，但此刻你卻也只好任憑我宰割。」

李老三道：「我等這機會已等了數十年了，今日你終於落到我的手中，我若是叫你舒舒服服地死去，實在有些對不起你。」他語聲本是沙啞低沉，但說到最後兩句，突地變得異常尖

風漫天雖已醒來，但始終未曾張開眼來，此刻突地冷「哼」一聲，緩緩道：「老夫早已活得夠了，你要剁要割，任憑尊意。」

銳。

風漫天雙目一張，容顏慘變，道：「你……你，竟然是你！」

「李老三」仰天笑道：「好好，你終於認出了我，只是，卻已太遲了！」隨手一鞭揮出，長長的鞭梢，呼嘯著自風漫天身側揮過。

南宮平只聽身後一聲虎吼，原來他身後的鐵籠裡竟關著一隻猛虎。

那猛虎似乎正待躍起，但被「李老三」隨手一鞭，打得再也不敢動彈，伏耳貼在地上，有如遇著對頭剋星一般。

南宮平聽到這「李老三」的語聲，見到他的伏虎之能，心頭一動，突地想起一個人來，駭然道：「得意夫人！」

「李老三」哈哈笑道：「好好，連你也認出了我。」一面說話一面背過身去，話聲一了，他霍然轉回身來，一個面目蠟黃，死眉死眼的「李老三」，便突地變成了年華雖去，但風姿猶存的「得意夫人」！

南宮平暗嘆一聲，忖道：「難怪她面目陰沉，被人喚做『死臉子』，難怪她能在鮮魚腹中下毒，又有伏虎之能，原來她竟是『得意夫人』易容而成，我今日既已落到此人手裡……唉！」閉上眼睛，再也不發一言，因為他知道在「得意夫人」面前，說什麼話都是多餘的，一心唯有等死而已。

得意夫人走到風漫天面前，伸手在他面上輕輕一摸，輕笑道：「風老頭子，我想你想了這

麼多年，今日我打算要怎樣對付你，你可猜得出麼？」

她手腕一轉，掌中便已多了一個小小的絲囊，接口道：「你可知道我這囊中裝的是什麼？」風漫天已闔起眼睛，閉口不語。

「得意夫人」眼波一轉，咯咯笑道：「我這絲囊中裝的是天下至淫的媚藥，任何人只要嗅上一點，立刻就慾火上衝，你可要嗅上一點！」

她易容時雖是「死臉子」，但此刻每說一句話，面上卻有千百種表情，當真是風情萬種，蕩意撩人，趙振東遠遠望來，竟看得癡了。

風漫天容顏已是慘變，但仍閉目不語，得意夫人拈起絲囊，蕩笑著又道：「來，聞聞看，香不香，你嗅過之後，卻又全身不能動彈，那種滋味一定舒服得很，保險比世上任何事都要舒服幾倍……」

南宮平心頭一寒，這種令人聞所未聞的酷刑，當真比世上任何刑罰都要殘酷數倍，他忍不住張眼望去。

只見得意夫人手裡的絲囊已離風漫天鼻子越來越近，風漫天雙目緊閉，滿頭俱是冷汗，這稱雄一世的老英雄，此刻縱然用盡全力，卻也無法將自己的鼻子移動半寸。

突聽身後一聲驚呼，那猛虎被驚得一聲怒吼，將得意夫人的絲囊震得斜斜飛起一些。

得意夫人雙眉一皺，倏然轉身，只見那癩子睜大眼睛望著她，結結巴巴地說道：「你……你老人家怎麼變成了女的？」

得意夫人秋波一轉，突然嬌笑道：「你看我生得漂亮麼？」

那癩子不住點頭道：「漂……漂亮！」

得意夫人笑道：「居然你也分得出別人漂亮不漂亮，好，快去給我做幾樣好吃的菜，我就讓你多看幾眼！」

那癩子咧開大嘴，連連癡笑，雀躍著爬回艙下去了，得意夫人伸手一撫鬢髮，輕輕笑道：

「風老頭子，你看連他都知道我……」

秋波轉處，突地發現她身側一條大漢，目光赤紅，野獸般望著她，脫口道：「你幹什麼？」

那大漢身子微微顫抖，滿臉漲得通紅，突地雙臂一張，抱起了得意夫人的身子，大聲道：

「求求你，求求你，我……我受不了……」

原來方才絲囊被虎吼一震，囊中的藥粉也震出一些，竟被這大漢順風吸了進去，此刻正已被藥性所迷，慾火焚身，不能自禁。

得意夫人再也想不到他敢抱起自己，一時不防，竟被這漢子兩條鐵一般的手臂抱在懷裡，只覺這漢子渾身淫燙，充滿了熱力，心神竟也不禁隨之一蕩，她本就生性奇淫，此刻不怒反笑，咯咯笑道：「死人……」竟被那大漢和身壓到地上。

趙振東目光一凜，刷地掠了過來，翻腕拔出一把匕首，嗖地一刀，直刺入那大漢的背脊上，厲聲道：「你敢對夫人無禮！」

那大漢厲吼一聲，翻身死去，得意夫人滿面紅暈，站了起來，道：「誰要你殺死他的？」

趙振東呆了呆，得意夫人輕笑道：「噢，我知道了，你是在吃醋！」笑語盈盈中，突地反手一掌將趙振東打在地上滾了兩滾。

得意夫人笑聲頓住，目光冷冷一掃，她已在甲板上所有的漢子面上各各望了一眼，厲聲道：「你們只要好生聽話，我誰也不會虧待你們，但是誰也不能吃醋，知道了麼？」走到趙振東面前，緩緩伸出手掌。

趙振東面色慘變，卻不敢閃避。

哪知她竟在他面上輕撫了一下，突又笑道：「將那廝屍體拋下海去，好生去掌舵，知道了麼？」

趙振東如蒙大赦，唯唯去了！

南宮平將這一切看在眼裡，心裡不禁深深嘆息一聲，落在這種女人手裡，當真是生不如死。

只見那癩子已捧著一面托盤，自艙底鑽了出來，托盤上六碗菜餚，果真做得十分精美，濃烈的香氣，飄盪在海風之間。

得意夫人道：「今日菜飯就開在甲板上，我要一面吃飯，一面來看風老頭子的把戲。」

那幾條大漢如奉綸音，立時間便擺好桌椅，得意夫人端起一杯酒，舉到風漫天的面前，道：「香麼？」又端起一盤菜，在南宮平等三人面前晃了一晃。

那怪物「七哥」白牙森森，眼中幾已冒出火來。

得意夫人將絲囊一搖，笑道：「不要怕，我此刻已變了主意，我要你們先受一受飢渴的折磨，然後再來嚐那慾火焚身的滋味。」揮手道：「把舵且暫先縛在舷上，你們都來喝我的慶功之酒。」

此刻船上除了南宮平三人外，已只剩下七人，合將過來，恰好坐滿一桌，只是這些「海豹幫」的漢子平日雖然兇酷，但見到「得意夫人」這樣的人物，哪裡還敢落坐，但目光偶一觸及得意夫人的眼波，卻又不禁心旌搖搖，不能自主。

海天遙瀾，一碧萬里，臨風飲酒，本可說是人生一大樂事，何況，得意夫人此刻竟將自己平生唯一的強仇大敵制住，心裡更是樂不可支，舉杯笑道：「風漫天呀風漫天，想當年你火焚『萬獸山莊』，趕得我無家可歸，是何等的威風，兩月前在『南宮山莊』，你三言兩語，便險些害得我一命喪身，又是何等的煞氣，但今日你的威風煞氣，又在哪裡？想來我得意夫人，生平還是得意的事多，失意的事少哩！」她一面得意而言，三杯酒已入喉，雙頰間隱現紅暈，秋波中更是水光漾漾。

「海豹幫」那些吃大塊肉，大碗喝酒的朋友，更是早已醉意醺然，畏懼之心被酒意一沖，便沖去了七分，行止之間，自就放肆起來。

那癩子爬上爬下，端菜取酒，雖然累得氣喘咻咻，一雙眼睛，卻忘不了不時死盯得意夫人兩眼。

此時此景，此時此刻，南宮平心中當真是萬念交集，亦不知是該痛哭一場，還是該狂笑幾聲。突見得意夫人一掠鬢髮，緩步走到他身前，上下打量他幾眼，嬌笑道：「小弟弟，你今年有多大了？」

南宮平切齒不語，得意夫人笑道：「年紀輕輕地死了，豈非可惜得很，你若是肯乖乖地來聽姐姐的話，說不定……」突聽一陣「叮噹」亂響，杯盤碗盞，俱都傾倒，那七條漢子，竟也都跌倒在地上，有如醉死了一般。

得意夫人眼皮一轉，笑道：「好沒用的東西，三杯酒就醉倒了……」

言猶未了，突地變色道：「不好！」嗖地一步，掠到那癩子身側，纖掌如電，疾地刁住了那癩子的手腕。

那癩子道：「什……什麼事？」

得意夫人厲聲道：「好大膽的奴才，你竟敢在酒中下毒，快將解藥拿出，否則……」那癩子突地仰天一笑，道：「你終於也發覺了麼？只是，卻已太遲了！」

南宮平、風漫天齊地精神一振。

這正是得意夫人自己方才說出的話，她此刻自己聽了，亦是容顏慘變。

只聽那癩子笑道：「這本是你們給我的藥，我再拿來給你們吃，豈非天經地義之事？」

狂笑聲中，「得意夫人」的身子已倒在地上！

那癩子咯咯笑道：「得意夫人，你得意的時候，未免也太短了些。」但言行舉止，仍是癡

癡呆呆，瞳瞳矇矇。

南宮平暗嘆忖道：「當真是人不可貌相，海水不可斗量，想不到這樣一條猥瑣的漢子，卻有如此機智，但除了如此癡呆的漢子之外，又有誰能將那麼精明的『得意夫人』騙得過？」

為何聰明人常會上呆子的當？為何呆子若要騙人，總是特別容易？只因人們若是太過聰明，別人見了他便要加意提防，但人們見了呆子，自然便不會再有防範之心。

南宮平此刻的心念，正是本著這個道理。

那癲子蹣跚的走過來，為南宮平等三人解開了繩索，但南宮平等穴道被點，仍是動彈不得。

風漫天道：「大恩不敢言謝，但望閣下再為在下等解開穴道。」言語間十分恭謹。

那癲子卻癡癡笑道：「什麼穴道？」

風漫天長嘆一聲，道：「閣下既是真人不露相，在下也無法相強！」

南宮平忖道：「此人雖有一顆正直俠義之心，又偶然騙過了得意夫人，但終卻不過只是個俗子而已，風漫天怎地定要說他是個高人？」

只聽風漫天仔仔細細，將解救穴道的方法說了出來，那癲子伏在南宮平身上，依樣畫葫蘆，風漫天說一句，他便做一樣，但饒是這樣，他還是多費了許多冤枉手腳，累得氣喘咻咻。

南宮平只覺一陣陣酸臭之氣，撲鼻而來，實是令人不可忍受，那一雙手掌，更是滿藏油垢，他平生所見的髒人雖然不多，但此人卻可算是第一，穴道一解，不由自主地，一掌將之推

開。

那癩子蹌踉後退幾步，撲地坐到艙板上。

風漫天面色一沉，道：「你嫌他髒麼？若沒有他這樣的髒人，你這樣的聰明人早已餵了魚了。」

那癩子連連陪笑道：「小的本來就髒，怨不得公子嫌棄。」

南宮平方才那一掌本非有意推出，此刻心裡更大是羞愧，一面解開了風漫天的穴道，一面趕緊去扶起那癩子。

那癩子惶聲道：「不敢當不敢當，莫要弄髒了公子的手。」

南宮平心裡又是難受，又是慚愧。

風漫天也不理他，大聲道：「我風漫天一生未曾向人下跪，但今日……」忽然跪到地上，向那癩子下拜。

那癩子驚惶之下，也拜了下去。

風漫天道：「我拜的不是閣下救了我的性命，而是拜閣下使我不至羞辱而死！」

那癩子結結巴巴卻說不出話來。

南宮平一生之中，心裡從未有此刻這般慚愧，只因他一生之中，委實也未曾做過有背良心之事，當下亦自期期艾艾，感激了一番。

那癩子連聲：「不敢。」

那怪物「七哥」卻提起了一條大漢的雙足，拖向船舷。

南宮平道：「你要做什麼？」

「七哥」道：「拋下海裡餵魚。」

南宮平道：「這又何苦，他們雖然……」

風漫天冷冷道：「你對仇人倒仁慈得很，只可惜對恩人卻……哼哼。」冷哼兩聲，轉首望向別處。

那癩子瞧了南宮平一眼，結巴著道：「殺了他們我也覺有些不忍，不如將他們放在船上的救命小船裡，任憑他們在海上飄流，等他們藥性醒了，是活是死，就全都靠他們的運氣了，這樣豈非好些？」

風漫天嘆道：「閣下既有此意，自是好的。」他雖然本該將他們帶回島上，但此刻卻絕口不提，於是三人一齊放下了小船。

那癩子更跑上跑下，搬來許多食物清水放在小船中。海流激盪，大船與小船片刻間就離得很遠，漸漸小船就只剩下一點黑影，漸漸連點黑影也完全消失，誰也不知道這七男一女在這無情的大海上將會發生什麼事？

自此風漫天再也不要那癩子下入伙艙，他自己面色雖越來越是陰沉，心情雖越來越壞，但對那癩子卻越來越是尊敬。

他三人被制後，得意夫人便命轉舵回航，此刻走的又是回頭路，南宮平想來想去，也發現

這癩子實有許多異處，又忍不住問道：「在下不敢，請問一句，不知閣下的高姓大名？」

那癩子癡笑道：「小人的名字哪裡見得了人，但公子你的名字小人卻早已聽過，只因小人認得一人是公子的朋友。」

南宮平大喜道：「真的麼？」

那癩子遙望著海天深處，目光忽然一陣波動，緩緩道：「那人个但是公子的朋友，而且還是公子極好的朋友。」

南宮平喜道：「閣下莫非是認得我的龍大哥麼？」

那癩子道：「不是！」

南宮平道：「那麼必定是石四哥了！」

那癩子道：「也不是！」

南宮平道：「那麼就是司馬老鏢頭？……魯三叔……」他一心想知道這癩子的來歷，當下便將與自己略有交情的新知故友，一齊說了出來。

那癩子連搖頭，南宮平心念一動：「莫非是女的。」脫口將郭玉霞，王素素，甚至連葉曼青的名字都說了出來。

那癩子仍是不住搖頭，但目光卻始終望向別處。

南宮平暗中忖道：「我大嫂生性風流，言語親切，最善交際，王素素最是溫柔，從來不會給人難堪，葉曼青雖是驕傲，但是她倜儻不群，為女子而有丈夫之氣，她們雖然都是女子，但

都還有結交此人的可能。」

他黯然一嘆，又忖道：「除了這些人外，只有梅吟雪是我相知的人，但是她天性最是冷漠，又最喜歡乾淨，想她在棺中幽困十年，若換了別人，早已狼狽不堪了，但她自棺中出來時，一身衣服，卻仍是潔白如雲，可稱得上是天下最最喜歡乾淨的人了，此人就算真的是位風塵異人，她也絕不會和他說一句話的，此人若不是風塵異人，我又怎能在個凡夫俗子面前輕易說起她的名字？」

那癩子呆呆地望著遠方，黯然良久，方自緩緩道：「除了這些人外，公子就沒有別的朋友了麼？」

「梅吟雪」這三個字在南宮平心目中，永遠是最最珍貴，也埋藏得最深，隱密得最密的名字，他心念數轉，道：「在下猜不出來。」

那癩子呆呆地望著遠方，黯然良久，方自緩緩道：「除了這些人外，公子就沒有別的朋友了麼？」

南宮平沉吟道：「沒⋯⋯有⋯⋯了。」

那癩子又自呆了許久，突地癡笑道：「我知道了，想來那個人不過是想冒充公子的朋友罷了。」手抓帆繩，站了起來，走到舵邊，垂下頭，去看海裡的波浪。

掌舵的風漫天，回頭看了南宮平一眼，似乎想說什麼，哪知那癩子突地驚呼一聲：「不好了！」

風漫天驚道：「什麼事不好了？」

那癩子一手指著船艙，風漫天俯身望了一眼，面上神情亦為之大變，原來船艙離開海面，

已只剩下了三尺。

南宮平大駭道：「這船難道漸漸在往下沉麼？」

風漫天閉口不答，單足一點，龐大的身軀，呼地一聲，掠下船艙，他鐵枴雖然已被拋入水中，但行動卻仍極是輕捷。

南宮平隨後跟了過去，到了下艙，兩人面面相覷，顏色俱都變得慘白，原來艙門縫間，已汩汩地沁出海水，門裡水聲淙淙，兩人相顧失色之間，艙門已被海水沖開，一股碧綠的海水，激湧而出，這貯放食物貨品的大艙，竟早已浸滿海水，滿艙的貨物，隨之而出。

水勢急烈，霎眼間便已漲至南宮平腹下！

風漫天大喝道：「退。」

兩人一齊躍上甲板，攀在船桅上的「七哥」，也有如猿猴般猱下。

那癩子惶聲道：「怎樣了？」

風漫天沉聲道：「船艙下有了裂口，海水已湧入艙中，大約再過半個時辰，這條船便要沉沒了。」

那癩子茫然半晌，突地頓足道：「難怪，那得意夫人未露行藏前，每日都要到艙裡去一次，想來必定早已在艙裡和隱秘之處，弄了一個裂口，每日去堵上一次，她毒計若是成功，便將那裂口補好，毒計若是不成，就落得大家同歸於盡，而此刻裂口上所堵之物，已被海水沖開，我們卻都不知道。」

南宮平恨聲道：「好狠毒的婦人，難怪她自稱有三十六條毒計了，此刻我們可有什麼補救之道？」

風漫天冷冷道：「除了棄船，還有什麼別的方法？」

那癩子黯然嘆道：「我若不提議將那救生小船，唉……我……我……」

風漫天仰天笑道：「我等性命，本是閣下所救，閣下嘆息什麼，生死由命，富貴在天，死又算得了什麼，只是我終於還是死在那得意夫人手裡，到了黃泉路上，還要看她得意，卻實是難以甘心。」

南宮平轉身道：「我且去看看，能不能……」

風漫天道：「還看什麼？食物清水，俱已被水所浸，你我縱然能飄在海上，也要被活活餓死！渴死！」南宮平呆了一呆，頓住腳步。

那癩子突地輕輕嘆道：「風老前輩，你當真有視死如歸的豪氣。」

風漫天狂笑道：「我早已活得不耐煩了，豈是當真有視死如歸的豪氣？七哥，你且去艙下的海水中找一找有無未曾開罈的酒，未死之前，我總要好好的痛飲一場，也算不虛此生。」

那怪物「七哥」腦海中生似完全沒有生死的觀念，果真下去尋上兩罈酒來，道：「只剩兩罈，別的都沖碎了！」

風漫天拍開罈蓋，立即痛飲起來，船越沉越快，那些獅虎猛獸，雖然久已氣息奄奄，但此刻似也本能地覺出死亡的危機，在籠中咆哮起來，風漫天端坐在艙板中央，眼望著連天的海

水，對著罎口，仰天痛飲。

南宮平一面飲酒，一面卻突然嘆息了一聲。

風漫天道：「你嘆息什麼？反正你到了諸神殿上，亦是生不如死，此刻死了，反倒痛快得多。」

南宮平一時也沒有體察出他言下之意，朗聲道：「晚輩雖不才，卻也不是貪生惜命之輩，只是突然想起一個人來，是以忍不住嘆息，他人若是在這條船上，得意夫人的毒計就未必得逞了。」

那癲子眼睛突然一亮，道：「那人是誰？」

南宮平緩緩搖了搖頭，緩緩道：「梅……」

那癲子身軀一震，脫口道：「梅吟雪。」

南宮平變色道：「你認得她？」

那癲子卻不答話，顫聲道：「此時此刻，你怎會想起她來？……唉，我何曾忘記過她。」轉目望去，突見那癲子全身不住顫抖，有如風中寒葉一般，目中亦是淚光盈盈。

南宮平黯然嘆道：「我怎會想起她來？」

南宮平奇道：「閣下怎地……」

那癲子顫聲道：「我聽了你這句話，就是死了，也……」

那怪物「七哥」深深吸了口氣，嗅了嗅海風，突地大喜道：「陸地，陸地……」

風漫天雙眉一揚，道：「什麼事？」

那癲子道：「前面便是陸地。」

風漫天頓住語聲，改口道：「你怎會知道前面便是陸地？」

那癲子嘆道：「人類雖是萬物之靈，但嗅覺卻遠不及獸類靈敏，你看那些獅虎野獸此刻的神情也大不相同，你知道這些野獸也從海風中嗅出了陸地的氣息。」

那癲子詫聲道：「但是他……」

風漫天黯然一笑，道：「你問我他怎會自風中嗅出陸地的氣味是麼？這個……你不久就會知道了。」闔上眼睛，再也不發一言。

那怪物「七哥」爬上船桅，看了一看，又滑了下來，找了個鐵桶，躍下船艙，船舷離水，此刻只剩下一尺多了。

他三人竟在死亡中突地發現了生機，這本是大大可喜可賀之事，但南宮平、風漫天以及那癲子面上卻竟然全無半分喜色。

南宮平更是滿心狐疑，忍不住問道：「你聽了我那句話，便是死了，也怎樣？」

那癲子呆了半晌，木然道：「便是死了，也覺得你可笑、可憐、可惜得很。」

南宮平失望地嘆息了一聲，出神許久，又忍不住問道：「怎會可惜得很？」

那癲子長身而起，走到船頭，道：「我方才聽你說起你朋友的名字，俱都是武林中聲名響亮的俠士，就連葉曼青、王素素她們，也都是溫柔美麗的女子，但梅吟雪麼……哼哼，她心腸

冷酷，聲名又劣，加上年齡比你大了許多，你臨死前偏偏想起她來，豈非可笑、可憐、可惜得很。」

南宮平面色大變，坐在地上，一言不發地連喝了幾口酒，突地緩緩站了起來，緩緩走到那癩子身後，緩緩道：「無論你說什麼，我都知道她是世上最最多情，最最溫柔，最最偉大的女孩子，她為要救別人，要保護別人，不惜自己受苦難，受侮辱，她縱然聲名不好，她年紀縱然比我大上許多，但她只要能讓我跪在她腳下，我已完全心滿意足。」

那癩子身子震了一震，沒有回過頭來。

南宮平目中一片深情，凝注著那癩子瘡痕斑斑，骯髒醜怪的頭頂，緩緩道：「她是個最愛乾淨的人，但為了我卻不惜忍受污穢，她是個驕傲的人，但為了我卻不惜忍受屈辱，她雖然對我千種柔情，萬種體貼，但在我生存的時候都不告訴我，只是獨自忍受著痛苦，只是有一次在我將死的時候，才露出了一些，這不過是為了……為了……」話未說完，已是熱淚盈眶。

那癩子雙肩抽動，晶瑩的淚珠，簌簌地流過他那醜惡骯髒的面頰。

南宮平伸手一抹面上淚痕，突地悲嘶著道：「吟雪，你為什麼還要瞞住我，難道你為我犧牲得還不夠多……還不夠多麼……」

那癩子突地慘然呼道：「平……」反身撲到南宮平懷裡。

南宮平緊緊抱著她的身子，親著她頭上癩瘡，再也看不到她的醜怪，嗅不到她的髒臭，因為他已知道這最髒、最醜、最臭的癩子，就是那最真、最香、最美的梅吟雪。

梅吟雪緊抱著南宮平的身子，悲泣著道：「我再也不離開你了，從此以後，世上任何事我都不再放在心上，我就是又老又醜，就是別人口裡的淫婦，毒婦，也要死跟著你，不管你討不討厭我。」

南宮平滿面淚痕，道：「我討厭你，我討厭你，我討厭你，你為什麼不早些告訴我，你為什麼要獨自受苦？」

梅吟雪道：「你不知道有多少次我想撕開我外表那討厭的假裝，告訴你我一直是在你身邊的，無論到天涯到海角……」

風漫天仍然端坐不動，頭也未回，但在這冷漠的老人緊緊閉著的眼簾中，卻也已流出了兩行淚珠。

他縱然鐵石心腸，卻也不禁被這其深如海的至情所動，突聽「轟」然一聲，船身驀地一震，甲板上的酒罈，卻都震得跳了起來，濺得滿地俱是酒汁，原來船已擱淺，而距離那滿佈著尖岩與黃沙的海岸，也已不及三十丈了——船裡的海水，卻仍未浸上甲板。

久別重逢的喜悅，誤會冰釋的喜悅，再加以死裡逃生的喜悅，終是比深邃真誠的愛情中必有的那一份憂愁痛濃烈得多。

南宮平、梅吟雪雙手互握，涉著海水，上了那無名而又無人的荒島。

風漫天看到這兩小的柔情蜜意，心中只覺又是歡喜甜蜜，又是悲哀痛苦，蒼天為什麼總是將濃烈真摯的愛情，安排在磨難重重，艱苦憂慮的生命中？難道平凡的生活，就不會培養出不

平凡的愛情麼？

梅吟雪剝開了籠罩在她頭上的易容藥，露出了她那雖然稍覺憔悴，卻更添清麗的面容，這無人的荒島上，便像是盛開起一朵純白秀絕的仙桂幽蘭。

只見海上碧波盪漾，島上木葉青蔥，湛藍的蒼穹，沒有片雲，更像是一顆透明的寶石一樣，天地間滿充著美麗的生機，柔情密意，花香鳥語，死亡、陰謀、毒殺……人間這一切醜惡的事，都像是已離他們很遠了。

一株高高的椰子樹下，他們在傾訴著彼此的相思。

另一株高高的椰子樹下，風漫天卻在啜飲著僅存的苦酒，一陣潮水漲起，將那艘三桅船沖上了海灘，甲板上的獸群，驟然見著陸地，便似又恢復了威風，各各在籠中咆哮不已。

那怪物「七哥」不知在何處尋來許多野果，又拾來一些椰子，但開殼一看，裡面的水汁卻已將乾了，原來還是去年留下的。

梅吟雪斜倚在長長的樹幹上，口裡嚼著一枚果子，輕笑道：「若是我們能永遠在這裡，我真不想回去了，只可惜這艘船可以補的，船補好了，唉……」

海濤拍岸，配著她夢一般的語聲，當真有如音樂一般……

南宮平嘆息道：「誰想回去……」

突見梅吟雪面色驟然一變，驚呼道：「不好！」翻身一掠，向風漫天奔去。

南宮平心頭一震，這兩日來他連聽兩次「不好」，一次是中了迷毒，一次是坐船將沉，兩

次俱是險死還生，兩次都是十分僥倖才能逃離險境，此刻他第三次又聽到這「不好」兩字，實是心驚膽戰，驚問一聲：「什麼事？」人也隨之掠去。

梅吟雪一把拉住了「七哥」，惶聲問道：「你方才那兩罈酒是在何處尋得的？」

「七哥」瞪著一雙野獸般的眼睛，瞬也不瞬地望著她，一言不發。

風漫天道：「梅姑娘向你問話，正一如老夫向你問話一樣。」

那怪物「七哥」眼睛翻了兩翻，道：「艙裡海水沖激，水罈和酒罈都撞破了，只有那兩罈酒，是另外放在一處高架上的。」他費了許多力氣，才將這句話說完。

梅吟雪呆了一呆，恨聲道：「好狠的得意夫人！」

風漫天面容木然，緩緩道：「我早已覺察出了，但我唯願你們在臨死前這短短一段時期裡，活得愉快一些，是以不忍說出來。」

南宮平茫然問道：「什麼事？難道那兩罈酒裡，也下了毒麼？」

梅吟雪黯然點了點頭，道：「正是，那得意夫人算定船將沉時，風老前輩必定要尋酒來飲，她生怕大海還淹不死我們，便早已在這兩罈酒裡下了劇毒，唉……我怎地這樣糊塗，一時竟沒有想到她所用的毒計，俱是連環而來的，一計不成，還有二計……」她語聲微頓，突然大聲道：「風老前輩，得意夫人所施的迷藥，雖然無法可解，但毒藥與迷藥的藥性卻是大不相同……」

南宮平忍不住道：「有何不同？」

梅吟雪道：「她所施的迷人神智為主，藥性乃是行走於神經大腦之間，而且散佈極速，便是有通天的內力，也無法可施，但這毒藥的毒性，卻是穿行胃腑，內服的毒性，雖比外傷的毒性厲害十倍，但內功若是到了風老前輩這樣的火候，十之八九，可以內力將毒性逼出，

風老前輩，你卻連試都未曾試上一試，這是為了什麼？」

風漫天垂目道：「老夫一個人活在這荒島上，又有何意思？還不如陪你們一齊死了，大家在黃泉路上，也落得熱鬧些。」

梅吟雪呆了半晌，悽然一笑。

南宮平笑道：「我這條命本該早已死過許多次了，此刻不過是撿回來的，老天讓我多活一段時候，讓我見著了你，讓我們還能痛痛快快享受這幾個時辰，我還有什麼不滿意的？」

他仰天一笑，又道：「何況，人生在世，若是堂堂正正地活了一生，又有風老前輩這樣的英雄，和你這樣的女子陪著一齊去死，當真是可慶可幸之事，我南宮平夫復何求？」

風漫天張目望了他一眼，森嚴的目光中，第一次有了慈祥的笑意，喃喃道：「好好……」

梅吟雪垂下眼簾，偎向他身邊，死亡雖已將至，但他們卻毫無畏懼，反而面含微笑，攜手迎接死亡！

死亡！你雖是千古來最最最可怖之事，但你有什麼值得驕傲之處！

椰子樹的陰影，靜靜地籠罩在他們身上，也不知過了多久，風漫天突地一拍大腿，大聲道：「你們還等什麼？」

南宮平、梅吟雪微微一呆，風漫天道：「你倆人彼此相愛之深，可說老夫生平僅見，既是同命鴛鴦，還不快些三同結連理？」

南宮平道：「但……」

風漫天大聲道：「但什麼！此時此刻，父母之命，媒妁而言，一概可以免了，待老夫強作媒人，讓你們臨死前結爲夫妻。」

風漫天大奇道：「什麼事，難道你不願意？」

南宮平、梅吟雪眼波交流，對望一眼，梅吟雪雖然豁達，此刻也不禁羞澀地垂下頭去，眼波一轉，面上突地現出幽怨之色，咬一咬牙，轉身大步走了開去。

梅吟雪頭也不回，道：「正是，我不願意。」

南宮平大驚道：「妳……妳……」

風漫天心念一轉，忖道：「是了，梅吟雪年齡比南宮平大了許少，在武林中聲名又不甚好，是以她暗中不免有了自卑之感，心裡雖早已千肯萬肯，但一提婚事，卻又不免觸及了她的隱痛。」

這睿智的老人心念一轉，便已將她這種患得患失的矛盾到了極處的心情分析出來，當下冷笑一聲，道：「梅姑娘，我先前只當你是個聰明的女子，哪知你卻笨到極處，此時此刻，你竟然還想到這些！」

梅吟雪頓住腳步，卻仍未回過頭來。

風漫天道：「你如此做法，難道真要與南宮平含恨而終，在羞辱痛苦中死去麼？」

梅吟雪雙手捂面，放聲痛哭起來，突地回身撲到南宮平身上，哭泣道：「我願意嫁給你，只要你願意，我願意生生世世做你的妻子。」

南宮平顫聲道：「我……我當然願意……」語聲未了，喜極而涕。

風漫天哈哈一笑，道：「兩個傻孩子……」一手一個，將南宮平、梅吟雪兩人強拉著跪了下來，接口道：「大喜的日子，還哭什麼，皇天后土為證，天地君親為證，今日我風漫天作主，令南宮平、梅吟雪兩人結為夫妻，生生世世，不得分離。」

他早已站起，此刻又換了個地方，大聲道：「新郎官，新娘子行三拜禮，一拜天地，二拜鬼神，三拜父母……」忽然又移到南宮平、梅吟雪兩人的身前，大笑道：「第四拜還要拜一拜我這個媒人。」

他一身竟兼了主婚，媒人，司禮三職，南宮平、梅吟雪忍不住「噗哧」一聲，笑了出聲來，他兩人面上淚痕未乾，笑容又起，亦不知是哭是笑。

要知這兩人的婚事，在在為世俗難容，若不是兩人一齊來到這荒島，若不是有風漫天這樣的磊落英雄強作媒人，他兩人縱然彼此相愛，卻再也不能結為夫妻，只是此刻聚時已少，他兩人的毒性已將發作，思想起來，又不禁令人傷感。

風漫天哈哈一笑，道：「大禮已成，新郎倌新娘子，便該入洞房了。」

梅吟雪面頰一紅，垂下頭去。

風漫天大笑道：「新娘子還怕羞麼？」

這老人興致勃勃，將南宮平、梅吟雪兩人拉起，指著一對高高的椰子樹道：「這便是你兩人的龍鳳花燭，雖嫌太大了些，但卻威風得多，洞房裡……」以手敲額，喃喃道：「洞房在哪裡，噢，有了有了，那船上的船艙反正未被海水浸濕，就權充你兩人的洞房好了！」

那怪物「七哥」一直嘻著大嘴在旁觀望，此刻突然笑道：「等一等。」

眾人都不知道他要做什麼，只見他尋了一柄斧頭，將船底的漏水處砍得更大了些，船中的海水，便自艙內流了出來，他又在船上拆下些木板，尋了些釘子，那艘船本已斜斜擱在海灘上，不一會艙中的海水全都流出，「七哥」便用木板將那船艙的破洞補好，大笑道：「我們陪新人一齊上船，黃昏漲潮時這艘船便又可回到海上，我們一齊死在海上，總要比死在這荒島上好多了。」

風漫天含笑道：「近年來你果然聰明得多了……你們這對新人，還不快入洞房！」

南宮平、梅吟雪，兩人雙手緊握，互相偎依，心裡既充滿了柔情蜜意，也充滿了悲怨淒涼。

風漫天眼望著這一雙佳偶，心中又何嘗不在暗暗嘆息，忖道：「這兩人男才女貌，當真是天成佳侶，今日良辰美景，我能眼見他兩人結成連理，本當是天大的喜事，怎奈會短離長，最多再過五、六個時辰，毒性便要發作了。」

「會短離長，會短離長……」他心中反反覆覆，只在咀嚼著這短短的四個字裡那長長的悲

哀滋味，但卻始終未曾說出口來，口中反而連聲大笑著道：「今日萬事大吉，只可惜少了兩杯喜酒。」

他拉著南宮平、梅吟雪兩人走到船上，送到艙門，笑道：「洞房花燭夜，金榜題名時，兩位切莫辜負了春宵，快些進去……」說到最後一句，他已將兩人推了進去，「砰」地一聲，關上了艙門，面上的笑容，也隨著艙門一齊關了進去。

他手扶艙門，瞑目低語：「別了，別了……」只因他知道這艙門一關，彼此就永無再見之期。他黯然嘆息一聲，踱了開去，他要獨自去迎接死亡，他本是孤獨地來，此刻又孤獨地去，只是他絢爛的一生，卻永將在人間流傳佳話。在這剎那之間，他才真的蒼老了起來。

他對「七哥」招了招手，道：「你過來……」

哪知他話猶未了，艙門又開，南宮平、梅吟雪攜手走了出來。

風漫天瞪起眼睛，大聲道：「你倆人新婚夫妻，不入洞房，出來作甚？」

梅吟雪嫣然一笑，「出來陪你！」

風漫天道：「誰要你們來陪，快去快去……」南宮平、梅吟雪一言不發，緩緩在他身邊坐了下來。

黃昏已臨，海潮漲起，「七哥」揚帆握舵，一艘船果然緩緩向大海中盪了出去……

十七　斷腸時節

絢爛的晚霞，片刻間便灑滿了西方的天畔，海面上便也盪起了千萬片多采的波浪，卻又被一面孤帆片片撞碎，一隻海鷗，沖天飛起，衝入了海天深處，像是人們的青春一般，一去不再回頭。

彩霞、黃昏、青天、大海、鷗影、孤帆，天地間充滿了畫意，南宮平、梅吟雪，以及那磊落的老人風漫天，共坐在甲板上，默默地面對著這一幅圖畫，他們間的言語已越來越少，像是生怕那輕輕的語聲，會擊碎天地間的寧靜。

南宮平、梅吟雪，緊緊依偎在一齊，也不知過了多久，突見那怪物「七哥」長身而起，走到風漫天身前，恭恭敬敬地叩了三個頭。

風漫天慘然一笑，道：「你要先去了麼？」

「七哥」道：「我要先去了！」

風漫天道：「好好，這……」

四人中「七哥」武功最弱，是以毒性也發作最快，只見他一躍而起，向南宮平、梅吟雪含笑點頭，雙眉一震，縱飛而起，反手一掌，擊在自己天靈蓋上，人已掠入海中，他臨死前全身

肌肉，已起了陣陣痙攣，面上的顏色，已變成一片紫黑，牙關也已咬出血來。

南宮平、梅吟雪，雙手握得更緊，他們知道這是「七哥」為了不能忍受毒發時的痛苦，是以早些自尋解脫，其實他倆人心中又何嘗沒有此意？只是倆人互相偎依，只要能多廝守一刻，也是好的。

南宮平想到剩下的這三人中，自己武功最弱，下一個必定就要輪到自己了，他已不必忍受眼見梅吟雪先死的痛苦，卻又何嘗忍心留下梅吟雪來忍受這種痛苦？

一念至此，滿心愴然，哪知梅吟雪突地輕輕一笑，道：「好了，我也要先去了。」

南宮平身子一震，轉目望去，只見梅吟雪蒼白的面靨，也漸漸變了顏色，但他自己直到此刻，全無異狀。

只聽梅吟雪悽然笑道：「我生怕你比我先去，那痛苦我真的難以忍受，現在……我……」

牙關一咬，不再言語，嬌弱的身軀，有如風中寒葉一般地顫抖了起來，顯見是毒性已發，痛苦難言。

南宮平熱淚奪眶而出，緊緊將梅吟雪抱在懷裡，只覺她全身火燙，有如烙鐵一般，不禁大聲道：「吟雪，吟雪……你等等我……」

風漫天突地手掌一伸，點住了梅吟雪的「睡穴」，他要讓這多情的女子，甜睡著死在生平唯一最愛的人的懷裡。

於是梅吟雪便甜甜的睡去了，她距離死亡，已越來越近，但是她嬌媚的嘴角，卻仍帶著一

絲淡淡地、淒切地微笑。

南宮平緊抱著她，無聲地悲泣了半晌，抬頭大聲道：「風老前輩，求求你將我也⋯⋯」轉目望去，心頭不禁又為之一震，只見風漫天石像僵木般地坐著，雙目緊閉，而且面容也已變成一片黑紫。

南宮平大駭道：「風老前輩，你怎樣了？」

風漫天眼皮一張，道：「我⋯⋯」全身突地一陣收縮，口中竟掉出幾粒碎齒，原來他早已毒發，只是咬緊牙關，忍受著痛苦，甚至將滿口鋼牙都咬碎了，此刻乍一張口，碎齒便自落出。

南宮平大驚之下，不願思索，隨手點住了這老人的「睡穴」。

風漫天張口道：「謝⋯⋯」謝字未曾出口，人已倒在地上。

天地茫茫，只剩下南宮平一個人了，南宮平仰天悲嘶道：「蒼天呀蒼天，我怎地還不死呢？」嘶聲悲激，滿佈長天。

他緊抱著梅吟雪的身子，靜待毒發，夜色漸臨，無邊的黑暗，無情地吞沒了這一艘死亡之船，南宮平只覺天地間寒意越來越重，一直寒透他心底，但是他毒性卻仍未曾發作。

他再也想不出這其中的原因，他卻不知這就是造化弄人的殘酷！

原來他在「南宮山莊」的樹林中，曾吸入一絲「得意夫人」害死「無心雙惡」的毒藥，當時那玉盒劈面飛來，自他耳畔掠過時，他便曾嗅到一陣淡淡的香氣，只是當時他卻未曾注意。

那一絲毒藥侵入他身子後，一直未曾發作，只因「得意夫人」這種毒藥名為「陰魂」，乃是世上至陰之毒，是以南宮平自幼苦練不綴的純陽真氣，便在無意間將這一絲為量極少的毒性逼在心腑之間。

今日南宮平等人所中之毒，卻是世上至陽之毒，是為「陽魄」，是以梅吟雪毒發之時，渾身火燙。

這「陰魂」、「陽魄」俱是世上至毒之藥，中毒之後，無藥可救，但這兩種毒性，卻有互相剋制之力，南宮平身內的兩種毒性，以毒攻毒，毒性互解，卻連他自己也不知道。

但此時此刻，南宮平卻是生不如死，悲哀寂寞，黑暗，寒冷，使得他再也無法忍受，一艘孤獨的船，行走在無邊黑暗的大海上，本已是多麼寂寞的事，何況這船上只有一個悲哀的人。

星光、月光，照在那蒼白的帆上，南宮平站在梅吟雪、風漫天兩人身前，喃喃道：「我也來了⋯⋯」正待反掌震破自己天靈，突聽一陣尖銳的嘯聲，自海面傳來，一人呼道：「風漫天，你回來了麼？」

這嘯聲是如此遙遠，但傳入南宮平耳中卻又是如此清晰。

他心念一轉，忖道：「諸神島到了！」但是他心神已感麻木，全無半分喜悅之意，反而生怕自己遇著救星。只聽嘯聲不絕，震人心魂，他掌勢仍舊，急地拍在自己的頭頂天靈之上！

此刻無邊黑暗中，已有一點燈光，隨著海波飄盪而來，飄向這一艘死亡之船上，那一面孤獨而蒼白的巨帆。

海島邊一片突起的山巖上，孤零零地建著一棟崇高而陰森的屋宇，四面竟沒有一扇窗戶，有如巨人般俯看那無邊的海洋，面對著遙遠的煙波。

夜色淒清，屋宇中只有一點昏黃的燈光，有如鬼火般映著這寬闊的大廳，大廳四面，排列著一行桌子，桌上覆著純黑的桌布，每隔三尺，便放著一個骨灰罈子，罈子前陰森地放著一具靈牌。

在這鬼氣森森的大廳中，臨時放著一張斜榻，榻上臥的竟是一個絕色女子，面容蒼白，雙目緊閉，全無一絲知覺，昏黃的燈光，映在她的面頰上，她，赫然是那已中毒死去的梅吟雪。

孤燈飄搖，大廳中靜得沒有一絲聲音，突地——斜榻上的梅吟雪，竟輕輕彈了起來，這裡究竟是人間還是陰冥？

只見她竟又張開眼來，目中俱是驚駭恐怖之色，目光四下一掃，掙扎著自斜榻上爬起，她究竟是生？是死？是人？是鬼？

她腳步一個跟蹌，衝到角落邊，雙手扶著桌沿，站穩了身子，沿著桌子看去，只見那一面靈牌上寫的是：

「七妙神君梅山民之位。」

她呆了一呆，只因她知道這名字昔年在武林中多麼顯赫，難道那罈子裡便是這不可一世的英雄人物的骨灰麼？這是什麼地方？她怎會來到此處，急忙間她已走了兩步，只見兩罈罈子，

並排放在一處，那靈位上寫的卻是：

「柳鶴亭、陶純純夫婦之位。」

這名字她也極是熟悉，想不到的只是這三位一代英雄的靈位，怎會都在這裡，難道這裡已非人間麼？一念至此，她不禁機伶伶打了個寒顫，只覺一陣寒意，自腳底升起，微微定了定神，接著往下看去，只見一長串靈位，上面寫的是：「瘟煞魔君朱五絕之位。」

「千毒人魔西門豹之位。」

「孤星裴珏之位。」

「毀情公子徐元平之位。」

還有一長串名字，這些名字她有的聽過，有的未曾聽過，但她卻知道這些都是數十年，或是數百年以前，在武林中聲威赫赫，雄踞一時的英雄人物，一瞬間她便已斷定了此地必非人間，此地若是人間，怎會有這許多朝代不同，身分不同，門派亦不同的武林雄豪的骨灰與靈位？

她暗中不禁放下心事，此地既是幽冥，南宮平既然不在此地，那麼他必定未曾死了，她非但不怪他為何沒有殉情而死，反而安慰地嘆息一聲，默禱蒼天，保佑他平平安安地度過此生，只因她對南宮平的情感十分信任，相信他無論生前死後，無論在人間幽冥，他都永遠不會忘記自己的，就如她自己也永遠不會忘記南宮平一樣。

於是她目光移向下一面靈位，目光轉處，面容突地慘變，驚呼一聲，撲地坐到地上，眼淚

立刻滾滾流落，顫聲道：「你也死了麼？你……在哪裡，你在哪裡……」

那靈位之上，赫然寫的竟是：「南宮平……」三字，這三字觸及她的眼簾，當真有如三柄利刃，刺入她的心房。

剎那間她全身一片冰冷，只聽「呀」地一聲，大廳前的銅門，輕輕開了一線，一個形容枯瘦，鬚髮百結，頷下白鬚，幾乎長已過胸的麻衣老者，幽靈般滑了進來，他雙目中雖然光芒四射，但卻冰冰冷冷，沒有一絲人類的情感，面上亦是冰冰冷冷，不帶半分表情，便是新自墳墓中爬出的死人，也彷彿比他多著幾分生氣！

他目光一望梅吟雪，冷冷道：「你醒來了？」

梅吟雪道：「我醒來了？……我難道沒有死麼？」心神一震，痛哭失聲，她既是「醒來」，必定未死，她既然未死，南宮平豈非死了！

麻衣老人望著她掩面痛哭，也不出聲勸阻。

梅吟雪掙扎著撲了上去，悲嘶道：「他的屍身在哪裡？我……要去和他死在一起！」麻衣老人身形未動，人已移開三尺，冷冷道：「你可哭夠了麼？」

梅吟雪道：「南宮平，你……你知道他……」

麻衣老人面色一沉，道：「你若是未曾哭夠，大可以再哭一場，你若是已經哭夠，我便帶你上船，別的話你也不必問了。」

他詞色冰冰冷冷，完全是一副拒人於千里之外的樣子。

梅吟雪伸手一抹眼淚，霍然站了起來，大聲道：「你不願回答，我自會去尋，也毋庸閣下費心帶我上船。」悲憤之氣，溢於言詞，但面上也換了一片冷傲神色，要知她本非弱女，此刻她雖有滿腹悲哀，但見了這麻衣老人的神色，便強自忍在心裡，再也不發作出來，天下武林中人，雖然人人稱她「冷血」，但人人卻都還要尊她一聲「妃子」，幾曾有人對她如此輕蔑冷淡。

她胸膛一挺，立刻向門外走了過去。

麻衣老人突又飄在她身前，冷冷道：「你走不得！」

梅吟雪冷笑一聲，道：「我要走便走，誰說我走不得？」

麻衣老人冷冷道：「你若是在此島上要走一步，便砍斷你的雙足。」他身形往來，飄忽如風，卻絲毫不見作勢，有如浮在水中般遊走自如。

梅吟雪真氣雖已逐漸自如，但用盡身法，這麻衣老人的身子，還是像石像般矗立在她身前，梅吟雪心中不禁暗駭！不知這幽靈般老人究竟是何來歷？

要知她輕功在武林已是頂尖人物，這老人的身法豈非更是不可思議？

麻衣老人道：「片時之內，你若不上船遠離此地，莫怪老夫無禮了。」

梅吟雪秋波一轉，突地嫣然一笑，道：「這麼大年紀的男人，還要苦苦糾纏著一個年輕的女孩子，不害臊麼？」笑語甜甜，剎那之間，便像是和方才換了個人似的。

麻衣老人呆了一呆，還未答話，梅吟雪突地身子一衝，風一般掠過他身側，衝出了那一扇

半開的銅門，目光一振，此刻將近黎明，晨光熹微中，只見山巖下一道清溪蜿蜒流去，溪旁林木蔥鬱，一片清綠間，幢幢屋影，隱約可見，萬棟千樑，也不知究竟有多少屋宇。

她匆匆看了一眼，身形再也不敢停留，急地自山巖上飛掠而下，突聽身後冷冷道：「好刁猾的女子……」眼前人影一花，那麻衣老人便又如一片烏雲般自天而降，飄落在她面前，袖袍一拂，叱道：「回去！」一股柔風，隨袖而出。

袖風雖然柔和，但卻強烈得不可抗拒，梅吟雪纖手一揚，只見一縷銳風，應指而出，竟將那一股袖風劃為兩半，自梅吟雪身子兩旁掠過。

這年紀輕輕的女子竟然也有如此深厚的武功，那麻衣老人亦不禁為之一驚。

梅吟雪道：「看你道貌岸然，彷彿年高德重，想不到你卻是個兇險的小人！」

麻衣老人怒道：「你說什麼？」

梅吟雪道：「若非兇險小人，為什麼毫無仁厚之心，如此欺負我一個可憐的未亡人……」

說到「未亡人」三字，她心裡真的湧起了一陣強烈的悲哀，眼波流動，淚光瑩然，嬌軀柔弱，隨風欲倒，當真是楚楚可憐。

麻衣老人神情一軟，但立刻便又變得冰冰冷冷，無動於衷。

梅吟雪道：「他人已死了，你為什麼還不讓我看一看他的屍身，難道你……真……的……這麼……狠心……」語聲斷續，聲隨淚下，便是鐵石心腸的人聽了，也該一動惻隱之心。

哪知這麻衣老人卻像全無情感，仍然是無動於衷，雙掌一拍，山巖下立刻如飛掠上一條大漢，只見他全身赤裸，僅在腰間圍著一條豹皮短裙，遍身長著細毛，金光閃閃，耀人眼目，面上更是闊口獠牙，放眼望去，亦不知是人是獸，但聽他口作人言道：「主人有何吩咐？」

麻衣老人道：「貨物可曾全都卸下？」

那獸人垂手道：「還未曾！」他不但口作人言，神情也十分恭順，但不知怎地，看來看去，卻沒有半分人味，人若見了，定必不由自主地生出一種恐懼、厭惡之感，有如見著蜥蜴蛇蠍一般了。

麻衣老人揮手道：「退下！」手勢不停，突然閃電般點向梅吟雪腰畔「軟麻穴」。

梅吟雪驚呼一聲，翻身跌倒！

麻衣老人一手將她托起，送回那棟陰森恐懼的死亡之廳，放在那斜榻之上，冷冷道：「貨一卸完，便將你送上船去，我以靈藥救你一命，已非易事，你應該滿足了！」輕輕關上了銅門，揚長而去。

這老人既然如此冷酷，卻又怎會以靈藥救了梅吟雪的性命？此處究竟是什麼地方？為何到處都瀰漫著一種陰森神秘之氣？

梅吟雪滿心疑雲，突地自斜榻上一躍而起，原來方才那麻衣老人的手指觸及她衣衫，她又輕輕一閃、一讓，她的動作是極其小心而奇妙的，但饒是這樣，她身子仍不禁微微一麻，暗中將真氣運行數遍，氣血方能

她早有預防，將穴道閉住，等到麻衣老人的手指還未觸及她穴道時，

流行無阻，那麻衣老人指上若是再加三成真力，她便要真的無法動彈了。

一種強大的力量，使得她勉強壓制住滿心悲痛，如飛掠到那銅門前，伸手一推，哪知銅門卻已在外面拴住，她竟無法推動分毫。

四面的牆壁，竟也完全是紫銅所製，手指一碰，叮叮作響，除了這扇銅門以外，便再無別的窗戶，剎那間她忽然似又重回到那具紫檀木棺的感覺，這陰森恐怖的死亡之廳，除了遠較棺材大得多之外，實在和一具釘上棺蓋的棺材沒有兩樣。

無數次試探之後，她終於完全失望，她縱然堅強，卻也不禁再次啜泣起來，重新尋著那面靈位，靈位後的骨灰罈子，在燈光中發著黝黑而醜惡的光采，她心念一動：「船上的貨物尚未卸完，他的屍身怎地已變作了骨灰？」凝目向那靈位望去，只見上面寫的卻是：「南宮平漪之位！」一目掃過，她那一顆悲哀的心便立刻從痛苦的深淵中飛揚起來。

「他沒有死，他沒有死，這只是別人的靈位！」她暗中歡呼，破顏爲笑，只聽銅門輕輕一響，她目光一掃，閃電般向靈位下鑽了進去，長垂的桌布，像簾子似的擋住了她的身子。

接著，便有一陣輕微的腳步聲步入大廳，只聽那麻衣老人的口音「咦」了一聲，道：「人呢？我就不信她能插翅飛出此廳！」

另一人的語聲接口道：「她若未插翅飛出此廳，難道是隱身不見了麼？」語聲雄渾，就發自梅吟雪隱身的桌子前面，卻赫然竟是風漫天的聲音。

麻衣老人冷冷道：「諸神島上，百餘年來，素無女子的足跡，這女子既是你帶來的，還需你帶出此地。」腳步移動，彷彿已向大廳外走了出去。

風漫天道：「慢走，她此刻人影不見，怎知不是你放走的。」

麻衣老人道：「她就在你擋住的桌子下面，哼哼！方才入門時這桌子不住搖動，你當我未曾看到麼？你雖然趕去擋住，卻已來不及了。」

語聲未了，只見桌布一掀，梅吟雪已一躍而出，一把揪住風漫天的膀子，顫聲道：「他沒有死麼？此刻他在哪裡？」

風漫天面容木然，動也不動，他手拄木杖，竟也已換了一身麻衣，那麻衣老人霍然轉過身來，道：「不錯，他確是未死，只是你今生再也休想見著他了！」

梅吟雪心頭一寒，道：「真的麼？風老前輩，他說的是真的麼？」

風漫天木然道：「不錯！」

梅吟雪倏然放開了手掌，道：「他是我的夫婿，我為什麼不能見他？」

風漫天凝目前望，不敢接觸到梅吟雪的目光，麻衣老人負手而立，冷冷地望著梅吟雪。

梅吟雪冷笑一聲，緩緩道：「風老前輩，我此刻對你說的話，你切莫誤會，我絕非以救命恩人的身分對你說話，因為我有心要救的根本不是你，我只是站在一個曾經同船共渡的人那種地位向你說話。」

風漫天面上陣青陣紅，梅吟雪接口道：「我一個弱女子，又敵不過你們的武功，你們說什

麼，我自然無法反抗，我雖然不能活著見他，就請在我死後，將我的屍身帶去見他。」

麻衣老人道：「你想死在這裡麼？」

梅吟雪道：「此刻我別的事不能做主，要死總是可以的吧。」

麻衣老人道：「你死了之後，我一樣也是要將你的屍身送到船上，你死上十次，也是見不著他。」

梅吟雪人稱「冷血」，但這麻衣老人的血卻遠比梅吟雪還要冷百倍，梅吟雪滿腔悲憤，到了極處，口中輕輕一笑，道：「呀！你老人家真是位大英雄大丈夫……」突地拚盡全力、踢足、拍掌、戳指，一招三式，其急如風，向那麻衣老人擊去。

麻衣老人身形一滑，梅吟雪強攻而上，哪知風漫天突地搶步擋到她身前。

梅吟雪道：「好好，你們兩位都是大英雄……」

風漫天突地大聲道：「跟我來！」

風漫天、麻衣老人齊地脫口道：「哪裡去？」

風漫天沉聲道：「我帶你去見他！」

梅吟雪呆了一呆，大喜道：「真……真的？」

麻衣老人道：「不是真的！」

風漫天霍然轉身，面對那麻衣老人，目中射出逼人的光采，有如利劍一般刺在麻衣老人身

上！

麻衣老人無動於衷，緩緩道：「絕情，絕慾，絕名，絕利！諸神島代代相傳的『四絕戒令』，閣下難道已忘記了麼？」

風漫天道：「未曾忘記。」

麻衣老人道：「那麼閣下為何……」

風漫天冷笑一聲，道：「風某四十年前，心中無名利色慾之念，但這『情』之一字，卻是再也絕不掉的，此番我帶她前去，一切後果，自有我一人擔當，不勞閣下費心。」

他目光瞬也不瞬地瞪著麻衣老人，麻衣老人的目光也冰冰冷冷地望著他，兩人目光相對，良久良久，麻衣老人道：「你既要自尋苦惱，我也只得由你……」目光一閃，轉向梅吟雪，冷冷道：「只怕你見著他後，更要傷心一些。」

話聲一了，當先向門外走去，梅吟雪、風漫天跟著他走下山巖，只見他貼著山巖，向左一轉，前行約莫十丈，突地頓住腳步。

風漫天一指他身旁的洞窟，道：「到了！」

梅吟雪喜極而呼，一步掠了過去，只見那陰濕黝黯的洞窟前，竟有一道銅柵，南宮平赤足麻衣，盤膝坐在銅柵裡，頭頂之上，紮著白布，布上血漬殷殷，梅吟雪心痛如絞，悲嘶道：

「你……犯了什麼過錯，他們要將你關在這裡？」

南宮平面上肌肉，立刻起了一種痛苦的痙攣，但雙目仍然緊緊閉在一起。

風漫天道：「無論是誰，一入此島，都要在這洞窟裡坐滿百日，才能出去……」

梅吟雪雙手抓住銅柵，道：「你……你怎麼不張開眼來……是我，我來了……」

南宮平雙目緊閉，一言不發，梅吟雪雙手一陣搖晃，銅柵叮噹作響，淚珠簌簌流滿面頰，顫聲道：「你……你爲什麼不睬我……」

麻衣老人道：「你既已見過他一面，他既已不願理你，此刻你總該走了吧。」

梅吟雪霍然轉過身來，道：「好，我走，但我卻要問你一句，你解了我的毒，救了我的命，是否就是因爲他發誓答應你永遠不再理我？」

麻衣老人冷冷道：「你倒聰明得很。」

梅吟雪悽然一笑，望向南宮平道：「小平，你錯了，你難道不知道我寧願和你死在一起，死在你的懷裡，也不願被這雙髒手救活！」

南宮平面色又是一陣痙攣，只聽那麻衣老人道：「你離開此島後，死活都由得你，此刻你卻必定要走了！」

話猶未了，突地一指點向梅吟雪「肩井」大穴。

風漫天大喝一聲：「且慢！」掌中木杖一伸，擋住了麻衣老人的手指。

麻衣老人道：「風兒，你如此做，你難道忘了……」

風漫天望也不望他一眼，冷笑道：「忘了什麼？」

麻衣老人道：「你難道忘了此島的禁例，以你兩人之力，便想和諸神島的禁例對抗，豈非做夢？若是驚動了大殿上的長老，到那時你兩人求生不得，求死也不能，不但害了自己，也害

了別人了。」

風漫天面色一陣慘變，緩緩垂下木杖。

梅吟雪道：「小平，你不願意和我死在一起麼？我們一起死了，也遠比在這裡受罪好得

多，你若張開眼睛看我一眼，我死了也心甘情願，你⋯⋯」

哪知南宮平雙目仍然閉在一起。

梅吟雪慘然道：「人生最大便是一死，你那誓言真有那麼嚴重麼？」

南宮平有如死了一般，麻衣老人冷笑道：「你一心想死，別人卻不願死哩。」

梅吟雪呆了半晌，突地反手一抹淚痕，道：「好！我走！」

麻衣老人道：「隨我來！」兩人一齊向海邊走了過去。

梅吟雪芳心寸斷，再也未曾回頭，目中的眼淚盛眶而轉，卻再也沒有一滴流落下來。

南宮平只聽她腳步之聲，漸行漸遠，緊閉的嘴唇，才微微開了一線，顫聲道：「吟雪，我

⋯⋯我對不起你⋯⋯」兩道鮮血，順著嘴角流出，恰巧與頰上流下的眼淚混在一處。

風漫天木立當地，有如死了一般緩緩道：「但願她能瞭解你的苦衷⋯⋯」

南宮平流淚道：「我知道她必將恨我一生，我也絕不怪她，但是⋯⋯但是我多麼願意她知

道我這麼對她，是為了什麼！」

風漫天目光遙望雲天深處，一字一字地緩緩道：「她永遠也不會知道的⋯⋯」

梅吟雪真的永遠也不會知道麼？她此刻已孤獨地飄流在那茫茫的大海上，是生是死，都難

以預測，只怕她也只是永遠帶著那一顆破碎的心，直到生命的末日了！

但是，南宮平、風漫天，這兩個頂天立地的男兒，卻又為了什麼要如此做呢？他們不是曾經都有那種含笑面迎死亡的俠心與傲氣麼？

洞窟中的陰濕黝黯，幾乎是令人難以忍受，四面滿長著青苔，到了夏日，蚊蚋蟲蟻，到處橫行，更是令人難堪。

南宮平死一般坐在洞中，先些日子他神色間還會露出許多痛苦的情感，到後來他情感生像是也完全麻木。

洞外浮雲悠悠，風吹草動，他望也不望一眼，季節由暮春而初夏，初夏而盛夏，他身上的麻衣，早已變得又酸又臭，到後來幾乎變成破布，他也全不放在心上，每日由那「獸人」送來的一盤食物，更是粗糲不堪，幾乎令人難以下嚥，他卻甘之如飴。

這其間他心緒和意志的變化，是多麼強烈，他自己也不知道，他只知道頷下漸漸生出了鬍鬚，他的確是蒼老了許多。

自那日後，他便再未見到風漫天，也未曾見過麻衣老人，朝來暮去，也不知過了多久，有一日他靜坐調息，漸入物我兩忘之境，突聽「嘩」地一聲，銅柵大開，那麻衣老人，立在洞前，道：「恭喜閣下，正式成為諸神島上一員。」

他口中在說恭喜，語氣中卻無半分喜意，南宮平木然站了起來，眼角也不望他一眼，麻衣

老人道：「自今日起，閣下便可換一個居處了。」

南宮平跟著他沿著清溪，走向繁林，只見這一條漫長的通路，沒有一塊亂石，沒有一片碎葉，走了半晌，林勢一開，一片寬闊的空地上，圍著四行木屋，每行約有二、三十間，每間木屋的門口，都筆筆直直地坐著一位麻衣白髮的老人！

這些老人高矮胖瘦不一，但面上的表情，卻都是冰冰冷冷，全無一絲情感，有的呆坐望天，有的靜著看書，數十人坐在一起，卻聽不到一絲語言之聲，南宮平走過他們身邊，他們看書的仍在看書，呆坐的仍然呆坐，沒有任何一人轉動一下目光，去看南宮平一眼。

麻衣老人將南宮平帶到角落一間木屋，只見門上寫著兩個大字：「止水」，麻衣老人道：「這便是你的居處。」抬手一指「止水」兩字，接道：「這便是你的名字，到了時候，我自會帶你入殿，但未到時候，你卻不得走離此間一步。」

南宮平「哼」了一聲，算做答話。

麻衣老人道：「你可有什麼話要問我麼？」

南宮平冷冷道：「沒有！」

麻衣老人上下望了他一眼，道：「好！」轉身走入濃林的更深之處，這裡所有的老人身上麻衣，全是黃褐顏色，但他身上的麻衣，卻染成了深紫，原來他是這島上的執事人其中之一，是以他衣服的顏色，也和別人不同。

這島上執事人只有七個，風漫天與他俱是其中之一，每個執事之人，都有一個弟子以供驅

策，那怪物「七哥」與那「金毛獸人」也都是那七個弟子其中之一。

這些事南宮平自然要等到以後才會知道，此刻他輕啓房門，只見房中四壁蕭然，僅有一

塌，一几，一凳，矮几上放著一襲麻衣，一雙木筷，一個木碗，一簿絹書，矮几下是一雙麻

鞋，那張床長不滿五尺，上面一無被褥，只有一張薄薄的草蓆。

他轉眼凝望那些靜坐如死的麻衣白髮老人，暗忖道：「這難道就是武林中傳說的聖地『諸

神殿』？這難道就是『諸神殿』的生活？難怪風漫天離此地越近，憂鬱便越重！只因此地除了

他之外，再無一人有人類的情感！」

只是那百日絕情窟囚居，已使他學會忍耐，他搬起了凳子，拿起了絹書，竟也學那些老人

一樣，坐在木屋的門口，隨手一翻那簿絹書，他的心卻不禁劇烈地跳動起來，只見書上赫然寫

著：「達摩十八式。」

要知「達摩十八式」本是少林絕藝，當今武林中，見過這種絕技的人已是少之又少，會的

更是絕無僅有，這本薄薄絹書若是出現於中原武林之中，立時便會掀起一陣巨浪，不知有多少

武林高手，將爲爭奪此書而喪生，但此刻在諸神島上，這本武林中人人夢寐以求的秘笈，卻像

是廢紙一般地隨處置放著。

南宮平目光再也不願自書上移開，他全心全意都已沉迷於這種武功的奧秘中，到了中午，

那金毛獸人提來兩桶鐵桶，老人們便自屋中取出木碗木筷，每人盛了一碗，他們行路，進餐，

進退，坐下，無論做什麼事，全是沒有一絲聲音發出，彼此之間，誰也不向誰問上一句。過了

三日，還未黎明，那「金毛獸人」便將每人屋中的絹書換了一本，南宮平心中方自懊惱，哪知展開新換的絹書一看，卻是「無影神拳譜」，更是久已絕傳於世的武功秘技。這樣過了五六十天，南宮平几上已換過二十簿書，每一本俱是武林罕見的武功秘技，南宮平咬緊牙根，全都記了下來。

要知道這些老人未入諸神島前，俱都有過一陣輝煌的往事，俱都是曾經叱吒一時的武林高手，一入諸神島後，誰也不能再活著離開這裡，是以這些在人世無比尊貴的武功秘笈，在這裡才會看得如此輕賤，有的人只是視為消遣，有的人根本不看。

朝來暮去，又不知過了多久，南宮平竟未聽到一句人語，有時他甚至忍不住要猜這些老人俱是行屍走肉，根本已無生命。有一日驟然下雨，這些老人卻渾如不覺，沒有一個人入屋避雨，到了深秋，他們仍只穿一襲麻衣，誰也沒有畏寒之態，但南宮平卻不禁冷得發抖，只得暗中運氣調息，三五日後，他居然也習慣了，他這才知道自己的武功已有驚人的進境，那些驚人的武功秘笈，已像是島上那些粗糲的食物一樣，在他身體裡消化了。

於是他睡得更少，吃得也更少，但精神卻更加健旺，有時夜深夢回，那些痛苦的往事，一齊回到他心裡，他也只是咬緊牙關，默默忍受，對於未來的前途，他心中只覺一片茫然。

一日清晨，他猝然發覺對面木屋中的老人已不在了，誰也不知道這老人去了哪裡，誰也沒有動問一句，生死之事，在這些老人心裡，淡薄得就像是吃喝睡覺一樣，似乎就算有人在他們面前失去首級，他們也不會抬起眼睛去望上一眼。

匆匆便又過了百日，清晨時，那麻衣老人突又在南宮平門口出現，道：「跟我來！」

南宮平問也不問，站起身來就走，走過廣場時，他突地發現那些老人中，竟有幾人抬起頭來，向他望了一眼，目中似乎微微露出一些羨慕的神色，南宮平不禁大奇：「原來這些人也有情感的，只不過大家都隱藏得很好而已。」轉念又忖道：「他們羨慕的什麼？難道是我將去的地方？」

又是一條漫長而淨潔的小徑，風吹林木，簌簌作響，樹葉已微微黃了，天地間更充滿著肅殺神秘之意，南宮平知道自己這便要進入島上的心臟地區──諸神之殿──心中也不禁有些緊張。

突聽一陣皮鞭揮動之聲，自樹木深處傳出，南宮平斜目望去，只見一株大樹的橫枝上，垂著一根白線，線上竟吊著風漫天龐大的身軀，「金毛獸人」手揮一根蟒鞭，不住在風漫天身上鞭打，口中喃喃數著：「二十八……二十九……」突地白線斷了，風漫天「撲」地落到地上，「金毛獸人」一聲不響，又在樹上掛起一條白線，風漫天縱身一躍手握白線，懸空吊起，「金毛獸人」蟒鞭又復在他身上鞭打起來，口中道：「一……二……」竟然重新數起。

那白線又柔又細，蟒鞭卻是又粗又大，風漫天縱有絕頂功力，能夠懸在線上已大是不易，何況還要禁受蟒鞭的鞭打？

南宮平頓足看了半晌，掌中已不禁沁出冷汗，但風漫天卻面容木然，默默忍受，有如頑童忍受父母師長的鞭打一樣。

鞭風呼嘯，啪啪山響，南宮平實在不忍再看。

麻衣老人冷冷道：「每日三十六鞭，要打三百六十日，白線一斷，重新來過，要在此地犯規的人，需得先問問自己，有無挨打的武功與勇氣。」

南宮平閉緊嘴巴，一言不發，樹林已到盡頭，前面山峰阻路，卻看不到屋影，只見麻衣老人伸手在山壁上一塊圓石上輕拍三掌，一塊山壁，便奇蹟般轉動起來，露出一條通路，南宮平大步而入，只聽「啪」地一聲，山壁又立刻合了起來。

秘道中瀰漫著一種異樣的腥臭之氣，一盞銅燈，在一丈前的山壁上閃發著黯淡的光芒，盡頭處卻是一扇銅門。

南宮平回首望去，那麻衣老人竟已蹤影不見，這裡的每一件事，俱都出乎常理之外，他索性處之泰然，大步向前走去，只聽山腹中傳出一陣尖銳的語聲，道：「你來了麼？」

語聲未了，密道盡頭的銅門，霍然大開，南宮平早已將什麼都不放在心上，昂首走了進去，只見這銅門之中，又是一條甬道，但甬道兩旁，卻蜂巢般開展著無數個石窟，上下兩排，也不知共有多少，有的石窟中有人，有的石窟中無人，有的石窟中燈火明亮，有的卻是陰森黑暗。

只聽那尖銳的語聲道：「一直走，莫回頭！」南宮平大步而行，索性看也不看一眼，心中卻不禁暗中嘆息：「諸神殿！這就是『諸神殿』，若叫武林中人見了，不知如何失望……」

心念尚未轉完，只聽一聲：「這裡！上來！」聲音發自高處。

南宮平仰首望去，只見甬道盡頭的山壁上，亦有一處石窟，離地竟有數丈，南宮平縱身一躍，他本待在中間尋個落足換氣之處，哪知一躍便已到了洞口，他微一撐腰，嗖地掠了進去，露出一顆白髮蒼蒼的頭顱，深目獅鼻，目光如電，額角之寬大，幾已佔了面部一半，那兩道厲電一般的目光，冰冰地凝注在南宮平身上。

他知道他已進入了控制著這神秘之島的神秘人物的居處了。

石窟中的腥臭之氣，更是濃烈，左首角落，垂著一道竹簾，竹簾前一張高大的石案後，南宮平只覺全身彷彿俱已浸入冰涼的海水裡，不由自主地躬身道：「在下南宮平……」

白髮老人輕叱一聲，道：「止水，你名叫止水，記得麼？你一入此島，便與世俗紅塵完全脫離，必須將以前所有的一切俱都忘去，知道麼？」語聲尖銳急快，另有一種神秘的魔力！

南宮平垂手不語，目光直望著白髮老人，他心中一無所懼，是以目光亦甚是坦蕩、明銳。

白髮老人突地展顏一笑，道：「你能住在『止水室』中，當真可喜可賀，你可知道『止水室』以前的主人，便是神鵰大俠……」

南宮平冷冷道：「世俗紅塵中的聲名榮譽，在下早已忘了。」

白老人大笑道：「好。」南宮平一入此島後，第一次聽到大笑之聲，心中不覺甚是驚奇，只聽他笑道：「就憑此話，該喝一杯！」雙掌一拍，道：「酒來！」此地居然有酒，南宮平更是奇怪。

只見竹簾一掀，一個四肢細長彎曲，全身綁住白布，面目既不像人，亦不像獸，僅有一堆灰髮，一雙碧眼，和一張幾乎無唇的闊口的「人」，手裡托著一隻木盤，盤上有杯有酒，輕輕走了出來，又輕輕走了回去。

南宮平心頭立刻便又泛起那種厭惡恐懼之感，只是此「人」手掌竟只有兩根指頭，耳朵尖尖細細，滿生細毛。

這些日子來他已見過許多半人半獸的怪物，但此刻這怪物卻尤其可怕，白髮老人見了他的面色，哈哈笑道：「你以前有曾見過這樣的人類麼？」

南宮平道：「在下還未不幸到那種程度！」

白髮老人手掌一揮，一滿杯酒便平平穩穩飛了過來，彷彿下面有人托著似的。

南宮平一飲而盡，酒味辛辣奇異。

白髮老人笑道：「是了，你自然未曾見過，你可知道，這哪裡是人，牠根本就是隻野獸……」

南宮平心頭一寒，道：「如此說來，那『七哥』以及那……」

白髮老人縱聲笑道：「那些也全都是野獸，老夫一生致力『華陀神術』，費了數十年心血，才將十餘隻野獸創造成人……」

南宮平駭然道：「但……」

白髮老人道：「百十年前，武林曾有一人，能將人類肢體隨意移動，他能將你的手掌移植

到頭上，鼻子移植到手上，而且讓它在那裡生長，於是他便造成了不少妖物，他自己在世人眼中，也變成了妖物。」他得意地一笑，接著道：「但他這種技巧，與老夫相比，卻仍是望塵莫及，只因他這不過只是將皮膚甚至骨骼移植，造成畸形之人，而老夫卻是將人類的生命，賦與野獸，想來縱然華陀復生，也未見得能有老夫今日的成就！」

南宮平越聽越是心寒，他這才知道風漫天將獅虎狼豹等野獸運到此間的用途，也明白了那腥臭之氣的來源。

只見白髮老人笑容一頓，面容突地變為陰森憤怒，緩緩道：「世人如此不幸，便因為世上庸醫太多，老夫八十年前，便被庸醫害了，是以不惜千辛萬苦，尋得『華陀神經』，二十年前，老夫已將山羊變為駱馬，駱馬變為山羊，今日老夫卻已將改變牠們的頭腦與喉舌，賦予牠們人類的聲音與思想，換而言之，老夫若要將人類變為野獸，自然更是容易得很……」南宮平只覺四肢冰冰冷冷，他自入此島後，見的怪事實在太多，雖然早已見怪不怪，但此刻聽了這種聞所未聞，駭人聽聞之事，仍不禁為之微微顫抖起來，彷彿自人間突地進入魔獄，幾乎忍不住要奪門而出。

白髮老人展顏一笑，道：「這些玄妙的道理我此刻對你說來，還嫌太早，但日後你自會懂的，這島上之人，雖然人人俱曾是武林名人，能入此室，卻並不多，數十年來，島上的一切開支，均賴你南宮世家接濟，是以老夫對你特別優待一些。」

南宮平道：「在下一入此間，一心已無別念，但卻有一事，始終耿耿在心，只望能見到我

那大伯父一面！」他此話說來，表面上雖然平平靜靜，其實心中卻激動異常，要知他那時不肯張開眼睛去看梅吟雪一眼，為的便是他大伯的安全。

原來那日，海面嘯聲一起，他心神大是分散，是以一掌僅將自己震暈，等到他醒來之時，只見船上已多了個麻衣老人，正在為風漫天解救毒性，當時他心中大喜，一躍而起，道：「老前輩可有多餘的解毒靈藥麼？」

那麻衣老人道：「你身未中毒，要這解毒靈藥作甚？」

南宮平一指梅吟雪道：「但……」

那時他話尚未曾出口，麻衣老人便已冷冷道：「這女子與諸神島一無關連，我為何要解救於她？」

南宮平再三哀求，麻衣老人卻有如不聞不問，南宮平惶急之下，動手去奪，卻又不是那麻衣老人的敵手，只得一把抱起梅吟雪的屍身，便要與梅吟雪死在一處。

麻衣老人那時面色才微微一變，道：「你既有與她同死的勇氣，卻不知你有無把她救活，犧牲自己的勇氣？」

南宮平自是斷然應了，麻衣老人道：「你若是答應此後，永遠效忠『諸神島』，再不理她，我便把她救活。」南宮平為了梅吟雪的性命，自然無不答應，哪知麻衣老人卻又冷冷道：「你此刻雖然答應，但到時你一聽到她的聲音，只怕立刻便將此刻所說的話忘了，你此刻雖然

一心想要救活她的性命，但等到勢必要與她分手之時，只怕又寧願和她作一對同命鴛鴦，一齊去死了。」

這老人雖然冰冰冷冷，但對少年男女的心理，卻瞭解得甚是透徹，當下南宮平愕了一愕，尋思半晌，竟答不出話來。

只聽麻衣老人道：「但只要你發下重誓，老夫卻不怕你違背誓言，只因在『諸神島』上若有一人違誓，那麼他島上所有的親近之人，都要受到株連，你可知道你島上有什麼親人麼？」

南宮平道：「我島上哪裡有……」突地想到南宮世家中先他而來的大伯父，豈非是自己的骨血親人？立時改口道：「我知道。」

麻衣老人道：「知道便好。」當下南宮平便發下重誓，甚至「諸神島」，麻衣老人為他紮好頭頂傷口，令他換了衣服，便將他帶到那山窟之中，等到梅吟雪來了，他雖有千百次想睜開眼睛，與梅吟雪生生共死，但他又怎為自己的私情，害得他嫡親的大伯父去應那殺身重誓，他自己雖不將生死之事放在心上，但他對別人的生命，卻看得甚是珍貴。

他心頭有許多話，卻要等到見著他大伯父時詢問，此刻只聽這「諸神島」上，神秘的主宰白髮老人道：「你可想見一見你的親人麼？」

南宮平道：「正是！」

白髮老人冷冷一笑，道：「你既然已將往事全都忘去，卻為何還要想見你世俗中的親人？」

南宮平愣了一愣，只見白髮老人面色一沉，正色道：「你要知道，我要求『諸神島』上，人人俱都忘了一切，完全做到絕情、絕慾、絕名、絕利之境界，是為什麼？而凡是被我邀入此島上的人，卻又全都是久經滄海的武林精英。」

南宮平冷冷道：「這道理何在，在下實是不知，也想不透前輩可以用什麼話來解釋！」

白髮老人道：「只因我要在這『諸神島』上，建立許多前無古人，後無來者的事業，我要求島上每一個人，都能發揮他全部的力量，完全不受外物的騷擾，我這事業若是成功，古往今來的帝王名將的功業與我相比，都將要黯然失色，只可笑武林中人，卻將這『諸神殿』視作隱居避世之地。」

南宮平忍不住脫口問道：「什麼事業？」

白髮老人目光一亮，道：「每個人童年中俱有許多幻想，長大後這些幻想就會變得更加美麗，你童年時是否也曾幻想過煉鐵成金，隱形來去，這些虛無縹緲的荒唐無稽之事？」

南宮平在心中微笑一下，道：「不錯！」

白髮老人道：「煉鐵成金，隱身來去，這兩件事已可說是人類最通俗的幻想，無論什麼人，他一生之中，在他心底深處，必定都會有過這種幻想，但還有些事雖不如這兩事那般通俗，想起來卻更令人興奮，有的人幻想不必讀書，只要將書本燒成紙灰，和水吞下，便可成為博學通才，有些人幻想燈火毋庸油蠟，便可大放光明，有些人幻想車馬能飛，任憑你遨遊天下，有些幻想只要吃下一顆九藥，便可變成極為聰明，或是便可終年不吃食物。」

他語聲微頓，接口道：「從前有個笑話，你必定聽過，那人說若是眉毛生在手指上，便可以用來擦牙齒，若是鼻孔倒生，鼻涕便不會流出來，若是眼睛生得一前一後，便再也用不著回頭，這笑話便是我的幻想，但這幻想卻已變為事實，你此刻若想將眉毛移到指上，鼻子位置倒轉，老夫立時便可為你做到，不信你大可試上一試。」

他肩頭一動，似乎便想站起，南宮平道：「在下覺得還是讓鼻涕流下好些，回頭也不太麻煩。」

白髮老人哈哈一笑，道：「不但老夫這幻想已成實現，便連那些虛無縹緲，荒唐無稽之事，此刻也已都將實現。」

南宮平心頭一跳，大駭道：「真的麼？」

白髮老人道：「我將那些人的俗塵全都洗淨後，便要他們來研究這些工作……」他舉手一指甬道兩邊的石窟，接道：「那些洞窟，便是他們的工作之處，你且瞑目想上一想，這些幻想實現之後，這功業豈非足以流傳百世。」

南宮平呆呆地望著這老人，亦不知他究竟是超人抑或是瘋子。

只見白髮老人面色突又一沉，揮手道：「今日我話已說得太多，耽誤了不少工作，你進入此間後，言語行動，已無限制，但每年卻只能見著天光一次，此刻你不妨去四下看看，然後隨意選個石室住下，等到明日，我再喚你。」

南宮平滿心驚愕，依言躍下，望著那兩排石窟，想到這些石窟中正在進行的工作，他心

中雖然充滿好奇之心，卻又不敢去面對他們，只因他實在不敢想像，這些幻想若是真的變成事實，到那時這世界會變成什麼樣子？心念一轉，又忖道：「難怪風漫天要買那許多奇怪的東西，難怪『群魔島』要極力阻止那批珍寶運來，想來『群魔島』必定已知道一些這裡的消息，生怕他們這些幻想，真的成功，到那時『群魔』上的人，豈非要變作『諸神殿』的奴隸！」

思忖之間，他腳步不覺已走近第一間石窟，只見這石窟甚是寬大，昏黃的燈光下坐著兩個老人，桌上滿堆著書紙與木塊，見了南宮平，也不覺驚奇，南宮平不敢問起他們以前的名字，只是期艾著問了問他們此刻的工作。

其中一個老人便耐心向他解釋，他們是在研究一種建築房屋的新法，先從屋頂開始，依次往下建築，最後作地基，他又解釋著說，這種方法和世間兩種最精明的昆蟲——蜜蜂和蜘蛛——的建築方法完全相同。

南宮平茫然謝了，走到另一間石室，只見室中滿堆著薄薄的麵餅，和無數大小不同的瓦罐，兩位埋頭工作的老人，告訴南宮平，他們已將研究出一種神秘的藥水，即以筆蘸著這種藥水，將經典書籍寫在麵餅上，然後絕食十日，吃下麵餅，所有的知識，便會深入心裡，十年寒窗的成就，你只要吃下幾頓麵餅，便可代替，此時那藥水的份量雖然還未完全配安，絕食十日也不太容易，但成功的日子，卻已定必不遠了。

南宮平又茫然謝了，另一間石室中，燈火通明，有如白晝，四下零亂地掛著無數個水晶瓶子，瓶中盛放著各種顏色的藥水，一眼望去，但見四下五光十色，色彩繽紛，當真是美不勝

收。但在這石室中的老人，卻是枯瘦憔悴不堪，宛如鬼魂一般，頷下白鬚，幾乎已將垂在地上，原來這老人苦心研究隱身之術，已有六十餘年，一見南宮平，便拉著南宮平談論隱身之道，那道理端的奇妙得無法形容，南宮平全神凝注，卻也聽不甚清楚，只知道他說若是能使人身完全透明，比水晶還要透明，那麼別人便再也看不到他了。

出了這間石室，南宮平更是滿心茫然，此後他又見到以洪爐煉金的術士，坐在黑暗中幻想的哲人，以及許多千奇百怪，聞所未聞見所未見之事，他心中更是其亂如麻，哭笑不得，更不知這老人究竟是超人還是瘋子，也不知道這些工作究竟有沒有實現的一天。

只是他心中卻仍存有著一種不可抑止的好奇之心，不由自主地自下層石窟轉至上層，他聳身一躍而入，只見這石室中陰森森黝黯，彷彿一無人跡，方待轉身躍去，突聽黑暗中響起一個低沉的語聲，道：「誰？」

南宮平凝目望去，只見黑暗的角落裡，有一條人影背牆而坐，牆角中也零亂地堆積一些瓶罐，他心中暗暗忖道：「不知這個瘋子又在研究什麼？」當下簡略的將來意說了出來。

只聽那低沉而嘶啞的語聲道：「我正在研究將空氣變為食物，空氣……你可知道空氣是什麼！空氣便是存在於天地間的一種……」語聲突地一頓，緩緩轉過身來，顫聲道：「平兒，可是……是你麼……」

南宮平心頭一震，倒退三步，道：「你……」突地一腳踏空，陡然落了下去，他猛提真氣，凌空一個翻身，嗖地又躍了上來，只見黑暗中這條人影髮髻蓬亂，目光炯炯，有如厲電一

般，瞬也不瞬地望著自己。

這目光竟是如此熟悉，刻骨銘心的熟悉，南宮平凝注半晌，身子突地有如風吹寒葉般簌簌顫抖起來，道：「你……你……」大喝一聲：「師傅！」

坐在那陰黯的角落裡，這潦倒的老人，赫然竟是南宮平的恩師——那名傾天下，叱吒武林的江湖第一勇士，「不死神龍」龍布詩！

此時此地，他師徒兩人竟能重逢，當真是令人難以想像之事。

兩人心中，俱是又驚、又喜、又奇，有如做夢一般，甚至比夢境還要離奇，卻又是如此真實。

南宮平道：「師傅，你老人家怎地到了這裡？」

龍布詩又驚又喜，問道：「那女子是誰？」

南宮平道：「梅吟雪！」

龍布詩道：「不兒，你怎會到了這裡？」他心中的驚奇，當真比南宮平還勝三分，他再也想不到方自出道的南宮平，怎會到了這退隱老人聚集的「諸神島」來。

當下南宮平定了定神，將自己這些天的遭遇，源源本本說了出來，又道：「徒兒還有一事要上稟你老人家，徒兒已成婚了。」

龍布詩更是驚奇，直到南宮平又將此事的經過完全說出，龍布詩方自長嘆一聲，道：「人道紅顏多薄命，這女子卻真是薄命人中最薄命的人，我只望她能有個安靜幸福的暮年彌補她一

生中所遭受的不幸與冤枉，哪知……」乾咳一聲，不再言語。

南宮平亦是滿心愴然，師徒兩人相對默坐，心中俱是悲哀愁苦，只因他兩人生命中的情感生活，俱都充滿了悲哀與痛苦。

南宮平抬眼望處，只見龍布詩萎然盤坐，滿面憂傷，不知比在華山之巔離別時蒼老了多少，心中不禁也甚是難受，立刻錯開話題，問道：「徒兒曾見到那『天帝留賓』四字，還以為你老人家已到了另外一處神秘的地方，不知那日在華山之巔，究竟發生了什麼事？師傅你老人家又怎會到了這裡？」

龍布詩眼簾一闔，垂下頭去，喃喃道：「華山之巔，華山之巔……」隨手一抹眼角，默默無語。

南宮平知道他師傅自華山之巔來到此地的經過，必定充滿了驚險、離奇之事，是以才錯開話題，讓他師傅藉著談話來忘去心中的憂鬱，此刻見了他這般神情，才知道這段經過中充滿的又只是悲哀與痛苦之處，是以他也不敢再問那「丹鳳」葉秋白的下落。

也不知過了多久，只聽龍布詩長嘆一聲，道：「四十年前，我初次聽到『諸神殿』三字的時候，便對此地充滿了幻想，今日我已真的到了此地，卻對此地失望得很，但……唉！卻已遲了。」

南宮平心念一轉，強笑問道：「師傅，那『空氣』是否便是充沛於天地間的一種無形氣體，你老人家卻又能用什麼方法將之變為食物？空氣真能變為食物，那麼天下豈非再無饑民

了。」

龍布詩果然展顏一笑，道：「平兒，你可知道這島上之人大多全是瘋子，不是瘋子的人，經過那數百日的幽禁，洗塵，過著那墳墓中死人一般的生活，只怕也差不多了……」南宮平想到那些坐在木屋門口的麻衣白髮老人，那種寂寞得不堪忍受的生活，不禁長嘆一聲。

龍布詩又道：「這些瘋子中最大的瘋子，便是那大頭島主，在此島上，在他統轄之下，誰的心智清醒，誰便是瘋子，為師到了這裡，見到這般情況，實在無法整日面對著那些行屍走肉一般的老人，寧願獨自思索，便對那島主大發荒謬的言論！」

南宮平笑問：「什麼言論？」

龍布詩道：「為師對那島主說，花草樹木，之所以生長繁榮，便是因為吸入了空氣中的養份，人們若是將風露中的一種神秘物質提出凝固，做成食物，那當真不知要節省多少人力、物力，而且天地間滿是風露，取之不盡，用之不竭，亦不知可救活多少餓民。」

他語聲微頓，大笑道：「那島主聽了為師這番言論，果然大是興奮，大表欽服，認為是空前未有的偉大計劃，是以不經手續，便將為師請來這裡，一切東西，都任憑為師取用，是以我這裡才有許多美酒。」他雖然大笑不絕，但笑聲中卻充滿了蕭索與寂寞，這名滿天下的武林第一勇士，於今竟然也藉酒澆愁，南宮平雖想隨他一齊大笑，卻無論如何也笑不出口。

這「諸神島」上的人，是天才抑或是瘋子，是自得其樂的強者，抑或是無可奈何的弱者，南宮平實在分不清楚。

龍布詩聽他長嘆了一聲，笑聲也為之一斂，正色道：「平兒，為師雖然日臥醉鄉，但卻始終未曾失望灰心，時時在伺機而動，那島主若再喚你，你便可求他將你派來此地與為師一齊研究這『神秘的食物』，約莫再過數月，便是一個機會，那時我師徒能在一起，機會便更大了。」

南宮平精神一振，大喜應了，原來這諸神島上，每年俱有一次狂歡之日，到那時，這些老人雖然僅有狂歡之名而無狂歡之實，卻至少可以隨意活動。第二日島主果然又將南宮平喚去，他對南宮世家的子弟雖似乎另有任務，但聽了南宮平也要去參與那「偉大的計劃」，當下便立刻應了。

黝黯的洞窟中，日子當然過得分外緩慢，但南宮平此時卻也早已學會忍耐，朝來暮去，也不知過了多久，他只覺一切都是那麼平靜，平靜得絲毫沒有變化，只有那島主不時將他喚去，但只是出神地凝望他幾眼，淡淡地詢問幾句，他發覺這奇異的島主那明亮的眼神中，竟漸漸有了混亂與憂鬱，而他每去一次，這種混亂與憂鬱都已增加一分，他不禁又在暗中驚疑：「難道這島主已發覺島上潛伏的危機？」

這些日子裡，龍布詩極少說話，對於即將來到的計劃，他已只說了「隨機應變」四字。

南宮平卻默習著他已背熟的那些武功秘笈，他只覺目力漸明，身子漸輕，卻也無法探測自己的武功究竟有了怎樣的進境，有時他也會想起那些遠在千里之外的故人，便不禁為之暗中嘆息。

十八　諸神島主

這一日他正在靜坐之中，突聽島上響起了一片鼓聲，接著微風颰然，那麻衣老人飄身而上，目光四下一掃，緩緩道：「日子到了！」

他面色雖木然，但眼神中卻似蘊藏著一種神秘的光芒，彷彿已看破了許多秘密，南宮平心頭一震，脫口道：「什麼日子到了？」

麻衣老人冷冷道：「隨便要做什麼，日子都已到了。」袍袖一拂，飄身而下。

南宮平怔了一怔，喃喃自問：「他究竟已知道了多少？……」

只聽身後冷哼一聲，龍布詩道：「無論他知道了多少，今日之後，他就要什麼都不知了。」

南宮平慄然問道：「將他除去？」

龍布詩沉聲道：「不錯！」輕輕一拍南宮平肩頭：「待機而動，隨機應變，若是看不到船隻木筏，便是游水也要離開此地！」

南宮平聽得出他師傅語氣中的決心，在有這種決心的人眼中看來，世上又有何難事？只見龍布詩雙臂一振，骨格山響，有如一隻出柙的猛虎般，掠出了這陰黯的洞窟，地道中已有許多

個沉默的老人在無言地行走著，除了一雙雙明銳的眼睛外，這些老人當真有如一群方自墳墓中走出的行屍。

山窟的密門，早已敞開，南宮平一腳跨出，清風撲面而來，這一陣清風，倏地激發了他生命的活力。游目四望，四下又是一片青蔥，他暗中自誓，為了換取這一份享受生命的自由，他不惜犧牲一切。

然而那群老人，卻仍是呆板而僵木的，只有他們頷下的長鬚，和綠葉一齊在風中飛舞。

穿過綠葉蒼蒼的林木，又到了那一片竹屋，但此刻這些簡陋的竹屋，景象卻已大不相同。

這裡並沒有豪華的佈置與珍寶的陳設，但在竹屋前的空地上，卻堆滿了食物與鮮花，熊熊的烈火上，正烤著整隻的牛羊獐鹿，一陣花香與肉香，混合在清新的微風中，使得這本是死氣沉沉的地方，突然變得充滿了生機與活力。

只因這才是這些老人真正需要的東西，世人所珍惜的豪華珍寶，在這些老人眼中，實是不值一顧——老人們對珍寶金銀，雖通常都有一份不必要的貪婪，然而他們對於酒和美食的偏愛，卻又通常在珍寶之上，何況世人所珍惜之物，在這裡本是一無用處。

那低沉的鼓聲突地停頓，「狂歡」的日子立刻開始，酒肉與生機的刺激，終於使得這些老人面上漸漸有了光采，但他們彼此之間，卻仍然絕不交談，「言語」在這裡，似乎已變為一種極為奢侈的享受。

南宮平放眼四望，突地發覺在一些衣衫較為潔淨，也就是還未進入那山窟中去的老人的眼色間，似乎在彼此交換著一種奇異的目光，交換著一種不足為外人知道的秘密，南宮平心頭一動：

「難道這些老人也已不能享受這種生活，而想藉機逃走？」

於是他立刻發覺在這肉香與花香之間，竟隱藏著一種危機與殺氣，他心房怦然跳動，轉目四顧，龍布詩卻已不知走到哪裡去了。

他雙眉一皺，悄然後退，想去尋找他師傅的行蹤，哪知他方才退到樹叢，突聽樹叢中輕輕一笑。

笑聲在這島上，當真比雷鳴獸吼還要震人心弦，比鳳嘯龍吟還要珍貴希罕，南宮平心頭一震，霍然轉身，只見風漫天斜倚在一株巨樹下，他衣衫神情，俱已狼狽憔悴不堪，顯見已不知受過多少日子的折磨，頜下的虯髯，也變得亂草般令人不快，但是，他的那一隻未被眼罩遮蓋的眼睛，卻仍散發著逼人的光采，鋒利得一眼便能看入你心底深處。

南宮平心頭一陣堵塞，他忽然發覺他終是還不能麻木自己的情感，他緩緩俯下身子，哽咽道：

「前輩，為著我們，你受了苦了。」

風漫天微微一笑，緩緩道：「受苦？……」他笑容裡突地充滿了尖銳的譏諷，接道：「受些苦反而好，這些痛苦，已將我快要麻木的情感刺得復活了，這些痛苦，刺得我終於生出反抗的勇氣！」

他彷彿在喃喃，但忽然間，他目光又變得利劍般敏銳。

他一把抓著南宮平的臂膀，興奮地說道：「孩子你看，那邊那些老人，你可看得出他們有

什麼異樣麼？」

南宮平覺察出他語聲中的興奮，也想起那些老人目光中的神秘之色，剎那間，他心念也怦

然跳動起來，脫口道：「你們要⋯⋯」

風漫天領首道：「不錯！我已偷偷地搧動起他們的怒火和野心，今天，就在今天，這島

上立刻就要有一場好戲，不是住在山窟裡的那群瘋子，立刻滾到地獄裡去，便是我們死！就算

死，也要比這樣不死不活地活下去好得多，是麼？」

南宮平贊同地點了點頭，立刻便又想起一事：「船呢？這裡有沒有船⋯⋯」

風漫天道：「船！要做什麼？」

南宮平怔了一怔，道：「沒有船，怎能回去，難道有誰能插翅飛越這萬丈汪洋不成？」

風漫天哂然一笑，冷冷道：「回去？誰說要回去？」

南宮平又是一愕，只聽風漫天長嘆一聲，道：「你可曾想過，若是讓這些怪異的老人一

齊回到中原，那麼武林中將會惹起怎麼的風波？」南宮平默然垂下頭去，他實在連想也不敢去

想。

風漫天展顏一笑，振衣而起，他鐵拐拐已失，此刻支著一枝短杖，笑道：「先去飲酒，靜觀

好戲。」

南宮平道：「前輩⋯⋯」

風漫天道：「你的心事，我已知道，只可惜無舟無船，你也無法回去的。」短杖一點，飄然出林。

南宮平木立在巨樹的濃蔭下，心事有如潮水一般突地湧起，過了半晌，突聽鼙鼓之聲又起，五個麻衣黃冠的老人，並肩前行，後面跟著五個半人半獸的侍者，十條金毛閃閃的手臂，高高舉起，手托著一具石床，石床上盤膝端坐的，正是那銳目高額的諸神島主。

日正中天，這諸神島主的面色，在日光下慘白得有如透明一般，他似乎甚是畏懼陽光，是以便命那些獸人侍者將石床放在林邊的濃蔭下，石床方自放下，人群中便爆起了一陣狂笑之聲。

在這島上，笑聲已是罕聞，何況如此放肆的狂笑。

諸神島主眼神一掃，立刻捕捉住笑聲的來源，沉聲道：「守淵，你笑什麼？」

風漫天短杖一點，嗖地自人群中竄出，大聲道：「風乃祖宗公姓，漫天乃父母所名，大丈夫行不改名，坐不改姓，便是風漫天，誰名守淵？」原來「守淵」兩字，正是「諸神島」賜與風漫天之名，正如南宮平也被另外取了個名字一樣。

這般老人想是因為已有多年未曾聽說如此豪快的言語，是以大家雖然俱已心如槁木，此刻神情也不禁露出了激動之色。

一點星火，落入死灰，使得死灰，也有復燃之勢！

諸神島主陰沉的面色卻絲毫不變，緩緩道：「好！風漫天，你笑什麼？」

風漫天仰天笑道：「可笑呀可笑，今日在這島上的人物，想當年有哪個不是叱吒一時的英

雄，但如今卻俱都變成了走肉行屍，竟都要聽命於一個半瘋半癡，半殘半廢的怪物，此事若是說將出去，勢必無人相信，豈非令人可笑！」

諸神島主鋒利的目光，瞬也不瞬地凝注在風漫天面上，他面色更是蒼白，閉口不發一言。

風漫天胸膛一挺，笑聲突頓，大聲道：「我等來到此間，本是厭倦風塵，以求避世，卻不是為了要來受你的虐待，過這囚犯一般的日子，我且問你，你有何德何能，要位居這一群天下武林精萃之上？」

老人們雖仍無言，但神情卻更是激動，南宮平熱血奔騰，不能自已，幾乎要鼓掌喝起采來。

諸神島主目光不瞬，緩緩道：「好極，你此刻挺胸狂笑，放肆胡言，必定是有了幾分把握，那麼……」他目光突然厲電般一掃，道：「還有誰與他意見一樣的，都請站出來！」

南宮平恰巧站在他身後的樹林裡，是以看不到他的目光，但只聽得他語聲中確實有一種懾人心神的力量，放眼望去，只見他目光掃過之後，立在他面前的一群老人，卻都變得面如死灰，非但毫無前進之意，反而情不自禁地微微後退。

諸神島主冷冷道：「就只你一人麼？」

風漫天面色大變，霍然轉身，大聲道：「你們怕什麼？我們多日來的商議，各位難道忘了麼？」

老人們垂手而立，一言不發，風漫天面容漸漸蒼白，緩緩轉回身子，他手掌緊捏著木杖，

指節也變得一如他面色般蒼白。

諸神島主面色一沉，冷冷道：「既是如此，想必是你要來謀奪島主之位，那也容易得很

……」

他陰沉沉冷笑一聲，五個麻衣黃冠的老人身形齊閃，圍在風漫天四側。

諸神島主道：「我若令他們將你擒下，諒必你死了也難以心服，這些年來，你身為執事弟

子之一，武功諒必未曾擱下，只要你能勝得了我，從此島上之事，便任你策劃！」

風漫天手掌越握越緊，指節越捏越白，只見他緩緩抬起手掌，掌中的木杖，杖頭彷彿挑起

了千鈞之物，一寸一寸地緩緩抬起，突地手腕一震，杖身不動，杖頭卻有如蛇首一般，不住顫

抖起來。

諸神島主目光凝注著那顫動的杖頭，亦有如獵人窺伺著蛇首，兩人身形不動，但風漫天面

上的神色，卻越來越見沉重，眾人的目光，也越來越緊張。

要知他兩人此刻正是以絕頂的武功，在做生死的搏鬥！風漫天杖頭顫動雖然輕微，但每動

一下，便無異發出一招，只要諸神島主稍露破綻，勝負立可分出，正是武林高手之爭，爭在一

招之間！

兩人互尋對方的破綻，各個均想以自己的氣勢，震懾住對方的心神，這一仗不但是他兩人

生死之爭，更關係著世上許多退隱了的武林高手的命運。

風漫天呼吸漸漸急促，他雖有許多次要待全力擊出一招，怎奈諸神島主全身一無破綻，他

怎敢隨意擊出一招？

日色雖極盛，但大地上卻似瀰佈著陰沉沉的殺機。

南宮平凝息而望，他心中反覆告訴自己，不要忘了他師傅的吩咐：「待機而動！」龍布詩

不知去向，南宮平怎敢隨意出手！

此刻他胸中所學，已貫通百家，早已看出風漫天杖頭每一動，都蘊著一記絕妙高招，含蘊不攻，竟在招先，南宮平心領神會，固是欣喜，但卻又不禁更是擔心，只因這每一招發出來俱是石破天驚，而風漫天卻仍不敢隨意出手，那麼這安坐不動的諸神島主，武功豈非更是高得不可思議？

只見諸神島主神態越來越見從容，風漫天神情卻更是凝重！

到後來他寬闊的額角上，已沁出了豆大的汗珠，日光下有如珍珠般晶瑩奪目，汗珠漸漸下流，流上了他亂草般的虬鬚……

風漫天暗嘆一聲：「罷了！」杖頭一橫，正待拚死發出一招！

突聽林中大喝一聲：「且慢！」南宮平一躍而出，只因他想起了風漫天對自己的許多好處，便再也顧不得別的。

眾人微微一驚，南宮平朗聲喝道：「南宮平也與風前輩站在一邊！」雙臂一橫，擋在風漫天身前。

諸神島主雙目一張，目中閃過一絲譏嘲之色，冷冷道：「你可是也來謀奪島主之位麼？」

南宮平昂然道：「錯了！只是在下與風老前輩心意相同，若是心懷畏懼，不敢說出，實有

如芒刺在背，骨髓在喉！」

諸神島主冷笑道：「好一個芒刺在背，骨髓在喉，你可知道，這裡是什麼地方，此刻你眼

中所見之人，哪一個不是震赫一時的武林高手！哪裡有你說話之處！」

南宮平朗聲道：「若是風老前輩言論錯了，這裡縱然俱是孺子老婦，我也袖手不管，若

是風前輩言論無錯，這裡縱然俱是武林高手，我也要挺身而出，在下行事，只問是非，不顧利

害，在下武功雖不高，卻比那些曾經震赫一時的武林高手，要問心無愧得多！」

神色木然的老人們，麻木的面容上，也不禁泛起了一些羞愧之色。

諸神島主沉聲道：「你年紀輕輕，難道不知愛惜生命麼？」

南宮平大笑道：「如其苟且而生，不如慷慨赴死！」

風漫天大聲喝道：「好男兒！」

諸神島主目光一掃，冷冷道：「你如此做法，莫要後悔！」

南宮平道：「生死都早已置之度外，難道還會後悔麼！」

突聽遠處又是一聲大喝：「好男兒！」

一條人影，有如蒼鷹般橫飛而來，嗖地落在南宮平身側，滿面鐵鬐，目光如電，劍痕斑

斑，往復交錯，正是江湖第一勇士，「不死神龍」龍布詩！

諸神島主冷笑道：「你也來了！」

龍布詩厲聲道：「不錯，老夫也來了，平兒，風兒，閃開一邊，待老夫來領教領教這名滿天下的神秘角色，到底有何驚人絕技！」

他一句廢話也不願多說，隨手取過了風漫天手中的短杖，雙拳一抱，杖頭上挑，厲聲道：

「請！」

諸神島主似乎也未曾見過這樣的人物，怔了一怔，道：「你要動手？」

龍布詩大喝道：「不錯！」

喝聲未了，刷地一杖當頭劈下！

諸神島主更未料到他與自己動手，也敢如此毫不遲疑地猝然出手，當下袍袖一拂，身形不動，便已輕輕移開三尺！

龍布詩杖風激盪，有如劍風般銳利，身隨劍走，剎那間連攻七招，七招發出，杖風更激，

但樹上的木葉，卻絲毫不動，只因龍布詩杖上的真力，僅及諸神島主之身而止，絕不肯無謂浪費一分一毫！

他招式之空靈飛幻，可稱一時無兩，但他出招之間，絕無一般武林高手之小心顧慮。

風漫天長嘆一聲，道：「難怪武林人士，將令師稱爲江湖第一勇士，今日看來，果真名下無虛！」

南宮平展顏一笑，風漫天又道：「常言道強必勝弱，勇必勝怯，那島主武功雖神奇，只怕也擋不住令師這種石破天驚的勇氣！」

說話之間，龍布詩又已攻出數十招，他攻敵為先，自保為後，全然不顧及自身的安危，一片杖影之中，幾乎已看不見諸神島主的身形，只聽諸神島主道：「你果真不要命了？」

龍布詩橫杖三擊，大喝道：「不錯！」

諸神島主道：「什麼計劃誰來完成？」

龍布詩大笑道：「你若死了，你那計劃誰來完成？」

諸神島主怒叱一聲，突地伸手一抄，抄住了杖頭，左掌直擊龍布詩前胸，眾人大驚，只聽「喀喇」一聲，木杖斷為三截，中間一截，凌空激起，撲地擊入樹幹之中，深深入木。

龍布詩左掌捛住了諸神島主手中的杖尾，右掌之中半截杖尾，急刺而出，只聽「砰」地一聲，龍布詩被諸神島主掌力擊中前胸，仰面跌開丈餘，但左掌卻已奪過了諸神島主手中的杖頭，右掌中的杖尾，竟將諸神島主肩頭劃破一條血口。

老人們不禁聳然動容！

南宮平一掠而前，驚道：「師傅，你……」

龍布詩雙臂一振，翻身躍起，怒喝道：「閃開！」嗖地一個箭步竄到那石床之前，兩截斷杖化為判官雙筆，直打諸神島主前胸、頭頂、雙肩的七處大穴！

諸神島主見了他這種打法，也不禁微微變色，雙肩一沉，雙掌自脅下翻出，並掌直擊，口中喝道：「回去！」

龍布詩甩肩滑步，以攻制攻，連擊三招，怒喝道：「放屁！」

哪知他左手一張口，便有一股鮮血，直射而出，原來他左手才一掌，已受了內傷，血箭自諸神島主耳側掠過，星星點點，卻都激射在諸神島主頭臉之上！

南宮平心頭大震，只見他師傅仍然毫無畏色，全力進擊，這一股鮮血，似乎又激動起那些老人的熱情，三三兩兩紛擁了上來，只有那些本在山窟中的老人，卻仍然遠遠站在一邊，袖手旁觀。

風漫天雙肩一聳，對南宮平沉聲道：「你可看到，只要前面的老人群情一怒，這島主便立刻陷入孤立之境，除了這幾個執事老人，或許還會為他一戰，後面的那些老人，身上的血早已冷透了。」

南宮平全神凝注著他師傅的安危，答非所問，沉聲道：「直到此刻，這島主猶未站起身子，他若站起身子，家師只怕……」

風漫天冷笑道：「此人早年走火入魔，雙腿已成殘廢，再也站不起來了。」

南宮平心頭一動，突聽「砰砰」兩聲，龍布詩再次翻身跌倒，諸神島主的身子也搖了兩搖，原來不死神龍與諸神島主兩人，又已各個中了對方一掌，要知諸神島主掌先發，但龍布詩不救自身，是以才能擊中對方，他若不拚得自己先挨一掌，又怎能擊得中諸神島主？

南宮平驚呼一聲，奔到龍布詩身前，道：「師傅，你怎麼樣了？」

龍布詩面如金紙，慘然一笑，道：「你先看看那些人怎樣了！」

南宮平回首望去，只見那些麻衣的老人，竟在刹那間恢復了生氣，齊地展動身形，將那諸神島主圍在中央。

諸神島主瞑目端坐，面色更是蒼白如死，過了半晌，突也張口噴出一股鮮血，風漫天雙目一張，大呼道：「他也受了重傷！」

諸神島主緩緩張開眼睛，只見面前的老人們，雖然既不呼喊，亦未動手，但雙雙眼睛卻已都露出了憤怒之色，他們埋藏了多年的憤怒與情感，此刻都從目光中宣洩，那眼色是何等可怖，普通人若被這許多雙眼睛望上一眼，也要心寒膽裂而死！

風漫天厲聲道：「你本已半殘半廢，此刻又受重傷，你還有什麼話說？」

諸神島主緩緩道：「不錯，我已受重傷，再無話說，只有讓位了。」

他陰惻惻一笑，接道：「我非但讓位，還要讓出性命，只是你們應該讓我，先去料理一下後事。」

老人們閉口不言，風漫天正待說話，卻聽龍布詩呻吟道：「讓他去！」

風漫天自然從命。

「諸神島主」目光望向那五個麻衣黃冠的執事老人，道：「你們呢？」

執事老人對望一眼，一言不發，齊地轉身遠遠走了開去。

諸神島主慘然一笑，道：「好好，連你們也背棄我了……」

突聽一聲厲呼，五個金毛獸人，齊地縱身而起，撲向老人們之中，一個老人稍為大意，竟

被他們生生裂為兩半，慘呼一聲，血肉橫飛！

其餘的老人驚怒之下，展動身形，但見他們手掌一揚，便有一股排山倒海的掌風響起，接著又是兩聲淒厲無比的慘呼，兩個金毛獸人身軀凌空拋起一丈，噗地跌在地上，跌得頭斷骨折！

諸神島主大喝一聲：「住手！」他直到此時此刻，喝聲中仍有一種不可抗拒的懾人之力。

眾人微一遲疑，果然齊齊住手，諸神島主微一招手，剩下的三個獸人，一齊跪了下來，諸神島主道：「你們為我拚命，可是還願意跟著我？」

獸人們垂首稱是，諸神島主微微一笑，長嘆道：「想不到你們雖然沒有完全成為人形，卻有一顆人心，竟比他們還知道忠義兩字。」

五個麻衣黃冠的執事老人，齊地垂下頭去，諸神島主朗聲道：「好！抬我回去！」

三個金毛獸人抬起石床，走向山窟，諸神島主道：「日落時便有回音！」

風漫天冷冷道：「怕你沒有回音！」

諸神島主冷笑一聲，突地回頭望了南宮平一眼，似乎想說什麼，但終於一言未發，逐漸遠去。

龍布詩此時面色已越發難看，甚至連呼吸都已漸漸微弱。

南宮平見了他師傅的傷勢，滿心愴痛，突地長身而起，厲聲道：「各位昔日俱是英雄，怎地今日卻變成了懦夫，各位若是肯早些動手，家師何至如此，他老人家為了要傷那島主，不惜

自己先挨一掌，各位見了，心中有何感想？」

眾人木立當地，目光又變得黯然無光，南宮平仰天悲嘶道：「師傅呀師傅，你力不能勝，

也就罷了，何苦以身爲餌……」

龍布詩緩緩張開眼來，悽然笑道：「平兒，坐下來，聽爲師說個故事！」

南宮平愣了一愣，不知他師傅此刻怎有心情來說故事，但終於還是長嘆一聲，緩緩坐了下

來。

此刻眾人已被「不死神龍」的義勇所懾，人人俱是木然閉口，凝神傾聽，微風穿林，花香

滿地，四下一無聲息。

只聽龍布詩緩緩道：「亙古時森林中還無人跡，百獸相依，既無爭戰，亦無兇鬥，當真是

舒適安樂的太平盛世……」

他面上也展露著一種幸福的憧憬，彷彿在期望這種日子的重新來臨。

然後，他笑容突斂，接著道：「哪知這樣的日子過未多久，森林中突然來了一隻惡獸，每

天要吃一隻野獸，百獸驚亂，但卻不能抵擋，只有任那惡獸摧殘，到後來百獸實在無法忍受，

便暗中集在一起，集會研討。

但這些弱獸想盡辦法，卻也想不出一條可以擊倒惡獸的妙計，只有一隻兔子，說他有殺死

惡獸的方法。

百獸半信半疑，那兔子也不多話，回到家裡，以極強的毒汁，塗遍自己全身，然而跑到那

惡獸之處，以身進奉，那惡獸將他吃了，毒性立刻發作，翻滾著死了，森林又重回太平，但大家心裡，卻都為那俠義的兔子難受，你說那兔子的犧牲，是不值得的麼？」

他斷續著說完了這個故事，四下更是寂無聲息，南宮平垂下頭去，淚珠簌然而落。

「不死神龍」龍布詩微微一笑，道：「我方才環視此島，知道萬難逃出，他算定我必可避過，哪知我不避不閃，卻把握住那一髮千鈞，稍縱即逝的時機，一招將他擊傷，平兒，為師雖也身受重傷，但你說這傷受得可值得麼？」

南宮平手抹淚痕，卻見四下的老人，面上俱是恭敬欽慕之色，心中亦不知是難受，抑或是得意。

風漫天道：「龍大俠，在下……在下……」他語氣哽咽，無法繼續，俯下身來，為龍布詩查看傷勢，又有許多老人，取來些丹藥，龍布詩雖然自知傷勢難癒，卻俱都含笑受了。

這些人雖然得到勝利，但勝利卻來得這般悽苦，是以人人心中，俱都十分沉重，雖然滿地俱是美食，卻無一人享用。

月色漸漸偏西，晚霞染紅了西方的天畔，是日落的時分了。

一個金毛獸人，飛步而來，手中捧著一方素箋，風漫天接來一看，雙眉微皺，朗聲唸道：

「余已決心讓位，有意逐鹿島主之位者，可隨使者前來，公議島主之位誰屬。」

龍布詩此刻已被抬在一張鋪滿鮮花的床上，南宮平默坐在一旁，風漫天朗聲唸完，已走了

過來，他此刻滿心難受，只望龍布詩能傷癒而已，至於誰去繼那島主之位，他根本沒有放在心上。

金毛獸人等了許久，老人群中，才走出幾個人來，那五個麻衣黃冠的執事老人，又是互望一眼，也一齊自林中走出。

風漫天突然大喝一聲，道：「無論誰做島主，都莫要忘了龍大俠今日的犧牲，否則我風漫天便和他拚了！」

龍布詩緩緩道：「你原該去的……」

風漫天道：「經過這次事後，那島主之位，只不過是個虛名而已，此後凡事俱得公決，才不負龍大俠這番苦心！」

龍布詩微微一笑，只見那金毛獸人大步前行，後面無言地跟著一群老人，這些人裡，有的是想去繼那島主之位，有的是想去一觀動靜，還有一些老人，神情已近於瘋癲，還忘不了他們在山窟中所研究之事，是以便也跟著去了。

夜色漸深，方自過了半晌，突地一陣「轟隆」之聲，自山窟那邊響起，卻如雷鳴一般，剎那間便又寂絕。

但風漫天以及剩下的老人們一聽這陣響聲，面色齊地大變，風漫天驚呼一聲：「不好……」一躍而起。

南宮平驚問道：「什麼事？」

風漫天卻已與那些老人一齊飛身向響聲發作之處掠去。

龍布詩道：「平兒，你去看看那邊發生了什麼事故。」

南宮平應了，如飛趕了過去，他身法之輕快，比昔日已不知勝過多少，剎那間便又到了那一片山壁前面，只見山窟的秘門緊閉，風漫天和一群老人滿面驚惶，立在山壁之前，一個個呆如木雞，也不知究竟發生了什麼驚天動地之事！

南宮平愕然問道：「怎地了？」

風漫天以手扯鬚並頓著他新砍的木杖，恨聲：「該死該死，我竟忘了這一著，想不到那廝心腸竟這般狠毒……」

南宮平見了他大失常態，心裡也不覺甚是惶亂，又追問了一句，風漫天長嘆一聲，道：「這山窟本是前人亂世中避難之地，出入口處，也與宋末時那些死人墓一般，有一方斷龍之石，此刻那島主已放下斷龍之石，出入通路，便完全封死，那些入了窟的朋友，勢必也要隨他一齊活活閉死在這山窟之內了，我本已看出他失去島主位後，已有必死之心，卻想不到此人竟如此瘋狂殘酷，臨死之際，還要拉上這許多殉葬之人！」

南宮平唏噓半晌，想到那許多人在山窟中的絕望等死之情，心下不禁大是惻然，垂首道：「不知是否還有方法援救他們？」

風漫天搖頭道：「斷龍石一落，神仙也難出入，不但再也無法去救他們，便是我們的情況

……唉！也大是悲慘得很。」

南宮平大驚問道：「怎地？」

風漫天道：「這島上所有鹽米日用之物，俱在山窟之內，島上雖有飛禽走獸，但數量極是稀少，否則我也不必自中原將野獸帶來，此後……」他苦笑一下……「我們只怕唯有以樹皮草根充飢了！」

眾人心情沉重，緩緩走了回去，南宮平心頭一動，說道：「此島既已無法居留，大家不如一齊設法回去。」

風漫天道：「萬里遠洋，莫說不能插翅飛渡，便是勉強造些木筏小舟，又怎能禁得起巨浪沖激？」

南宮平道：「前輩你上次豈非也是自此島渡至中原的，這次難道就……」

風漫天長嘆道：「島上本有十艘以萬年鐵木製成的『接引舟』，巨浪所不能毀，以我等這樣的武功，本可藉以飛渡，但……唉！那，接引之舟此刻已只剩下三艘，而剩下的三艘，也俱都在山窟之內！」

勝利的果實還未嚐到，島上便已密佈起重重愁雲。

在焦慮中過了三五日，龍布詩的傷勢雖稍有起色，但仍極嚴重，眾人想盡了方法，甚至不惜耗費真氣，為他診治，但那諸神島主的掌力，委實驚人，若非龍布詩這種由許多次死裡逃生而磨練出的堅強意志，銅筋鐵骨，只怕早已喪身在他這一掌之下！

島上幸好還有一道流泉，可供眾人飲用，但眾人的心境，卻似在沙漠中一般枯苦，龍布詩

若是睡了，南宮平便與那些老人談論些武功，他胸中藏有無數本妙絕天下的武功秘笈，再得到這種身經百戰的武林高手指點，進境更是驚人，但有時他想起自己一生或將終老此鄉，即使學成蓋世武功，又有何用？一念至此，不禁更爲之唏噓感嘆，悲從中來。

過了數日，天氣更是悶熱，南宮平手裡拿著柄紙扇，正爲龍布詩驅著蚊蠅，龍布詩嘆道：

「平兒，苦了你了。」

南宮平黯然笑道：「苦的是你老人家，師傅，我真想不到你老人家怎會自華山之巔，到了這裡？」

龍布詩長嘆一聲，道：「此事說來真是話長，那日，爲師上了華山之巔，見到葉秋白她竟然未死，心裡亦不知是驚是喜，一路上她弄了那些伎倆想來愚弄於我，我本是一時睹氣，見了她之面，見到她那般憔悴，心裡的悶氣，早已無影無蹤。」

南宮平暗嘆忖道：「師傅雖是一世英雄，卻也未免多情，而我對吟雪……唉！」

龍布詩接道：「在那刹那之間，我呆立在她面前，也不知要說什麼，哪知……」話聲未了，突聽遠處一陣大亂驚呼之聲，此起彼落。

龍布詩變色道：「什麼事？」

南宮平道：「徒兒去看看。」撐身掠出了那小小的木屋，只見林中人影閃動，往來甚急！

又聽風漫天厲聲道：「四下查看，我守在這裡！」

南宮平循聲奔去，到了那一道流水之邊，只見溪旁倒臥著四具屍身，風漫天手拄木杖，面

色鐵青，卓立在屍身之旁，南宮平大驚之下，脫口問道：「他們怎會死了，難道那……」

風漫天沉聲道：「你看！」

南宮平俯身望去，赫然見到那四具屍身，竟已變得通體烏黑，有如腐肉一般，奇臭難聞，他們身上並無傷痕，面容扭曲，竟似中了劇毒的模樣，南宮平駭然道：「莫非水中有毒！」

風漫天沉聲道：「你看！」

碗立刻變為烏黑！

南宮平大驚道：「水中果真有毒！」

風漫天木立當地，有如死了一般，這島上唯一的水源中若已有毒，那麼眾人當真是不堪設想！

風漫天方待答話，已有一個老人如飛奔來，手裡拿著一隻銀碗，往溪中舀了半碗溪水，銀

三人一齊呆在當地，只聽流水之聲，潺潺不絕。

南宮平突地大喝一聲：「不要緊，這條溪水，乃是活水，他即使在源頭下毒，毒水也有流盡之時，只要在溪頭輪流看守，我們便不至渴死！」

風漫天精神一振，應道：「立時便去！」

此刻已有許多老人四下尋找過了，卻空手而回，當下便有兩人，奔去源頭看守。

風漫天嘆道：「幸好此溪乃是活水！可算不幸中之大幸，但此事並未結束，我們若不找出那下毒之人，此後便永無寧日了！」

眾人面面相覷，誰也猜不出這下毒之人究竟是誰。

南宮平目光一轉，面色突又大變，脫口驚呼道：「你看！」

眾人目光，隨著他手指望去，只見那邊樹林之中，赫然竟有一股濃煙衝起，濃煙中夾雜著火苗，一陣風吹過，火勢立刻大盛。

風漫天惶然失色，大呼道：「果林失火！」

呼聲未了，他人已衝出三丈開外，南宮平緊跟在他身後，兩人並肩飛馳，南宮平滿心驚惶，也未發覺自己的輕功怎麼變得和風漫天相去無幾，一霎時便已到了那著火的樹林邊，赤紅的火焰，在濃煙中飛舞，眾人立在林旁，火焰卻已幾乎逼上了他們的眉睫！

風助火威，火勢更盛，長約里許的果林，剎那間便已變為一片火海，這果林此刻已是等於是他們日後的糧食來源，但此刻卻都已變為焦木。

風漫天呆了半晌，仰天悲嘶道：「蒼天呀！蒼天……」

兩個長髯老人，本自失神地站在他身旁，此刻突地仰天大笑道：「燒得好，燒得痛快……」一個大笑，一面竟在地上狂舞起來，原來這兩人久過不凡生活，驟逢巨變，竟急得瘋了！風漫天咬一咬牙，雙手疾伸，點住了他兩人的穴道，哪知這邊笑聲方住，火林中竟響起幾聲淒厲的慘呼！一響而絕。

接著，兩條人影，閃電般自火焰中竄出，赫然竟是方才尋查未歸的老人，滿身俱已著火，鬚髮更早已燃起。

當先一人，立刻和身撲在地上，連滾數滾，南宮平身形一閃，這人便已自他身旁滾過，遠遠滾到一丈開外，滾滅了滿身火焰，方自翻身掠起，戳指林內，道：「他……他……」一言未了，突又跌倒！

南宮平急問：「是誰？」掠前一看，只見此人滿身衣衫肌膚，俱已被燒得有如焦炭一般，雖仗著深湛的內功，掙扎至今，但此刻卻已氣絕身死，南宮平無暇再顧，急地旋身，只見另一人仰天臥在地上，身上火焰，猶在燃燒，但人卻早已身死！

風漫天面色焦急沉重，頓足道：「誰？是誰？」突地回轉身子，目光直視著南宮平，一字一字地緩緩道：「會是她麼？」

南宮平茫然道：「誰？」

風漫天道：「梅吟雪，她不但對島上之人，都已深痛惡絕，便是對你，亦懷恨在心，像她這樣的人，性情那般高傲倔強，對你用情又那般深厚，再加以她的智力與武功，說不定……」

突地頓住話語，不住咳嗽道：「但願我猜得錯了。」

南宮平木然當地，動彈不得，風漫天雖然怕他心裡難受，沒有再說下去，但他卻已想到，此事大有可能。

風漫天長嘆數聲，突又變色道：「快些回去，莫被敵人再壞了那邊的房舍！」

話聲未了，眾人已一齊奔電般向來路奔回，一路上南宮平只覺自己心房跳動，彷彿有什麼不祥之兆，心下更是著急。

奔行一段，放眼望去，房舍仍是無恙，他心情稍定，大聲喚道：「師傅……師傅……」

如飛掠到龍布詩養病的竹屋前，探首一望，面色立變，身子搖了兩搖，撲地坐到地上，嘶聲叫道：「師傅……師傅……」竹屋中的「不死神龍」龍布詩，竟已赫然不知去向！

風漫天等人，亦是面色大變，頓足驚呼，風中帶來火焰的焦灼，火焰的燃燒聲，有如蠶食桑葉一般，必剝作響。

風漫天沉聲道：「龍大俠失蹤，大家俱都有尋找之責，一半人留守此間，一半人隨我……」

只聽一人，冷冷截口道：「你是什麼東西！」五個髮髯零亂的長髯老人，並肩而出，一排走到風漫天面前，爲首一人接口道：「這島上本是一片平和，人人都能安度天年，自從你回來之後，便弄得天下大亂，你早該自殺以謝眾人，還有什麼資格在此發號施令！」

風漫天變色道：「你們難道願意像幽靈死屍般被那瘋狂的魔王控制？」

長髯老人冷冷道：「縱是那樣，也比此刻眼看就要餓死渴死好得多了。」一面說話，一面向風漫天緩步走了過來。

風漫天厲聲道：「你要怎樣？」

長髯老人道：「殺了你！」輕飄飄一掌擊向風漫天前胸！

風漫天道：「不知好歹，自甘爲奴，早知你們俱是這樣的人，我又何苦多事？」

說話之間，掌杖齊施，攻出七招，腳步絲毫未動，那老人招式雖奇詭，但內力卻毫不強

勁，七招之內便已被風漫天攻退，原來他本在山窟中苦修丹爐黃老之術，燒鉛煉汞，妄想能煉得金丹，以成大道，哪知他煉出的金丹服下去後，不但不能成仙，反而摧毀了他的內功！

另四個老人目光一轉，齊地揮掌攻了上來，竟將風漫天圍在中間，十掌連發，招式有如海浪一般，澎湃而來，連綿不絕。

風漫天武功雖高，卻也抵擋不住，剎那間便已險象環生！

人群中突地響起一聲輕叱，一個老人，飛掠而出，揮掌急攻，大聲道：「寧可自由而死，不願奴役而生，風兄我來助你！」

有些人本已躍躍欲動，聽到這句喝聲，立刻振臂而起。

另一老人冷冷道：「好死不如歹活，老夫還未活夠哩！」

於是又是許多人加入重圍，與風漫天為敵，立刻間這許多俱曾光耀江湖一時的武林高手，竟成了混戰之局，但見掌影如山，掌風往來衝激，有如悶雷一般，隆隆作響！

突聽一聲大喝：「住手！」接著又有兩人叱道：「住手！住手！」三個白髮老人，手裡橫抱著三具屍首，自外面飛步而來！

當先一人，大聲道：「方才又有三位朋友，被暗算在亂草之間，滿身紫漲而死，島上險象環生，大家同心協力，還未見能度過難關，若再自相殘殺，便當真要死無其所了！」

眾人一齊住手，面面相覷，目光中雖仍有憤恨之色，但果然絕無一人再啟戰端，突聽南宮平朗聲道：「天無絕人之路，此處上有青天，下有沃土，以我眾人之能，難道還會餓死在這

裡？」

風漫天道：「正是，只要找出了那縱火放毒的罪魁禍首，此後再能同心協力，共謀生機，何難將荒山變爲樂園？」

這幾句話一句接著一句，說得俱是義正詞嚴，擲地成聲！

眾人哪還有反駁，當下果然依了風漫天之意，留下一半看守，另一半四下分散，一面去探查敵蹤，一面去尋找龍布詩的下落。

南宮平滿胸悲痛，滿心焦切，雖然擔心的是他師傅的生死凶吉，卻更怕這暗中的敵人便是梅吟雪，如若真是梅吟雪做出此事，那麼又叫這恩怨分明的俠義男兒如何自已！只因梅吟雪對他雖然恩情並重，但此情此景，此時此刻，他仍不能將梅吟雪饒恕。

海濤拍岸，海風颳耳，南宮平行走在海邊崢嶸的岸石間，那內中不知埋葬了多少武林英雄的黑屋，便矗立在他眼前！

他緬懷著這一代之雄的雄風豪跡，滿心熱血如沸，他用盡目力，遙視海面，海面上絕無船影，海面上若無船隻，梅吟雪又是從何而來？莫非梅吟雪並未做出此事，那麼這暗中的敵人又是誰呢？

他並無搜尋的方向，目光茫然四望，突地！他瞥見一隻草鞋，遺留在亂石間，鞋頭向東，鞋跟朝南，草鞋上有一滴血跡，滴落在草鞋的尖端，南宮平心念一動：「這難道是師傅他老人家留下來的！」當下再不遲疑，循著鞋尖所指的方向掠去！

約莫七八丈開外果然又有一隻草鞋，鞋尖卻斜斜指向偏西。

南宮平身形一折，追尋而去，只見一片黑色的巖岩，橫亙在海邊，山壁如削，下面便是滔滔的海水，他依稀估量，這片巖岩，彷彿便是已被斷龍石封死的山窟所在，他用心探查了一遍，這片巖岩果然生似一片渾成，其中絕無通道。

夕陽西下，晚霞光照著海面，他無奈地在一方山石上坐了下來，突聽一陣輕微的人語，自削壁下的海面上隱隱傳來，赫然竟彷彿是那島主的語聲：「龍布詩腳上本有草鞋，此刻卻是雙足全赤，這其中必有古怪！」

語聲乍起，南宮平便已閃身躲在一片山石之後，語聲未住，削巖邊果已露出了那諸神島主寬闊的前額和蓬亂的頭髮！

南宮平凝息靜氣，只見諸神島主伏在一個金毛獸人的背上，自削巖下飛身而上，那金毛獸人健步如飛，身形數閃，便已轉入山巖之內。

南宮平毫不遲疑，立刻躍到他們上來之處，凝目一看，縱身而下，他此刻輕功已大非昔比，只要縱身有些許突出之處，他便可藉以落足，轉瞬間便已直落而下，只見一片汪洋，遼闊萬里，雪浪如山，生於足底，哪有存身之處？

他微一遲疑，面向山壁，再次攀上，目光四下搜索，突地發現巖壁上蔓生著一塊藤蘿，風吹藤蘿，颼颼作響，不問可知，這藤蘿之間必定有一片神秘的入口。

他掌上滿蘊真力，撥分藤蘿，枯枝紛紛分開，山壁上果然露出隙口，南宮平騰身而入，隙

口的窟道，也僅可蛇身而行。

南宮平手足並用，前行了十數丈，地勢忽寬，前面卻是一個無人的洞窟，鐘乳如林，五光十色，彷彿已至止境，南宮平心頭一怔：「師傅怎會不在這裡！」逡巡了半晌，突然奮身一躍，躍至角落，只見兩隻倒懸著的石乳之間，果然又有隙口，卻被一面極厚的木牆所堵，南宮平舉手一擊，這面木牆，竟是堅如鐵石，紋風不動。

他暗調一口真氣，方待全力一掌擊出，忽聽頂上「咯」的一響，兩隻鐘乳，緩緩升上，鐘乳後閃電般躍出兩條人影，一人在左，一人在右，呼地兩掌，擊向南宮平左右兩脅，赫然竟是兩個金毛獸人！

南宮平大喝一聲，擰身錯步，掌勢橫掃，他掌上本已滿凝真力，只聽「砰」地一聲，右面一人，立刻被他擊飛一丈，砰地一聲，撞上石壁，口噴鮮血而死！

左面一人怪吼一聲，右掌右拳，攻出三招，力道強勁，招式奇詭，舉手投足間，更有一種瘋狂的獸意，竟完全不顧自己的生死，南宮平倒退三步，心頭暗暗吃驚，哪知三招過後，這獸人招式突地一頓，怪吼一聲，和身撲上！

南宮平只見他雙臂大張，空門盡露，哪裡還是方才那般奇詭的招式？但南宮平卻生怕他這一招之中，另藏精妙的後著，左掌一引，右掌斜斜劈去，亦是誘敵之招，卻見那金毛獸人竟不知閃避變化，南宮平心頭一動……「莫非他只學會三招！」掌勢再不遲疑，並撞而出，那獸人雙臂還未合攏，已被南宮平雙掌擊在胸前，砰然一聲，如中木石！

只見他身子搖了兩搖，目中激厲著野獸般的光芒，竟仍屹立不倒，但滿口森森白齒之間，卻沁出了一絲絲鮮血！

古洞陰森，光線陰黯，南宮平只見這獸人竟又一步一步向自己走了過來，神情有如惡魔一般，心頭也不禁微微發寒，全力一掌擊出。

他方才那一掌是何等力道，這獸人著著實實中了一掌，竟仍未死，他卻不知道這獸人腑臟早已寸寸斷裂，只是仗著天生的一種兇悍之氣，延續至今，哪能再禁得住一掌，那凌厲的掌風，已將他身子擊飛，噴出一口鮮血，立時身死！

南宮平鬆了口氣，定神望去，這才發現，方才堵住隙口的木壁，竟是一艘木艇，木艇直立，船底便有如木壁一般，他心念一閃，便已知道這木艇必定就是風漫天口中所說那鐵木所製的接引之舟，心頭不禁大喜，箭步掠入，進去便是一方石室，室中滿堆著包裹水潭，角落裡一張石床上，仰天臥著一人，胸膛不住起伏，彷彿熟睡未醒，卻正是「不死神龍」龍布詩！

南宮平大喜喚道：「師傅……」

喚聲未了，突聽身後冷笑一聲，道：「你也來了，好極好極！」

南宮平心頭一震，霍然轉身，諸神島主掌中握著兩隻竹杖，伏在最後一個金毛獸人的身上，不知何時趕了回來。

陰暗的光線中，這老人一雙眼睛，卻亮如明燈，目中竟也充滿了瘋狂的獸意，神情間更顯示著瘋狂與不安，哪裡還像是南宮平初次見到時，那鎮靜、睿智、而情感麻木的老人？

南宮平知道諸神島主在這島上幽居數十年，本已有些瘋狂，加上失勢的刺激，更使得他潛伏著的瘋狂全都爆發出來，是以他才會做出這些瘋狂得幾乎滅絕人性之事，剎那間南宮平心頭既是驚惶，又是憤怒，怒叱一聲，厲聲道：「那縱火、下毒、殺人之事，全是你做出的麼？」

諸神島主哈哈笑道：「除了老夫還有誰人？順我者生，逆我者死，那些人既背叛了老夫，老夫就要叫他們死盡滅絕！」

瘋狂的笑聲，瘋狂的語聲，說到「死盡滅絕」四字，他目中的光芒，更有如毒蛇一般！

南宮平心頭一震，緩緩退到龍布詩所臥的石床邊，他每退一步，那金毛獸人便逼近一步，南宮平劍眉一軒，突地奮身撲上。

金毛獸人腳步一縮，退到木艇旁，諸神島主道：「你也敢與我動手麼？」

南宮平厲聲道：「不但要與你動手，還要將你除去！」雙掌飛揚，幻起一片掌影。

諸神島主大笑道：「好！」掌中竹杖輕劃，便已劃入南宮平掌影之中。

南宮平奮起精神，全心全意地施出招式，雖以他自幼所習的神龍掌式為主，其中卻夾雜著各門各派的武功精華，掌式之變化，飛靈空幻，當真有如天花繚繞，令人目不暇拾。

諸神島主笑道：「南宮家中，果然都是聰明男兒，老夫給了你幾本死書，不想你便已可施出這一般活招來。」竹杖一挑，連破七招！

那金毛獸人身形已十分巨大，他伏在獸人身上，更顯得高高在上，十數招一過，南宮平心念一閃，掌招不攻諸神島主，反而向獸人攻出，那獸人雙手後托著諸神島主背臀，空自怒吼連

連，卻無法還手，南宮平三招方出，他已退到了外面的石窟。

南宮平精神一振，掌式更見凌厲，曲肘側掌，一招「貫日長虹」，斜斜劃去，這一招本是峨嵋掌法中的妙著，哪知他招式方出，前面已被一片杖影封住。

諸神島主道：「你連攻十五招，此刻輪到老夫了。」語聲未了，那兩條竹杖，已帶著滿天勁風，山嶽般壓了下來。

他竹杖由守化攻，南宮平只聽竹杖絲絲劃風之聲，在他耳側往來縱橫，面前更滿是青竹杖影，突地漫天風聲，變作了一縷銳風，直點南宮平雙眉之間。

南宮平心頭一凜後退七步，背後已是石壁，竹杖如形隨影跟蹤而來，南宮平腳步一滑，貼著石壁，滑開數步，只聽「叮」地一聲，那輕輕一條竹杖，竟將堅如金鐵的石壁，劃開一條裂口，碎石紛飛，雨點般掃向南宮平的面目。

南宮平大驚之下，隨手抄起一具獸人屍身，擋了過去！

「蓬」的一聲，碎石擊上了屍體，那屍身血液尚未凝固，被力道如此強猛的碎石一擊，鮮血立刻激射而出，竟濺得那金毛獸人一頭一臉。

血腥之氣，突地激發了這金毛獸人體內潛伏的兇殘獸性！

只見牠突地厲吼一聲，一把抓住了那具屍身，雙臂一分，生生將屍身裂為兩半，抓出腑臟，放到口中，大嚼起來！

諸神島主再也無法伏在這獸人背上，連聲厲叱道：「放下，放下……」那獸人竟也不再聽

命於他，諸神島主長嘆一聲，喃喃道：「野獸終歸還是野獸。」舉杖一點，點中了這獸人的穴道，凌空躍了下來，他雙腿似乎完全癱軟，不能用力，只有以竹杖點地。

但是他身形方自站穩，南宮平已撲了上來，諸神島主掌中兩條竹杖，輪流點地，身形飛躍，換了兩招，突然全力一杖掃來，南宮平難擋銳鋒，閃身避過，眼前一花，諸神島主已飛身掠入石室！

南宮平驚喚一聲，隨聲而入，只見諸神島主坐在石床上，掌中竹杖的尖端，緊抵著龍布詩的咽喉，冷冷道：「你還要你師傅的命麼？」

南宮平心頭一震，呆在地上，不敢再進一步！

諸神島主緩緩道：「他已被我點了睡穴，動彈不得，此刻我舉手之勞，便可將他殺死，除非……」

南宮平大聲道：「除非怎樣？」

諸神島主道：「除非你乖乖地依照老夫的命令行事。」

南宮平怒罵道：「想不到你這樣的身分，還會做出如此卑鄙之事！」

諸神島主大笑道：「老夫久已年老成精，再也不會中你激將之計，你若不聽話，也只得由你，但你師傅的性命，便要送在你的手上！」

南宮平呆了半晌，長嘆道：「你要我怎樣？」

諸神島主面色一沉，道：「我座下侍者，全已被你害死，你自然要代他們服些勞役，限你

一個時辰之內，將這木艇運至洞口，再將這洞中之物，全都運到艇上，你若延誤一刻，或是妄想報訊於人，哼哼，後果如何，我不說你也該知道。」

南宮平大驚道：「你要離開此地？」

諸神島主道：「不錯，這島上已成一片荒原，老夫難道也要像野人般留在這裡？只可惜老夫的計劃未能全部完成，但是……」他仰天狂笑道：「那些人雖然未死，活著的日子卻也夠他們受的！」

南宮平驚怒交集，木立當地，諸神島主道：「但是你大可放心，老夫不但要將你師徒兩人一齊帶走，或許還要將老夫數十年苦心研究的醫術傳授給你，你且瞑目試想一下，你手上若能掌握別人的生命，隨意移殖別人的身體器官，那該是什麼滋味！」

南宮平仍是動也不動，怒道：「誰要你……」

諸神島主掌中竹杖輕輕向前一送厲叱道：「還不動手！」

南宮平暗嘆一聲，他寧可受到再大的屈辱，卻也不願他師傅的性命受到傷害。

那木艇不但體積龐大，而且甚是沉重，南宮平費盡氣力，才將所有東西全都運到洞口，洞口外便是萬丈汪洋，原來這裡另有一條通路，斜斜通下，直達海面。

等待他一切辦妥，早已精疲力竭，滿頭大汗。

諸神島主陰森森笑道：「做得好！現在你去乖乖在洞口，不得妄動！」

南宮平無可奈何，只得應了，在洞口等了半晌，只見那諸神島主肩上駝著龍布詩的身子，

以竹杖點地而來，一面喝道：「將木艇推下海面，你自己退後三步！」

南宮平奮力推下了木艇，只聽嗖地一聲，諸神島主已飛身上了木艇，喝道：「你也上來！」

南宮平若不上去，他師傅卻已身在艇中，當下他只得咬緊牙關，躍上木艇，諸神島主竹杖一點，木艇便遠遠盪開。

他竹杖在水中輕輕划動幾下，便已離岸甚遠，海濤如山，船隻搖盪，諸神島主面上的神色，突地變得十分黯然，沉聲道：「拿起船上木槳，用力划船，老夫在這裡爲你掌穩了舵！」

南宮平看了看他面上的神色，緩緩道：「我本不願留在此島，但你已花了數十年心血在此島上，如今捨得離開麼？」

諸神島主冷冷道：「捨不得！」

南宮平心頭一喜，脫口道：「既然不捨，不如歸去！」

諸神島主道：「雖然不捨，也要走的。」

南宮平又何嘗不想離開此島，他不捨的只是此刻還留在島上的朋友，當下只得暗嘆一聲，划動木槳，只見那諸神之島，越來越小，到後來只剩下那棟黑色屋宇的屋頂，到後來連屋頂也隱沒在海天深處。

南宮平心頭一動，悄悄抬起掌中的木槳，當頭向諸神島主輪去。

諸神島主竹杖仍然不離龍布詩的咽喉，但眼簾深垂，彷彿已睡著了。

南宮平心頭一動，悄悄抬起掌中的木槳，當頭向諸神島主輪去。

哪知他手掌一動，諸神島主便已霍然張開眼來，南宮平奮力拋下木槳，大怒道：「你到底要將我師徒兩人怎樣？」

諸神島主冷冷笑道：「我要你在一年之內，學會我的醫術，然後再以我移形之術，將我這兩條殘廢的腿治好！」

南宮平怒道：「誰要學你那瘋狂的醫術！」

諸神島主道：「不學也得學，要知這本非請求，而是命令，你若不學，哼哼！你師傅的兩腿，也要終身和我一樣了！」

南宮平驚問：「什麼！難道你……」

諸神島主道：「不錯，我早以絕重的手法，將他雙腿點為殘廢，你若想要將他醫好，便得先學會我的醫術，先將我雙腿治好。」

南宮平大喝道：「我與你拚了！」方待奮身而起，只見諸神島主掌中竹杖一點，冷冷道：「你敢妄動一動麼？」

南宮平黯然長嘆一聲，垂首坐了下去，道：「你……你為何要這樣做法！……」

諸神島主道：「只因老夫自己雖有移形換體之能，但自己卻無法替自己施行這移形換體之術。」

南宮平道：「島上數十百人，你為何偏偏選中了我？」

諸神島主微笑一下，緩緩道：「這其中自有原因，但此刻卻不能告訴於你！」

南宮平見到他面上的笑容甚是古怪，似乎在此事之中，又隱藏著一些秘密，一時之間，心頭不覺大是疑惑，舉起雙槳，奮力向前划去！

也不知划了多遠，他只覺掌心發熱，心頭思緒卻漸漸平靜，不時思索著脫身之計。

夜已頗深，星光映入海面，這一葉孤舟，飄盪在漆黑而遼闊的海面上，顯得是那麼寂寞而孤悽。

諸神島主仰視星群，藉以辨別著方向，在這淒涼的海面上，他目中的瘋狂之色，也已漸漸變為沉重的憂鬱，彷彿心中也藏著許多心事。

突地，海風漸勁，一陣狂風，吹來了一片烏雲，掩住了天畔的十數點星光。

諸神島主目光望處，面色大變，脫口呼道：「不好──」

南宮平道：「怎樣了！」他實在不願再聽到這「不好」兩字！

諸神島主沉聲道：「剎那之間，暴風立至！」語聲未了，那一片烏雲，已擴大了數十百倍，轉眼間竟將滿天星光，一齊掩沒。

海風更勁，風中又加雜了豆大的雨點，海浪也如山湧起，若換了普通的木船，立刻便是覆舟之禍。

南宮平大聲喚道：「師傅，你老人家無恙麼……」

龍布詩目光四掃一眼，驚怒交集，厲聲道：「老夫怎地到了這裡？」

諸神島主微一遲疑，隨手拍開了龍布詩的穴道，將他扶了起來，龍布詩吐出一口長氣。

諸神島主沉聲道：「此刻不是說話之時，此舟雖非凡木所製，但也禁不得這大的風浪，看這暴風來勢，卻彷彿是龍捲之風，你我只有施展『千斤墜』的身法、壓住此船！……」

就在他說這幾句話的工夫，狂風暴雨，已漫天而來，四面的海浪，如山湧起，這小小一葉孤舟，便有如彈九一般隨浪拋起。

南宮平等三人，大喝一聲，同施內力，鎮壓著船隻，那驚濤駭浪，一個接著一個打上木艇，四下更是一片漆黑，南宮平更是滿身水濕，他尋著了一隻鐵桶，倒出艇中的海水，但海浪滔天，艇中海水，仍是有增無減！

情勢的危急驚險，使得他們三人已拋去彼此間的私仇與成見，同心合力，來與風浪搏鬥。

但這卻是一場艱苦已極的戰爭，只因風浪越來越大，這木船雖非凡品，他們三人雖有一身卓絕的武功，但看來仍是凶多吉少。

海風呼嘯，再加以暴雨聲、海浪聲，混成一種驚心動魄的樂章，瀰漫了天地，比戰場上千軍萬馬的殺伐之聲，還要令人心悸。

諸神島主勉強睜開眼睛，大聲呼喊道：「龍布詩、南宮平，我將你兩人帶來海上，你兩人心裡可在怨我？」

龍布詩、南宮平，面色凝重，閉口不語。

諸神島主突然長嘆一聲，道：「人力到底難與天爭，我本想將這秘密一直隱藏下去，但此刻你我已是生死俄傾，隨時都有舟毀人亡之禍，我也等不及了！」

龍布詩、南宮平心頭齊地一怔，同時脫口道：「什麼秘密？」

諸神島主雙手緊抓住船沿，手扶著船身，大聲道：「你兩人可知道我是誰麼？」

南宮平呆了一呆，真力一懈，海浪立刻將木艇凌空拋上。

龍布詩牙關緊咬，身子一沉，厲聲道：「你到底是誰？」

諸神島主仰天大喊道：「南宮平，我便是你的伯父，龍布詩，我便是毀了你一生幸福的人！」

南宮平心頭驀地一震，許多件事橫亙在心中的疑團，恍然而解！

難怪他對我與眾人不同，難怪他一定要我傳習他的醫術！

他離家之時，殺了妻兒，心頭自是十分悲哀沉痛，數十年寂寞憂傷的日子，更使得他心裡的沉痛悲哀，變作了瘋狂，是以他才會做出那種瘋狂殘酷之事！但是他又怎樣會毀去龍布詩一生的幸福？

一時之間，南宮平心頭亦不知是悲忿、是驚訝、抑或是憤怒！

只見龍布詩身子一震，面色大變，驚呼道：「你！你便是南宮永樂，你……你……你就是——」

「諸神島主」南宮永樂拚命抵抗著狂風海浪，他心中的思潮，也正如狂風海浪一般，洶湧起伏。

「諸神島主」南宮永樂拚命抵抗著狂風海浪，他心中的思潮，也正如狂風海浪一般，洶湧起伏。

使得葉秋白恨我一生的——那青衫蒙面人！」

他嘶聲說道：「不錯，南宮永樂便是那青衫蒙面人，四十餘年前，那時我初見葉秋白之

面，便已深深愛上了她，竟忘了我已有了妻子，更忘了我即將要遠離人間，來忍受這愁煞的孤獨寂寞。

但那時你和葉秋白在江湖中已有璧人之稱，我又妒又恨，便全心全意地去破壞你們，那些江湖中人，自然不會有人猜出是我做的，只因江湖中誰也不知道『南宮世家』的大公子會有一身驚人的武功。

你與葉秋白反目成仇之時，也正是我離家遠赴海外之時，我內心愁苦，不可發洩，決心與人間完全隔離，便狠心殺了妻兒。」

一陣狂風颳過，他最後這句話便與震耳的海濤聲一齊發出。南宮平只覺一陣寒意，直上心頭。

龍布詩恨聲道：「你雖隔絕了人間，卻害得我好苦！」新仇舊恨一齊湧上心頭，便要舉掌擊去！

南宮永樂大喝道：「且慢，你縱要動手，等我話說完了不遲！」

他臉上一片水濕，亦不知是海浪抑或是淚珠，嘶聲接口道：「但我到了島上，卻仍無法忘記人間之事，更無法忘記你們，日子過得越久，往事卻更鮮明，葉秋白在我腦海中的印象，更令我永生難以忘卻。」

龍布詩厲叱一聲，南宮永樂道：「幸好南宮世家中人，世世代代俱是諸神島主……」

南宮平心頭又是一震，忍不住截口道……「你……你說什麼？」

南宮永樂道：「這諸神之島，本是『南宮世家』所創，我『南宮世家』每代長子前來，便是要接傳島主之位，這始終是武林中最大的秘密，是以連你都不知道，你初來時我說另有任務給你，便是要待我百年之後，令你傳我之位，你於今可知道了麼？」

這許多太大的驚駭，已使得南宮平心頭變得麻麻木木，只覺眼前一片茫然，什麼也看不到了！

龍布詩淒厲的狂笑一聲，道：「你接了島主之位，仍不放過我們，又令人到中原武林，來尋訪我們的蹤跡，終於在華山之巔尋著了我們，乘我心神慌亂之間，立下毒手，點了我的穴道，將我送到此間，苦苦折磨……」

南宮永樂道：「我何時苦苦折磨過你，你撒下那漫天大謊，說要在風露中提取食物，我也裝作信了，我要你來，只是……只是……唉！只是不願你在中原，和葉秋白終日相見，我卻孤獨寂寞的生活在這小島上，看不到她的影子！」

龍布詩厲喝一聲：「我且問你，你將葉秋白藏到哪裡去了？」

南宮永樂木然呆了半晌，緩緩道：「葉秋白……她……她已墮下華山之巔，連屍骨都無法尋覓，我受了刺激之後，才會大失常態……」海濤風雨，使得他語聲斷續不清。

龍布詩大喝道：「你說什麼？」

南宮永樂嘶聲道：「她已死了！」

龍布詩身子一震，喃喃道：「死了……真的死了……」突地厲吼一聲，手掌一撐船舷，和

身撲了上去，一掌拍向南宮永樂頭頂。

南宮永樂一把接過了他的手掌，慘然狂笑道：「好好，你我數十年的仇恨，今日解決了也好！」只聽一陣砰砰砰之聲，兩人已換了七掌。

木艇一失平衡之勢，立刻隨浪拋起，海浪如山壓下，船上的包裹，俱都跌落到了海中。

南宮平雙手緊抓船舷，嘶聲呼道：「師傅……伯父，住手……住手！……」

但這兩個老人，哪裡還聽得到他的呼聲，兩人雙腿俱都不能動彈，四掌卻糾纏在一起，目光之中，更充滿了火焰般的光芒。

南宮平又驚又怖，心胸欲裂，他既不能幫他師傅去殺死伯父，亦不能幫他伯父殺死師傅，海面狂風暴雨，他當真是呼地不應，呼天不靈。

突聽龍布詩、南宮永樂齊地大喝一聲，接著一個海浪拋起！

木艇一側，南宮平一聲驚呼尚未出口，便已落入海中！

接連幾個海浪打來，打得他再也不能掙扎，心中慘然一嘆：「別了！」許多親人的身影，一齊在他腦海中閃過，他人已沉入海水，半昏半醒之間，只覺掌上觸著一物，他也不分辨那是什麼，下意識地反手一把抓住，便再也不肯放鬆！

一片驕陽，映得海面上閃動著千萬條黃金色的光芒，陣陣海風，吹得海岸上千百株椰樹婆娑作響。

一片黃金色的沙灘上，本來渺無人跡，但此刻那無情的海浪，竟突然多情地送上了一條軀

體，只見這軀體牙關緊咬，雙目緊閉，也不知是生是死，他頷下雖然生滿了短鬚，但眉目間卻

仍甚是年少，他雙掌緊緊抓著一隻木箱，十指都已嵌入木裡。

驕陽越昇越高，酷熱的陽光，筆直照在這少年的眼簾上。

他緩緩睜開眼簾，陽光刺目，他想抬手去遮蓋陽光，但是他手指嵌在木箱裡，一時間竟掙

脫不開。

他掙扎著坐起身子，吐出幾口慘碧的海水，站了起來，環目四望一眼，面上仍是一片空

白，只因已經過一次大的驚駭與刺激。

他，南宮平，又一次逃脫了死神的掌握，但是他已是精疲力竭，心如死灰，在這無人的荒

島上，可能有幾分生機？

他掙扎著站了起來，極力不去回憶往事，他不敢去判斷他師傅以及他伯父的生死，他更不

敢猜測自己以後的生命會如何發展，只因命運似已注定了他要在一個無人的荒島上做一個孤寂

的野人，以至老死，生命中絢爛的色彩，在他說來，似乎都已成了過去，此後有的只是一連串

灰色黯淡的日子。

他不耐陽光，走向樹蔭，數十株椰樹之後，有一個小小的山坡，山坡上是一片濃密的綠

林。

南宮平跟蹌而行，椰樹林後沙灘已盡，那乾燥的黃泥地上，濃密的樹林邊，赫然竟有一隻

長約三尺的奇形足印！

在這無人的荒島上，竟有如此巨大的腳印，南宮平心頭一凜，凝目望去，只見那足印只有三隻尖尖的足趾，彷彿鳥爪，但足掌長方，腳跟渾圓，卻又宛如人類，他忍不住急步掠去，想到那足印邊，看個仔細。

哪知他腳步尚未站穩，泥地突地向下陷落，原來這足印邊，竟有一個丈餘方圓的陷阱，他雙足踏空，心頭大驚，雙臂一震，手掌搭住了陷阱的邊緣，身軀直躍而上，他不敢再在附近落足，猛提一口真氣，嗖地竄入了樹林，突覺足下一絆，兩條樹枝，驀地自地上彈了起來，他真力立竭，這樹枝又甚是強韌，他身不由己，直被彈起一丈開外！

大驚之下，他奮身一轉，想落足到下面的一株巨樹之上。

哪知他身形還未掠上，這株巨樹濃密的木葉中，突地又有一條樹枝彈出，南宮平大喝一聲，腳尖一點，身形倒跳而出，只聽嗖地一聲，右面樹上的樹葉內，突地射出了一隻木箭，原來左面樹枝一彈，立刻震動了右面樹上的一條柔枝，這條柔枝輕輕一掃，便掃在旁邊一張以樹枝爲背，巨藤爲弦的木弓的弓弦上，弓弦一響，木箭射出！

南宮平連遭驚險，連次縱身，氣力實已不濟，勉強躲過了這條木箭，斜斜落了下來，哪知他腳尖一點，便知道地上又是一個陷阱，他縱然用盡全力，也無力再次躍上，一聲不好，還未說出，他身形便已筆直落下了三尺，噗通一聲，落入水中，原來這陷阱不但極深極闊，而且阱底還積著深約七尺的海水，縱是輕功高手，只要落入這陷阱之中，一時半刻之間，也無法能脫

身而出。

那支射出了的木箭，去勢未絕，「蓬」地一聲，射在一塊木板上，這木塊向前一震，撞上了另一塊木板的下端，第二塊木板，便立刻向前倒了下來，砰然一聲大震，重重地落到地上，竟是一面蓋子，恰巧將陷阱蓋得嚴絲合縫。

南宮平全身都已被海水掩沒，勉強墊起足尖，頭面才能露出，木板一蓋，陷阱中便已成了漆黑一片，他心中驚疑交集，悚然忖道：「想不到這荒島上竟有人類，看這陷阱機關重重，建造得如此精妙，顯然不是用來捕捉野獸，而是用來對付身具一流輕功的武林高手，他不但將一切機關，都造得天衣無縫，而且對來人身形起落的位置，都計算得清清楚楚，難道這陷阱便是用來對付我的，但又有誰知道我會到這荒島上來？若非對付我的，這陷阱怎能製作得如此精確？」

要知他輕功若是再強幾分，他便不會落入這陷阱裡，他輕功若是再弱幾分，縱然早就入伏，卻也不會落入這個陷阱之中。

他再也猜不出製作這陷阱之人究竟是誰，更猜不出這陷阱究竟是為了對付何人而製，一時之間，他心頭便不禁充滿了猜疑和恐怖，神秘的暗中敵人，永遠比世上任何強敵都要可怖。

突聽一陣刺耳的笑聲傳來，笑聲尖銳，有如鳥啼，笑聲中既是得意，又滿充著怨氣！

原來那木板砰然一聲大震，傳入濃林，濃林中一株巨樹上，一間木板搭起的，有如鳥巢般的陋屋中，立刻如飛掠出一條人影。

只見這人影長髮披肩，竟是個女子，但身上卻只圍著幾片枯藤樹葉結成的葉裙，她滿身的肌膚，已被烈日灼得漆黑而乾枯，十隻手指，有如鳥爪一樣，面上更是瘠黃乾枯，顴骨高聳，只有一雙眼睛，明亮而渾圓，但其中也發散著野獸般飢餓的光芒，令人見了，心頭忍不住要生出一陣悚慄的寒意。

她瘋狂地得意狂笑著，咯咯笑道：「今日你總該知道老娘的手段了……」

她身形飛躍難急，卻極是小心仔細，彷彿這濃林之中，到處都佈置著惡毒的機關埋伏，直到她躍上了那陷阱的木蓋上，她方自肆無忌憚的手舞足蹈起來，咯咯怪笑著道：「老娘的手段如何？早教你乖乖聽命於我，我還可饒你一命，此刻我卻要等你精疲力竭，再將你一塊塊烤來吃了。」

南宮平聽著這瘋狂的笑聲，恨毒的語聲，心頭只覺暗暗發冷，朗聲大喝道：「上面是什麼人？爲何要對我出此惡計？」

語聲方起，那身披樹葉的長髮怪異女子，笑聲便突地停頓，那枯瘠黑瘦的面容，彷彿突然被人打了一記，奇形地扭曲了起來！

她灼亮的雙目，也立刻泛出了驚駭詫異的光采，突然跳了起來，厲聲道：「你不是……你不是，你是什麼人？」語聲中的得意，倏然一掃而空，剩下的只有憤怒、懷恨、怨毒！

南宮平心頭一鬆，知道自己並不是此人陷害的對象，但聽了她的語聲，心頭又不覺一寒，只聽嗖地一聲，陷阱的方蓋，霍然掀了開來，一個醜怪得難以形容的長髮女子，立在陷阱邊，

戳指大罵道：「混帳，賤人，死囚……」

世上所有惡毒的罵人名詞，一連串自她口中罵了出來，南宮平大怒道：「我與你素不相識……」

那醜怪女子根本不聽他的話，仍是惡聲罵道：「我花了無數心血，費了許多時間，算好了那賤人的身法，做出這陷阱，如今卻被你這死囚毀了，我要吃你的肉，剝你的皮……」罵聲一頓，突又狂笑起來。

南宮平又驚又怒，只見她狂笑了半晌，戳指道：「原來是你，原來是你！……這陷阱捉住了你，也算沒有白費我心血。」

南宮平心頭一怔，不知這醜惡的女子，竟會認得自己？

只聽那醜惡女子笑聲一頓，嘶聲道：「南宮平，你還認得我麼？」

南宮平凝目望去，凝注著那一雙惡毒的眼睛，心頭突地一動，大駭道：「你……還未死？」

你……你可是得意夫人？」

醜惡女子放聲狂笑道：「不錯！我還未死，我就是得意夫人！我雖然被你們放逐在海上，但老娘卻是渴不死，餓不死的！」

南宮平看著她的樣子，不禁木然愕住，再也說不出話來！

原來得意夫人在海上飄流了許久，白天被烈日灼炙，夜晚受風霜之苦，早已被折磨得失了人形，與她一齊被逐的男人，武功既不如她，心計更不如她狠毒，竟被她一個個殺來吃了！

她便仗著這些人的鮮血，掙扎了數十日，到後來飄流到這島上，才算撿回一條性命，在島上的日子，也充滿了困苦驚險，到了冬天，更是悽慘，她又幾乎被凍死、餓死！

這些日子的折磨，不但使得她完全變了原形，甚至使得她的聲音都改變了，只有那一雙眼睛，卻仍和以前一樣，只是更添加了不知多少怨毒和憤恨！

若不是這一雙眼睛，南宮平便再也認不得這形容醜惡枯瘦，聲音嘶啞粗糙，有如鳩形夜叉一般的女子，便是那徐娘半老，風韻猶存，聲音更甜如蜜糖，能以姿色風情誘人的一代妖姬得意夫人！

當下，南宮平只有暗嘆一聲，閉口不語。

得意夫人咯咯笑道：「你怎地不說話了？」

南宮平昂然道：「既落你手，任憑處置！」

得意夫人道：「你可是要我殺你？」

南宮平道：「越快越好！」

得意夫人大笑道：「你要我殺你，我卻捨不得殺你哩！」笑聲不住，緩緩低了下來，一面接道：「你怎地不說話了？」

南宮平又驚又怒，忖道：「這女人兇淫惡毒，我如今卻已精疲力竭，若是落入她手被她侮辱，不如死了倒落得乾淨！」

南宮平又驚又怒，忖道：「你如今已成了活寶，我怎麼捨得殺你？等你完全沒有力氣，我就會好好請你上來！」

一念至此，他再不遲疑，抬起手掌，便待往自己天靈死穴拍下！

突聽得意夫人咯咯笑道：「你可是想自殺麼？」

南宮平手掌一頓，得意夫人已自接道：「你可知道在這島上，還有誰在這裡？」

南宮平心頭一動，脫口道：「誰？」

得意夫人大笑道：「你再也想不到的，梅吟雪在這裡！」

南宮平驀地一驚，手掌立刻垂了下來，仰面大喝道：「她怎會在這裡？」

得意夫人道：「她乘一艘破船，飄飄盪盪地到了這裡，那艘船擱淺在島那邊的岩石上，船也破了，走不得了，她便只得上了岸來，那時我還不知道她就是害我的人，她也認不出我是誰了！但是！……」

怎能駕駛那艘特大的海船？

原來那日梅吟雪負氣離島登船，立刻揚帆而駛，她雖然識得航海之術，怎奈孤身一人，又怎能駕駛那艘特大的海船？

海天茫茫，她在海上漂流了許久，到後來竟也迷失了航線，「諸神島」的人為她留在船上的一些清水和糧食，也告斷絕！

餓還罷了，渴卻難受，為飢渴所苦的梅吟雪，就感到失去了神智！

暈迷之中，她只覺船身一震，竟擱淺了，那艘船船底本有裂口，經此一撞，船身便漸漸傾斜，只是為海底岩石所阻，是以尚未沉沒。

荒島上的得意夫人，見到船來，本來大喜，當下到了船上，才發現這艘海船，便是風漫天、南宮平所乘的得意夫人，而船上卻只剩下了一個孤身的女子，她又驚又奇，又有些畏懼，只是

孤島上實在寂寞，有人作伴總是好的，當下便救醒了梅吟雪。

她形狀大變，梅吟雪神智猶未清醒，自然認不出她便是得意夫人，但得意夫人卻已斷定她與風漫天、南宮平必有關係，心念數轉，便試探著問道：「南宮平是你的什麼人？」

梅吟雪怔了一怔，詫道：「你……你怎會知道我認得他的？」

得意夫人微微一笑，道：「你昏迷之中，總是不住在呼喚他的名字。」

梅吟雪悽然一笑，道：「他便是我的丈夫！」

得意夫人心中大奇，但表面卻不動神色，淡淡地問道：「他此刻在哪裡，怎會讓你孤身一人漂流在海上？」

梅吟雪雖然覺得面前這女子甚是醜惡怪異，但卻對這女子甚是感激，是以全無防範之心，當下便想簡單地說出自己的遭遇，哪知她滿腔幽怨，一經敘說，便不可抑止，竟流著眼淚將心事全都說了出來。

得意夫人面上越發不動神色，徐徐道：「你一個女子，怎會混到那艘全是男人的船上去的？」

梅吟雪黯然笑道：「我為了要在暗中保護他，是以不惜易容為……」

得意夫人冷冷截口道：「易容成一個又髒又醜的癩子，是麼？」

梅吟雪心頭一震，大驚道：「你！……你怎會知道的？」

得意夫人大笑道：「我自然知道！」

梅吟雪駭然道：「難道你……你就是那得意夫人？……」

語聲未了，得意夫人已駢指點中了她的穴道，得意地狂笑道：「天叫你送上門來，讓我報仇，但是你儘管放心，我絕不會立刻殺死你，我要讓你陪著我，受盡折磨之苦，我要日日夜夜地折磨你，教你也嚐嚐求生不得，求死也不能的滋味！」

她語聲中滿是怨毒，將這段往事說到這裡，南宮平已聽得滿心驚駭，滿頭冷汗，嘶聲道：「她現在哪裡？你已將她折磨成什麼樣子了？」

得意夫人冷笑一聲，接著道：「她現在成了什麼樣子，你一看就知道了，我將她恨之刺骨，恨不得將她千刀萬剮，讓她受盡活罪，但是……」

原來那日得意夫人將梅吟雪帶回島上，點了梅吟雪的氣血交流之處，然後縛在樹上，讓她不能以真力掙斷山藤，但卻能感覺出痛苦。

她想盡各種方法，去折磨凌侮梅吟雪，卻又不讓梅吟雪死。

她將梅吟雪縛在烈日之下，面前放了一缽清水，然後躲在暗中，來欣賞梅吟雪掙扎著去取清水，而又伸手不及時那種絕望的痛苦，烈日的灼炙，使得梅吟雪神智又似乎暈迷了，得意夫人大是得意，哪知梅吟雪早已發現得意夫人的藏身之處。

她眼簾睜開一線，目光一掃，更做著暈迷昏亂的模樣，突地大聲囈語道：「不！不！隨便你怎麼折磨我，我也不告訴你，讓你得意……」然後昏昏亂亂的，又說了一些狂話。

得意夫人心中一動，立刻給她灌下幾口清水，大聲道：「你有什麼事藏在心裡，不肯告訴

我？」

梅吟雪故作茫然道：「沒有什麼！」

得意夫人笑道：「哼哼！你心裡有什麼事，還瞞得過老娘麼？老實告訴你，你暈迷之中已將心事全都說出來了。」

梅吟雪惶然失色，道：「你！……你……我絕對不能告訴你。」

得意夫人厲聲道：「你若不說出來，我更加十倍的折磨你。」

梅吟雪道：「我落在你手裡，早已不想活了，多受些折磨，少受些折磨，還不是一樣的！」

得意夫人怔了一怔，大聲道：「好，你說出我也不聽了！」

當下她果然更加殘忍地去折磨梅吟雪，梅吟雪咬緊牙關，死也不肯說出，得意夫人一人在島上，終日胡思亂想，越想越是心癢難抓，實在想聽一聽梅吟雪到底有什麼事，不肯說出口來。

……

聽到這裡，南宮平聽到梅吟雪所受的折磨，心裡好像插上了無數根尖針般痛苦，嘶聲道：「她可曾說出了麼？你後來對她怎麼樣了？」

得意夫人冷哼一聲，閉口不語！

南宮平大駭道：「你將她殺死了麼？」

得意夫人冷冷道：「沒有！」

南宮平大聲道：「帶我去見她，帶我去見她……」

得意夫人道：「哪有這般容易！」

南宮平黯然道：「只要你帶我去見她，無論叫我做什麼，我都願意。」

得意夫人目光一轉，道：「真的麼？」

南宮平道：「你若不信，我可以發誓！」

得意夫人拋下一條枯藤，冷冷道：「把繩子繫在腰上！」

南宮平立刻做了，得意夫人一把將他提了起來，隨手點住了他的穴道，將他帶到濃林深處，道：「你以前的武功比此刻相差千里，想必是你在諸神島上，學到了一些武功秘訣……」

不等她話說完，南宮平已截口道：「我告訴你！」當下將一本南海劍訣，從頭到尾，背了出來，得意夫人果真非常人，聽了數次，便已了然，大喜道：「想不到南海劍派，竟有如此精深絕奧的劍法訣要！」

南宮平道：「我已說出，你可帶我去見她了！」

得意夫人哈哈笑道：「帶你去見她？不錯，我是要帶你見她，但是……」

原來那日得意夫人想來想去，疑團難解，只得走到梅吟雪面前，低聲下氣地說道：「我雖然對你不好，但畢竟是你的救命恩人，是麼？你有什麼話，告訴我以後，我一定會對你好

些。」

梅吟雪心頭暗喜，口中卻冷冷地道：「你要我說出來也不難，但我說出之後，你卻要放開我！」

得意夫人亦是心頭暗喜，忖道：「你只要說出來，我不折磨得你更慘才怪！」口中卻極其溫柔地說道：「在這無人的荒島上，兩個人總比一個人好，只要你說出來，我一定放了你！」

梅吟雪故意嘆了口氣，道：「你話說得雖好，但是我卻不信，除非……！」暗中忖道：

「此人要上鉤了！」

得意夫人急忙道：「除非怎樣？」心中忖道：「她若要我先放了她，就顯見得根本沒有什麼秘密，只是故意玩個花樣，要我上鉤，哼哼！我是數十年的老猾頭了，難道還會上你的當麼？」

但梅吟雪只是徐徐地道：「除非你能發一個很重很重的誓，我才信得過你！」

得意夫人大喜忖道：「到底是個沒見識的丫頭，老娘平生發誓，不知發過多少次了，簡直有如吃白菜一般，還怕什麼！」

當下故意遲疑了半晌，才嘆口氣道：「我平生說話，說過就算，從來沒有發過誓賭過咒，但是……唉！這次就依你。」

梅吟雪暗中大罵：「放屁，你若沒發過誓，太陽就要從西邊出了！」面上卻做出十分相信的樣子。

只見得意夫人果然跪了下去，發誓道：「我若失言了，就叫……就叫樹枝將我戳死，螞蟻將我屍首吃掉。」

梅吟雪冷笑暗忖道：「好一個牙疼咒。」

要知道兩人俱是千靈百巧，心計極深的女子，面上雖然都是一本正經，肚裡卻都在弄鬼，你要騙我，我要騙你，也不知誰能將誰騙倒。

兩人目光對望了一眼，梅吟雪長嘆道：「你既然發下這樣的重誓，我就告訴你，這個島雖然荒涼，但將來一定有船隻通過，那時你就可回到中原，絕不會老死在這荒島上了……」

得意夫人大怒道：「你要說的，就是這句話麼？」

梅吟雪微微一笑，道：「但是你已變成這種模樣，回到中原後，武林中人還會稱你『得意夫人』麼，只怕要喚你作『夜叉夫人』了！」

得意夫人大罵道：「你再說一句，我就將你臉上的皮撕下來。」

梅吟雪故意長嘆道：「你不要我說了麼？唉……可惜……我只得不說了！」

得意夫人怔了一怔，展顏笑道：「好妹子，快說出來，你這樣漂亮的面孔，姐姐我連摸都捨不得摸的，怎麼會撕下來！」

梅吟雪暗中大罵，口中笑道：「好姐姐，我渴死了，要喝水。」

得意夫人暗中罵得更兇，口中卻也笑道：「好妹子，姐姐來替你拿！」一路罵不絕口，為得意夫人拿來了一缽清水，兩人口裡姐姐妹妹，叫得越來越是親熱，暗中卻將對方祖宗八代都罵

了出來。

梅吟雪喝了水，道：「好姐姐，你猜我多少歲了？」

得意夫人道：「這個……十六七歲吧。」她爲了要討梅吟雪的歡心，故意又少說了幾歲。

梅吟雪笑道：「你大概還不知道，我就是梅吟雪。」

得意夫人失聲道：「呀，原來你就是孔雀妃子。」暗中罵道：「難怪這小狐狸這般狡猾，原來她竟是梅吟雪！」要知梅吟雪成名甚早，是以得意夫人自然也知道她的名字。

梅吟雪道：「我出道江湖，已有二十年了，如今算來，已是四十多歲的人了。」她自己另有打算，是以又多說了幾歲。

得意夫人呆了一呆，目光凝注了半晌，徐徐道：「看不出來……看不出來……」心念一動，突地大聲道：「你難道學會了駐顏延年的內功？」

梅吟雪笑道：「我若不會那種內功，如今還會是這個樣子麼？」

得意夫人大喜道：「好妹子，快教給我，我想了好多年了！」

要知她雖是徐娘風姿，看來並沒有她真實年紀那般蒼老，其實只不過是平日攝生有道，保養得好，日日蛋清洗臉，珍珠粉沖茶，卻不會那種武林中最秘密神奇的內功，愛美本爲女子天性，何況她這種女子，更何況她如今已變成了這般模樣。

梅吟雪道：「像姐姐你這樣的天資，這樣的武功根基，只要勤練這種內功一兩年，不但立刻就會還你本來顏色，而且還可永駐青春。」

得意夫人更是聽得意動神馳，連聲道：「好妹子，快說，快說……」

梅吟雪道：「我說出來，你一定放我。」

得意夫人暗忖道：「我這獨門點穴，無人能解，何況這荒島上根本無人，我即使解開她的山藤，她周身無力，連隻雞都拿不動了，還能玩出什麼花樣？不如落得大方些，讓她好放心將秘訣告訴我。」

梅吟雪笑道：「姐姐，你若不信，姐姐就先解開你身上的縛束，讓你可以舒服些！」

她卻不知道梅吟雪被龍布詩以那般厲害的手法，廢去了全身功力，還能自己恢復過來，何況她此刻只不過是閉住了梅吟雪的氣血，當下自以為得計，含笑道：「好妹子，你若不信，姐姐就先解開你身上的縛束，讓你可以舒服些！」

梅吟雪笑道：「姐姐，你真好。」

得意夫人暗罵道：「小狐狸，過一陣你就要罵我了。」面上滿堆笑容，解開了梅吟雪身上的縛帶，只留下兩道山藤，縛在梅吟雪足上。

梅吟雪又笑著謝了，道：「姐姐，你好生聽著。」竟真的將那駐顏內功的訣要，緩緩的誦了出來，而且字字都不虛假，只因她知道她的對手不是等閒之輩，若是假的，絕騙不倒她。

得意夫人全心全意，凝神聆聽，一面心中參詳，一面忖道：「果然不是假的。」只是那秘訣內容精奧，字句艱深，得意夫人思索研究了許久，含笑嘆著氣道：「好妹子，這秘訣太深奧了，一時我還弄不懂，你索性好人做到底，把練功的方法也教給我吧。」

梅吟雪笑道：「這秘訣我早年就已得到，但直到許多年後，我被人關在一個棺材裡，什

麼事也不想，苦苦研究了半年，才算弄通，但一通之後，就很容易，你看，三花聚頂，五氣朝元，這些內功的入門之術，你自然是知道的。」

得意夫人彷彿等不及似的，立刻盤坐了起來，道：「還有呢？」

梅吟雪道：「先將真氣運行一周，然後聚至丹田……」

得意夫人果然照著做了一遍。

梅吟雪道：「內功本是修練內五行之術，如今要將它練到面目之外，就要……」她一連串說了許多練功的方法，當真字字句句俱非凡響。

得意夫人還怕她陷害自己，暗中又研究許久，看來看去，那其中實在沒有蹊蹺，便照著做了。

過了許久，梅吟雪道：「此刻你是否覺得清氣已漸漸升上顏面？」

得意夫人點了點頭，梅吟雪道：「那麼你已將真氣運到太陰太陽裡經肝膽脈下了，等到他真氣由厥陰肝經下降到肝經下血海，然後經心經直下重樓，再由足厥陰經回到鳩尾下一寸的返魂穴時，你就可以完全確定我說的沒有錯了，你就該放了我了。」

得意夫人暗中罵道：「放你去死。」

她一心一意地運氣行動，口裡雖沒有說話，但還是微微點了點頭。

梅吟雪凝目而望，又過了許久，突地見她面色大變，額上漸漸沁出了汗珠，渾身突地顫抖起來，顫聲道：「你……你好！」原來她真氣一下，便突地岔往別處，雙腿立刻變成木石盤毫

無知覺。

梅吟雪倏然放聲大笑起來，立刻掙開了腳上的山藤，退後了一丈多遠，嘻嘻笑道：「你現在舒服了麼？」

得意夫人怒罵道：「你……你敢騙我！」

梅吟雪大笑道：「我不騙你騙誰，老實告訴你，這行功之法本是我自己上過當的，我已為它吃了一年多的苦，否則又怎能騙得到你。」

得意夫人滿懷憤恨，緊握雙掌，突地發覺自己下半身雖已僵木，但雙掌卻仍可使力，心念一轉，長嘆道：「我既然已被你騙倒了，只能怪我自己，我絕不怪你，只要你不殺我，我也不希望你告訴我復原的方法，快過來，讓我為你解開穴道。」

梅吟雪道：「謝謝你。」向前走了一步。得意夫人方自大喜，她卻已停住腳步，搖頭道：「不行，不行，我現在全身還沒有力氣，若是走得近了，你就要一掌將我打死了。」

得意夫人柔聲道：「事已至此，我為什麼還要害你，妹子，你放心好了。」

梅吟雪哈哈笑道：「好姐姐，我卻有些不放心，怎麼辦呢？只好等到我自己打通氣血的時候，那時你若還沒有餓死渴死，我一定走到你身邊，好好照顧你，比你對我還要再好十倍。」

得意夫人面上所有的溫柔笑容，在剎那間一掃而空，放聲大罵道：「好個忘恩負義的小賤人，我救了你的命，你忘了麼？」

梅吟雪道：「沒有忘，我也絕不殺死你。」隔著得意夫人兩丈開外，遠遠繞了開去，得意

夫人雙手抓著地上的泥土，將世上狠毒的話全都罵了出來，怎奈梅吟雪不聞不問，將她完全當做瘋狗一般。

但是梅吟雪轉過了濃林，神色立刻緊張起來，她知道得意夫人雙腿的僵木，三五日中便可恢復，只因為這是她親身的經歷，而她自己的氣血何時能夠解開，她卻全然沒有把握。

到了島那邊另一道樹林，她四下量度一下地勢，便在樹林中，佈下了許多埋伏，她涉水到船上，取來了一些工具，砍了數十根木棍，插在深可及膝的荒草裡。

三天之中，她甚至不敢休息，累得筋疲力竭，方自罷手，但是她這三天中的辛勞，卻未曾白費……

得意夫人眼看梅吟雪身形消失，空自怒罵了半晌，她心裡的恨毒憤怒，便化做了憂慮焦急，以手代足，一寸一寸地掙扎著爬進了樹林。

三天裡她有時忍不住又放聲怒罵，有時卻不禁大聲哀告，但無論她罵盡粗語，抑或是說盡好話，都得不到一絲回音。

她再也想不到第五日黃昏，她閉塞的真氣，竟然暢通，大喜之下，略為養了養神，便四下尋找梅吟雪，她發誓要找到梅吟雪，將滿心怨毒宣洩。

漫天夕陽中，她尋到了梅吟雪存身的樹林外，山巖邊，一腳方自踏入草叢，只聽「嘣」的一響，便有十數條樹枝自木葉中彈起，十餘塊尖石，隨著樹枝暴射而出，亂雨般落將下來，風

聲銳厲，力量甚強。

得意夫人一驚之下，閃身避過，哪知她身形未定，突地又有十數塊尖石，自地上彈起！

她驚呼一聲身形閃電般退出林外，肩頭卻已被石塊掃中，辛辣生疼，放聲大罵道：「姓梅的賤人，你敢出來麼？」

她驚魂未定，在林外罵了一陣，卻終是不敢再進樹林。

只聽林中一陣冷笑，梅吟雪竟從長有尺餘的荒草梢頭漫步而來，衣袂飄風，長草也不住飛舞，她俏生生立在草上，有如凌波仙子一般，草上飛行，本已是絕頂輕功，但普通人也只能提著一口真氣，自草上飛行掠過，似這般能在草上從容漫步的輕功，得意夫人當真是見所未見，聞所未聞。

剎那間她滿心憤恨，又變作了驚恐，惶聲道：「你……你……誰替你解開的穴道？」

梅吟雪笑道：「你可知道我一身功力，被龍布詩毀去之後，還能自行恢復，何況這次僅是被你點了穴道。」

她不但能在草上從容漫步，竟還能吐氣開聲，得意夫人更是大驚，她再也未曾想到，那草叢中早埋有數十根十分堅固的木樁。

梅吟雪微笑又道：「我已在樹林中佈置好一個極陰涼處，你既然來了，便請進來歇息一陣如何？」

她內力未復，身子嬌弱無力，雖然立在木樁上，也不禁搖搖欲墜。

十九　荒林女神

得意夫人見了，越發以爲她輕功妙到毫巔，哪裡還敢進去，只是心裡還有些懷疑，她內力既已恢復，爲何說話這般有氣無力。

梅吟雪秋波一轉，更是有氣無力微微地笑道：「我內力還未十分恢復，連說話也沒有力氣，你若要和我談天，就請進來坐坐，我這樹林裡也沒有什麼厲害的埋伏，絕對傷不到你的。」

得意夫人呆了半晌，梅吟雪越是請她進去，她越是不敢進去，暗忖道：「原來她說話裝得有氣無力，也是故意來騙我的。」

梅吟雪道：「請，請⋯⋯」

得意夫人突地大笑道：「你這些話騙得了別人，卻騙不倒我，我才不上你的當哩！」得意地大笑數聲，轉身飛掠而去！

梅吟雪望著她身影消失，不禁反手一抹額頭上汗珠，暗道一聲：「僥倖！」她只是露了一手諸葛孔明的空城之計，便輕輕將得意夫人騙過。

這件事的經過，得意夫人敘說得自然沒有如此詳細周到。

她最後說道：「那日我回來之後，生怕賤人會偷偷來暗算於我，便在樹上搭上了間木屋，又在四周佈滿了許多埋伏，哼哼！她雖然像狐狸狡猾，老娘又嘗會輸給她？老娘不敢去到那樹林中去，她又何嘗敢到這邊來？」

南宮平聽到梅吟雪無恙，不禁鬆了口氣，忖道：「原來她這些陷阱埋伏，都是為梅吟雪做的，如此說來，我的輕功豈非已和梅吟雪一樣了，是以才會落入這陷阱之中。」

他卻不知道他的輕功如今已比梅吟雪強過幾分，只因得意夫人將梅吟雪輕功估量過高，而南宮平又在體力不濟的情況中。

得意夫人恨聲道：「可恨的只是，那賤人竟佔著了那艘破船，而且整日叮叮咚咚的修補，我只怕她船修好了，便可脫困而去，而我只有終老在這天殺的荒島上，可是……如今我有了你，便不怕她走了……」「啪」地一拍南宮平肩頭，放聲狂笑起來。

南宮平心頭一凜，厲聲道：「你這話是何用意？」

得意夫人道：「她那般多情的女子，既與你結成夫妻，怎捨得留下你這樣英俊的少年，在這無人的荒島上陪我？」

南宮平大怒道：「你是否要以我要脅於她？」

得意夫人笑道：「你倒聰明得很。」一把抱起南宮平，自林後掠去。

穿過這濃密的樹林，便是一片黑岩，林中陰陰鬱鬱蟲鳥啁啾，到這裡眼界突然一開，但見

清風白雪，海濤之聲，隨風而來。

南宮平放眼望去，只見黑岩那邊，又是一片叢林，他知道那叢林之內，便住著他朝思暮想的梅吟雪，一時間心房不覺怦怦跳動，方待出口呼喚，哪知得意夫人卻又輕輕點了他的啞穴，道：「安靜些！」

她將南宮平藏在一方岩石後，方自大步走到林邊的黑岩上，高聲喚道：「梅吟雪……姓梅的，你快出來！」

呼聲尖銳，驚逃了林中幾隻夜鳥，帶著一種譴責意味的撲翅飛翔聲，一飛沖天！

接著，林中響起一聲長笑，梅吟雪手裡拈著一條樹枝，緩步而出，她身上穿著一件船帆製成的長袍，雖簡陋，卻清潔，像是荒林女神般，面上帶著淡淡的笑容，淡淡笑道：「你又來了麼？請進請進！」

得意夫人咯咯笑道：「好妹子，許久不見，你出落得更漂亮了。」

梅吟雪笑道：「我昨天獵了幾隻野兔，也美味得很，你可要去我那裡吃一點？」

她兩人言來語去，面上都帶著溫柔的笑容，話更說得親熱，但彼此心裡，卻恨不得一口將對方吞到肚子裡去。

南宮平一聽到梅吟雪的語聲，心頭更是悲喜交集，不能自己，只恨自己身不能動，口不能言，一時間心胸都已彷彿裂開。

梅吟雪秋波一轉，笑道：「你今日這麼高興，可是有什麼喜事麼？」

得意夫人道：「不錯，我聽說你船快修好了，是以心裡高興得很。」

梅吟雪咯咯笑道：「呀，你真好，只可惜我一人乘船走了，你豈非更是寂寞，而且⋯⋯等你死的時候，連個收屍的人都沒有，說不定真會被螞蟻吃了，唉！一想到這裡，我心裡就難受得很。」

得意夫人心中大罵道：「死賤人。」口中卻輕笑道：「呀，妹子，你真是關心我，但是姐姐我絕對不會沒有人收屍的。」

梅吟雪嘻嘻笑道：「我本想留在這裡替你收屍，但你老是不死，我也等不及了，只好先走⋯⋯」

得意夫人道：「好妹子，我知道你是說著玩的，你不會走的，你要將船留給我，讓姐姐我一個人走，你說是麼？」

梅吟雪忍住笑道：「是極是極，真虧你怎麼想得出來的。」終於還是忍耐不住，噗哧一聲，笑出聲來。她越想越覺好笑，真笑得花枝亂顫，眼淚都幾乎流了下來。

得意夫人大笑著道：「這想法妙吧？好妹子，告訴你，這法子也不是姐姐我想出來的，而是我那裡今天來的一個客人告訴我的。」

梅吟雪笑道：「哦？真的？你那位客人，必定也聰明得很，他是誰呀？」

得意夫人冷冷道：「南宮平！」

梅吟雪身子一震，笑聲立頓，失聲驚呼道：「南宮平？他來了？」

得意夫人緩緩抬起手來，理了理披肩的長髮，悠然說道：「不錯，他來了，你可要見見他麼？他一心一意都在想著你哩！」

她動作和神態，仍有如昔日那般冶蕩妖媚，只是她卻忘了，她早已失去了昔日的顏色，一個夜叉般醜陋的女子，卻偏偏要做出妖姬般的媚態，那樣子當真是惡形惡狀，令人見了，幾乎連隔夜飯都要吐將出來。

梅吟雪心胸間一陣陣情感激動，但面上卻絲毫不動聲色。

得意夫人呆了一呆，大聲道：「怎麼！你難道不想見他？」

梅吟雪心念數轉，緩緩道：「我為什麼不想見他？」

得意夫人咯咯一笑，道：「這就是了，我早就知道你也必定是想著要見他的。」

梅吟雪突又緩緩道：「我為什麼想著要見他，我心裡早已將他當做死了，這種薄情男子，我見不見他，都是一樣！」

這次便輪到得意夫人身子一震，笑聲立頓，變色道：「你難道忘了你們兩人的山盟海誓？你難道忘了你們已結為夫妻？你曾經告訴我，你始終對他情深一往，難道那些都是假話？」

梅吟雪冷冷道：「不錯，我是曾經對他情深一往，但現在卻已恨透了他，在那『諸神島』上，我求他張開眼來看我一眼，他都不肯，此刻我為什麼定要見他，你說我為什麼定要見他！」

她越說聲調越高，心頭似乎有滿腔激憤！

得意夫人臉色大變，惶聲道：「那時他必定有許多苦衷，是以才不願見你，但他的確是個溫柔多情的男子，而且的確對你情深一往，你千萬不能對不起他！」

她本來以爲必定能以南宮平來要脅梅吟雪，使得梅吟雪聽命於她，她滿懷得意和希望而來，哪知梅吟雪卻早已不將南宮平放在心上。

於是她希望變爲失望，得意變爲惶恐，竟口口聲聲，爲南宮平辯護起來。

梅吟雪冷冷一笑，道：「你既然認爲他是溫柔多情的男子，就叫他陪著你好了，哼哼！有這樣一個溫柔多情的男子在荒島上陪著你，我也好放心走了。」話未說完，便已轉過身子。

得意夫人心下更是惶急，大喝道：「且慢！」

梅吟雪頭也不回，冷冷道：「我將丈夫都讓給你了，你還有什麼不滿意的事？你還有什麼話說？」

得意夫人愁眉苦臉，再也沒有半分得意的樣子，愕聲道：「我又老又醜，已是老太婆了，怎麼配得過他，但你兩人卻是男才女貌，天成佳偶……」

梅吟雪冷冷道：「這便是你要說的話麼？」腳步一動，向前走去。

得意夫人大聲道：「且慢，人家苦苦尋找於你，你無論如何也要看他一次。」

梅吟雪頓住腳步，道：「看不看他，都是一樣，再看一次也無妨。」

得意夫人道：「你且稍等一會，我立刻將他帶來。」如飛向後掠去，她想等梅吟雪苦苦哀求之後，再將南宮平帶來，哪知此刻竟變爲她要苦苦哀求梅吟雪，這豈非可憐可笑！

南宮平聽著她兩人的對話之聲，心中忽悲忽喜，忽而失望，忽而憤慨。

他暗中忖道：「連得意夫人這樣的女子都知道我必有苦衷，而吟雪她竟然絲毫不瞭解我。」心頭一陣熱血上湧，忽又轉念忖道：「她心計極深，莫非這只是她早已看破得意夫人的用意，是以欲擒故縱，先發制人……」

他心中正自猜疑不定，得意夫人便已如飛掠來，俯下身子，爲南宮平整了整身上的麻衣，理了理頭上的亂髮，口中卻厲聲道：「出去之後，趕快苦苦哀求於她，勢必要打動她的心，求她原諒你，知道麼，否則……哼哼！你心裡清楚得很，老娘是什麼事都做得出來的！」

南宮平咬緊牙關，一言不發，得意夫人一把抱起了他，轉出石外。

南宮平凝目望外，只見一條俏生生的人影，背向這邊，站在密林濃陰中，刹那之意，心頭如被巨石一撞，衝口道：「吟雪，我……」

梅吟雪身子彷彿微微顫抖了一下，卻仍未回過頭來。

得意夫人強笑道：「好妹子，你看，姐姐這不是將你的人兒帶來了麼？你看他爲了想你，已憔悴成這副樣子，連我看了都難受得很。」

梅吟雪過了許久，方自緩緩轉過身來，面上仍是一片冷漠的神色。

得意夫人道：「你看，你看，你們小倆口子，經過了那麼多變故，現在終於重又相見了，呀！這真的是可喜可賀之事，我太高興了，太高興了……」她口裡連聲說著太高興了，面上卻是愁眉苦臉，目光中更滿含怨毒懷恨之意，哪有半點高興的樣子？

南宮平見到梅吟雪竟對自己如此冷漠，心裡的千言萬語，方待說出，便已一齊哽住在喉間，化作了一塊千鈞巨石，重重地壓了下去，壓在心頭。

得意夫人目光一轉，扯了扯南宮平的衣袖，道：「你說話呀！見了她，你難道不高興麼？」

梅吟雪突地面色一變，厲聲道：「他還有什麼話好說，我不見他之面還罷了，一見他之面，不由我恨滿心頭，你快些將他帶回去！」

得意夫人大聲道：「你與他當真已恩義斷絕？」

梅吟雪憤然道：「你說的對極了。」

得意夫人突地陰森森冷笑一聲，道：「既是如此，我便要以五陰手法，點殘他的奇經八脈，讓他受盡痛苦折磨之後，口噴黑血而死，我倒要看看你，到底心痛不心痛？」果然抬手向南宮平殘穴點去，眼角卻偷偷瞟看梅吟雪，只望她出手相救。

梅吟雪冷笑道：「請便，請便，只希望你就在此地動手，也讓我看看他受罪時的樣子，同時你便可以知道我心痛不心痛了。」

得意夫人怔了一怔，候地頓住手掌，身子跳了起來，頓足大罵道：「好個無情無義的賤人，居然忍心謀殺親夫，難怪江湖中人稱你冷血，你的血果然比毒蛇還冷，你的心也比毒蛇還毒！」

梅吟雪仰天大笑道：「承蒙過獎，多謝多謝，我若不冷血，早已不知死過多少次了⋯⋯」

笑聲突地一頓，自懷中取出了一雙小小的金鈴，隨手拋了過來，叮噹一聲，落在南宮平足

邊，南宮平心頭一震，只聽她沉聲道：「這便是你我成親之日你送給我的信物，如今我還給你

了，從今以後，我倆再無牽連，你莫要再來糾纏於我！」

南宮平心頭有如被利刃當胸刺入，耳旁嗡然一響，喉頭微微一頓。

得意夫人怒罵道：「好個無恥的賤人，別人休妻，你卻休起丈夫來了，千古以來，狠毒無

恥的女人雖多，卻無一人比得上你。」

梅吟雪冷笑道：「真的麼？我本來以為最狠毒無恥的女人是你哩。」

得意夫人氣得暴跳如雷，頓足罵道：「南宮平，你怎地像個烏龜似的不說話呀，你……你

……」碎石紛飛，地上的黑岩，都被她雙足踩碎。

南宮平心頭早已痛得麻木，木然道：「吟雪，我是對不起你，你這樣對我，我也不怪你，

你年紀還輕，還有許多壽命，只望你以後能找個正當的人，過正當的日子，不要……」

梅吟雪道：「不勞你費心，世上男人多得是……」霍然轉過身子，大笑道：「我船已修

好，這便要去划了！」

狂笑聲中，她如飛掠入了濃林，然後，她的笑聲立刻變作了悲泣，身子搖了兩搖，痛哭低

語：「小平，你該原諒我，我若不這樣做法，必定騙不過得意夫人的毒手……」語聲未了，仰

首噴出一口鮮血。

她掙扎著走了幾步，尋了個隱身之處，緩緩坐下來，她深知得意夫人的兇殘毒辣，是以偽

裝得對南宮平恩情斷絕，好叫得意夫人失望。

但是她這偽裝，卻不知付出了多少代價，她使得南宮平傷心，心裡更不知是多麼痛苦，南宮平最後說出的話，更令她心房寸碎，直到碎心的痛苦無法忍受，便化作鮮血噴出。

她輕輕一抹血跡，嘴角處薄薄爬上了一絲微笑，只因她自己偽裝得甚是成功，得意夫人縱然奸狡，卻也被她騙過，她輕輕自言自語道：「得意夫人，你來吧，我在林裡正不知有多少埋伏在等著你呢？你以為我已要去了，你能不來麼？」

她眼前似乎已泛出一幅圖畫……

得意夫人被倒吊在樹上，呻吟而死，然後，她便可倒在南宮平懷裡，那時，南宮平自然已知道她的苦心，那時，他們就會彼此流著眼淚，體味到彼此的相思與痛苦，然後，他們便揚帆而去，然後，便是一連串幸福美滿的日子，然後……

她心神交瘁，噴出一口鮮血後，周身更宛如全已脫力，此刻眼簾一闔，便在幸福的美夢之中，昏迷了過去……

南宮平目送著她身影消失，心頭一陣激動，竟也忍不住噴出一口鮮血……

得意夫人連連頓足，不住怒罵，在南宮平身邊走來走去，突地，她停下腳步，一掌拍開了南宮平的穴道，大聲道：「無用的男人，還不快追過去，將那無恥的女人綁在樹上，狠狠抽一頓鞭子……」

南宮平坐在地上，動也不動，喃喃道：「讓她走吧……讓她走吧……」

得意夫人怒罵道：「讓她走吧，嘿！你還是個男子漢大丈夫麼，你在這荒島上受苦，卻讓她回去和別的男人尋歡作樂，別人若是知道她曾是你南宮平的妻子，不但你活著不能見人，死了不能見鬼，就連你師傅師兄，祖宗八代人的臉都被你丟光了，你對得起你的祖宗麼？」

南宮平雙拳緊握，牙關緊咬，霍然站了起來。

得意夫人只當這番話已將南宮平打動，大喜道：「去，快去！」她要南宮平先去闖開埋伏，然後她自己隨之而入。

哪知南宮平呆了半晌，突又撲坐到地上，得意夫人恨得咬牙切齒，在樹林邊轉了幾轉，突又回手點了南宮平穴道，道：「走！那邊去！」

南宮平已完全麻木了，她一指點來，竟也不知閃避。

她想到樹林正面，埋伏必多，是以繞過一邊，再穿林而入，截下梅吟雪。

她繞著樹林走了半圈，只見一片黑岩，壁立而起，下面便是叢林，得意夫人微一思索，尋來兩塊火石，南宮平心頭一凜，脫口道：「放火？」

得意夫人冷冷道：「不錯，老娘燒光這一片樹林，看她還有什麼埋伏！」

要知得意夫人之所以遲遲不敢放火，便是因為生怕自己火攻梅吟雪，梅吟雪又何嘗不能火攻自己，到那時若是燒成一片荒地，兩人豈非便要同歸於盡？

但此刻她心中卻已再無顧慮，當下尋來一些枯枝散葉，燃了起來，自山壁之上，拋了下去。

風急林燥，火勢瞬即燃起，一股濃煙，沖天而上。

得意夫人哈哈笑道：「看你這次還有什麼法子，除非……」

南宮平冷冷截口道：「她縱然本待多留半日，你放火一燒山林，她也要乘船走了，等到火勢熄滅，你縱然進去，卻已遲了。」

得意夫人心頭一震，呆了半晌，突地放聲狂笑道：「好好，大家一齊死了，豈非乾淨……」左掌閃電般拍開了南宮平穴道，右掌急伸，將南宮平推下山巖，狂笑道：「衝呀！衝進去！……」

南宮平身形直衝而出，眼見便要落入烈火之中，便在這千鈞一髮之際，他手掌突地挽住了一塊突出的山石，運氣騰身，雙足向後急掃，只聽蓬地一聲，有如木石猛擊，他右足已掃在得意夫人足跟徑骨之上。

得意夫人的狂笑未絕，放聲驚呼一聲，筆直滾下了山巖。

呼聲尖銳、淒厲，歷久不絕。

南宮平伸手一抹頭上冷汗，凝目向下望去，只見得意夫人滿身火星，自烈燄中一躍而起，發了狂似的向火勢猶未燃起之處奔去。

哪知她方自狂奔十餘丈遠近，突又驚呼一聲，撲面跌倒，接著，她身子便被一條巨藤倒懸而起，剎那之間，但見密葉之中箭如飛蝗，暴射而出，數十根樹枝削成的木箭，竟有一半射在她身上。

南宮平瞑目暗嘆一聲，呆呆地怔了半晌，飛身朝來路奔回，放聲大呼道：「吟雪，梅吟雪，她已中了你的埋伏，你看得見麼？」

他心中猶存希望，梅吟雪方才若是在施欲擒故縱之計，此刻聽了他的驚呼，便該飛身奔出，但樹林中卻寂無應聲，他自然再也不會想到，梅吟雪此刻已是暈迷不醒，放聲呼喚了一陣，心頭既是失望，又是悲憤，大喝一聲，衝入樹林。

他心情惶亂，竟又忘了這樹林中處處俱是埋伏陷阱，入林未及一丈，他身子便已絆倒，只聽呼地一聲風聲，一方巨石，自木葉中直落而下，砰然擊在他後背之上，他再次噴出一口鮮血，當場暈絕過去。

海風強勁，火勢越燃越大……

眼看不用多久時間，這無人的荒島，就要變為一片火海，南宮平等三人，仍是暈迷不醒，而那閃耀的火燄，卻有如無情的海浪，寸寸逼近，那兇猛的火舌，眼看在瞬息之間，便要將三人吞沒，他三人之間的恩怨、仇恨、情愛，在生前雖然糾結無已，但此刻卻要隨著他們的生命與軀體，永遠埋葬於火窟之中……

長天一碧萬里，海上波濤千重，一片斜帆，現於海天邊處，這片帆顏色非黃非白，竟是五色紛呈，七彩斑斕，彷彿是用無數塊彩色錦緞，拼湊而成，縱是航行海上多年的水手，也絕無一人見過如此奇異的風帆。

船上畫棟雕樑，錦幔珠簾，高麗堂皇眩人眼目，船上的船伕，身上穿的俱是片錦碎緞拼成的七彩錦衣，頭上短髮齊肩，仔細一看，竟然全都是女子，只是人人筋骨粗壯，身手矯健之處，比起一般大漢，猶勝三分。

一個短髮健婦，叉手立在船舷邊，突地放聲呼道：「陸地！」

船艙中一個華服少年，立刻自深重的珠簾中探身而出，一步掠到健婦身邊，放眼望處，但見遠處果然出現一片陸地的影子，雙眉一展，揮手道：「轉舵揚帆，全速而進！」船上健婦，轟然應了，久航海上的水手，驟然見著陸地，心情自是十分興奮。

珠簾中嬌喚一聲：「真的見著陸地了麼？」

兩位容光照人的明眸少女，自艙中並肩行出，一人濃裝艷抹，身上穿的亦是七彩錦衣，頭上青絲，高高挽起，環珮叮噹，在風中不絕作響，看來有如初爲人婦的新娘子一般。

另一人卻是淡掃蛾眉，不施脂粉，更顯窈窕。

這兩人一清一艷，裝束雖不同，但眉宇間卻都有一股逼人的英氣，只是那艷裝少婦神色間喜氣未消，那青衣少女目光中卻含蘊著無限的幽怨與焦慮。

華服少年回首一笑，道：「不錯，前面便是陸地！」

艷裝少婦輕輕嘆了口氣，道：「但願這就是那傳說中的『諸神島』就好了，也省得我這位妹子整天擔心，不到幾天，也不知瘦了好多。」

華服少年道：「不但她心裡著急，我……」語聲未了，突見一股濃煙，自那島沖天而起，

華服少年變色喝道：「島上火起！」

艷裝少婦道：「島上既然有火，必定也有人跡，莫非這孤島就是那『諸神殿』所在之地麼！」

華服少年揚臂喝道：「快，快，荒島之上，火勢蔓延極快，咱們定要在火勢展開之前趕去，否則……否則……」

青衫少女仰眉一揚，冷漠的面容上，突地泛起了一陣激動的紅暈之色。

他心中似有一種不祥的預兆，但望了青衫少女一眼，便忍住沒有說出口來。

大船順風而駛，片刻間便駛到岸邊，船未靠岸，華服少年、艷裝美婦、青衫少女身子便已齊地一躍，有如三隻凌波海燕般掠上了荒島。

青衫少女神情最是焦急，腳尖一點岩石，便沿著火林飛掠而去。

華服少年、艷裝美婦，身形一展，躍上了一道危巖，放聲大呼道：「島上可有人麼？」

餘音嫋嫋，消失在烈火燃燒的必剝聲中，但島上卻一無回應。

艷裝美婦雙眉一皺，道：「島上若是有人，怎地無人回應，看來……」

語聲未了，華服少年突地大喝一聲：「你看，那邊是什麼？」

艷裝美婦變色道：「危險，你……」

華服少年順順著他的手指望去，只見漫天火燄中，荒林裡竟似有一條凌空搖曳的人影，兩人對望一眼，華服少年驀然脫下了長衫，包在頭上，艷裝美婦變色道：「危險，你……」

華服少年輕輕拍了拍手掌，微笑道：「我一生有哪次怕過危險，天下又有什麼危險能傷得

到我！」

他雖是微笑而言，但語聲中卻充滿了豪氣和自信。

艷裝美婦輕輕一嘆，道：「去吧，小心些……」

華服少年反腕自腰間撤下了一柄軟桿銀槍，震腕一抖，挽起了一片銀芒，朵朵槍花，他矯健的身形便已乘勢躍下岩石，投入火林！

但見一團銀光，自火燄中穿林而入，艷裝美婦滿面關懷，凝注著他的身形。

華服少年掃目望去，只見一株巨樹之上，竟然倒懸著一個奇醜的婦人，身上鮮血淋漓，亂髮長長掛了下來，髮上已沾著幾點火星，但若是遲來一步，這婦人便要被火燒成焦木。

他不假思索，腳尖一點，刺斷了懸人的粗藤，引臂接過了這婦人的身子，再次以銀芒護體，飛身而出，嗖地竄上岩石。

艷裝美婦雙掌倏然拍出，為他拍滅了身上的幾點火星，長長鬆了口氣，道：「沒有燒著你麼？」

華服少年哈哈大笑道：「就憑這樣的火勢，也能燒得著我？」

艷裝美婦展顏嬌笑道：「你瞧你，總是這副天不怕地不怕的脾氣，幾時真該讓你吃些虧才好！」語氣雖似嬌嗔，其實卻充滿了愛悅，秋波一轉，又道：「這女人是誰？怎麼生得這副樣子！」

華服少年道：「不管此人是誰，島上既然有人，就不會只有她一個，否則她難道是自己將

自己吊在樹枝上的麼？」

艷裝美婦道：「能問問她就妙了，不知她已經死了沒有？」

華服少年查視牛晌，道：「雖然未死，也差不多了！……」

話猶未了，突聽那青衫少女的呼聲遙遙傳來，呼道：「在這裡，南宮平，他……他真的在這裡！」

華服少年、艷裝美婦身子同時一震，大喜道：「她果然找著他了！」

說話之間，兩人已如飛向呼聲傳來的方向飛掠而去，奔行了數十丈，只見那青衫少女懷裡抱著一人，坐在一塊突起的岩石上，面上又有喜色，又有淚珠，惶聲呼道：「快來，他受了傷了！」

華服少年、艷裝美婦又是一驚，齊地脫口道：「傷得重麼？」

青衫少女道：「傷得很重，幸好只是外傷，我已餵了他幾粒丹藥……」

華服少年道：「我來替他療傷！」放下那長髮醜婦──得意夫人的身子，兩掌按住了南宮平前胸，以內功來助南宮平活血通脈，發散藥力。

艷裝美婦掏出一塊羅巾，擦了擦那青衫少女面上的淚珠，嘆著氣道：「傻妹子，人都尋到了，還哭什麼？」

青衫少女道：「我……我不哭，我太……太高興了！」

說是不哭，眼淚還是一粒一粒地往下直落。

過了盞茶時分，那華服少年頭上已是滿頭大汗，但南宮平卻已悠然醒來，目光一轉，望到面前的三張面孔，剎那之間，他只覺一陣強烈的悲哀與驚喜一齊湧上了心頭，幾乎以為自己是在做夢。

青衫少女秋波一觸南宮平的目光，身子便不禁為之顫抖起來，垂下了頭，輕輕放開了緊抱著南宮平的手掌，晶瑩的眼波中泛出了喜悅與嬌羞。

南宮平緩緩抬起手來，覆在華服少年的手掌上，慘然笑道：「狄兒，一別經年，小弟今日能重見兄台，似已彷彿隔世了。」

華服少年仰面笑道：「普天之下，又有誰能殺得死你我兄弟，我與你離別之時，便已算定了你我必有重逢之日！」

他仰面而笑，只因他不願被人見到他目中的淚光，屢經巨變，故人終又重逢，就憑這一份重逢的感慨與喜悅，已足以令鐵石男兒泛出淚珠。

一時之間，南宮平百感交集，唏噓不已，也不知該說什麼？

艷裝美婦目光一掃，瞥見青衫少女面上已露出了幽怨和失望的神色，她眼波轉處，突地冷笑道：「南宮平，葉姑娘辛辛苦苦，千山萬水地尋找於你，救了你的性命，你難道沒有看到她麼？」

南宮平怔了一怔，目光轉向青衫少女，吶吶道：「葉姑娘，在下……在下……」

青衫少女強顏一笑，幽幽道：「你傷勢未好，還是不要多說話的好！」

南宮平心情一陣激動，長長嘆息道：「葉姑娘，在下真不知該如何報答於你！」

華服少年大笑道：「你們這種交情，還說什麼報答的話，來來來，南宮兄，待小弟為你引見一人。」

南宮平望了那艷裝美婦一眼，吶吶道：「這位……這位……」

華服少年縱聲笑道：「這位新娘子，就是你的弟婦，小弟的妻子……」

南宮平又自一怔，大喜道：「狄兒，小弟真沒有想到狄兒已成親了，當真是可喜可賀。」

原來這華服少年便是狄揚，青衫少女卻是葉曼青。

只聽狄揚大笑道：「小弟別的雖比不上你，但結婚卻比你快了一步，你若不甘後人，也該快快成親才是。」有意無意間，望了葉曼青一眼，回轉目光，卻見到南宮平臉色竟突地變成十分悲哀沉重，詫聲道：「今日你我重逢，原該高興才是，怎地……」

南宮平慘然一笑，道：「今生今世，小弟再也不敢結婚了。」

狄揚呆了一呆，瞬即大笑道：「大丈夫死且不怕，還怕成親麼？」

南宮平緩緩嘆道：「只因小弟已經……已經早已成過親了！」

葉曼青身子一震，狄揚、艷裝美婦對望一眼，面色大變，過了半晌，狄揚方自強笑道：「噢……噢……恭喜南宮兄，大嫂在哪裡，怎地……」

南宮平緩緩道：「她麼……她……」突覺滿腔悲憤，不可抑止，放聲狂笑道：「她已擲還了我給她的盟定之物，她已對我恨入切骨，她從此不願見我，我也從此不願再見她了！」

且說梅吟雪暈迷之間，只覺全身奇熱難當，霍然張開眼來，但見四下林木，幾乎已變爲一片火海！

她大驚之下，翻身躍起，咬牙罵著自己：「梅吟雪呀梅吟雪，你怎會暈了，南宮平若是受到一絲傷害，你還能活在世上麼？」

她心頭又急又痛，反來覆去的，到處都是南宮平的影子。

她一切都能犧牲，一切都忍受，只要能永遠伴著南宮平，她就是自己斷去雙手雙足，她臉上還會有幸福的微笑。

她一心懸念著南宮平的安危，飛奔繞出了火林，方待放聲呼喚，哪知就在這刹那之間，她目光一動，突然發覺遠處一塊高高的岩石上，竟有許多人影，而她正痛切關心著的南宮平，此刻正安然躺在另一個女子的懷抱裡。

她認得這女子便是葉曼青，刹那之間，她但覺心上一陣劇痛，驟然縮回身子，隱藏了自己。南宮平與狄揚的對話，她字字句句都聽在耳裡，聽到最後兩句：「……她從此不願見我，我也從此不願再見她了！」她只覺喉頭一甜，心如刀割，暗問蒼天：「蒼天呀蒼天，我究竟犯了什麼過錯，要讓我受到如此報應，忍受這些痛苦？」

只見南宮平狂笑不絕，狄揚等三人一齊愕愣在當地，艷裝美婦突又冷冷道：「那女子既然對你如此無情，你還苦苦思念於她作甚？」

南宮平笑聲突頓，垂首道：「我再也不會思念她了！……」

艷裝美婦大笑道：「你若不思念於她，就該對我這葉家妹子親熱一些，你可要知道，她為了你受了多少罪，吃了多少苦？」

南宮平長嘆一聲，喃喃道：「我知道……我怎會不知道……」

狄揚笑道：「你知道就好，回到中原後，你卻不可再辜負她了。」

南宮平唯有垂首嘆息，默然無語。

聽到這裡，梅吟雪更是柔腸寸斷，欲哭無淚，放眼望處，只見南宮平與葉曼青互相依偎，相對無語，當真是一對璧人，而自己卻是滿身褸襤，漸已憔悴，她如此受苦，為的全都是南宮平，但世上又有幾人知道？

她目中不禁流下數行清淚，暗自忖道：「我在世上已有了『冷血』之名，我做的事，再也不會得到別人諒解，甚至他……他如今都說出這樣的話來，而葉曼青卻和他正是門當戶對，俱是名門子弟，他兩人若是結成夫婦，武林中人定必甚是羨慕喜悅，而我呢……我又何苦插在他兩人之間，做他們的絆腳石呢？」

要知她對南宮平的癡情已到了極處，什麼事都只知為南宮平著想，渾忘了自己，她心裡只知要南宮平幸福，寧可自己孤獨地忍受痛苦。

一念至此，她咬了咬牙，悄然轉身，暗中默禱：「小平，但願你……能……幸……福……」淚流滿面，飛身而退。

她飛身掠入一處洞窟，洞窟中有幾件簡陋的木製桌椅，幾件粗糙的木缽，還有些自船上取下的零星之物，日用器具。

就在這裡，她曾經度過一連串淒苦寂寞的歲月，但是她卻沒有一刻忘記過南宮平。

就在這裡，不知流過多少眼淚，但那時她心中還有希望，而此刻她卻已完全絕望了。

外面火勢更大，她沒有停留，便向洞窟深處奔去，只因離島的一切需要，她都早已準備好了，穿過一條陰森黝黯的山隙，外面是一處山口，四面高岩，中間一片淺灘，淺灘上平鋪著數十根光滑的樹木，那艘海船，便架在這片樹木之上。

這便是她費了千辛萬苦修船的地方，為了修船，她瑩玉般的手掌已不知生出了多少厚繭。

她飛身撤去了船身兩旁的支架，然後扯開綑著樹木的枯藤。

那數十根光滑的樹木，就一直往下滾動了起來，只聽一陣隆隆之聲，船身隨著滾動的樹木，落入海中，浮了起來。

梅吟雪一躍上船，揚起布帆，她孤獨的來，此刻又孤獨的去了，來時她沒有帶來什麼，去時卻帶去了滿心悲楚，滿腹辛酸，滿腔痛淚……

此時南宮平已能站起身來，但終是還要狄揚攙扶著他的手臂。

他也已知道那艷裝美婦是「幽靈群丐」中「窮魂」依風之妹，「艷魄」依露。

原來那日「艷魄」依露將狄揚連夜帶回關外的「獄下之獄」，狄揚毒勢雖重，但有道是精

誠所至，金石爲開，依露終於將他救活，狄揚感激她的真心和恩情，便在「獄下之獄」裡，和她結成了連理。

但狄揚俠骨熱腸，卻不願久居關外，更懸念著關內的朋友，而依露久居關外，也想看一看江南的旖旎風光，風流文采。

於是兩人聯袂入關，卻在太湖之濱，遇見了滿懷幽怨，臨風獨泣的葉曼青。

狄揚本與葉曼青有舊，他爲人最是熱情，見到葉曼青傷心，便一心想尋著南宮平，哪知此刻江湖風傳，南宮平已揚帆出海，所要去的地方，竟是武林中最神秘之處「諸神殿」！

他三人再三商議，決定要買舟出海，「幽靈群丐」名雖爲丐，卻甚是富豪，「窮魂」依風心愛幼妹，添妝之資，自然極多，他三人俱是熱血少年，說做就做，當下便買了艘豪華的海船，「艷魄」依露更是少年心情，竟在海船上綴了她自己的標幟。

但海上經年，一無所獲，他三人又是失望，又是焦急，哪知那一股濃煙，卻爲他們指出了南宮平的訊息。

他們三言兩語，簡略地將一切經過俱都告訴了南宮平，只是狄揚不願觸及南宮平的傷心之處，是以沒有問起南宮平這年來的奇遇。

他只是扶起南宮平，笑著道：「此島已不可久留，海上生活也早已使我厭倦，還是快些上船，回家去吧！」

語聲未了，只聽身後一聲呻吟，依露笑道：「你們忘了這裡還有一個人呢？『幽靈群丐』

雖然又窮又醜，倒真還沒有人比得上這女子的。」

南宮平心頭一震，回首望去，道：「她……她竟然還沒有死！……」

狄揚見到南宮平居然微微變色，心下大是詫異，脫口問道：「此人是誰？是敵是友？」

南宮平恨聲道：「她害我三次，又救我一命，只是……只是我寧願一死，也不願被她救活。」

依露皺眉道：「她到底是誰？」

南宮平道：「得意夫人！」

狄揚、葉曼青齊地一怔！「艷魄」依露久居關外，卻未曾聽起過「得意夫人」的名字，忍不住笑道：「我看她實在沒有什麼值得『得意』之處，更沒有半分像是『夫人』的樣子，為什麼竟然叫做『得意夫人』呢？」

狄揚也不回答，只管嘆氣道：「幸好她已死了九成，實已回天乏術，否則……唉，我真不知道該不該將她救活。」

要知見死不救，本是俠義道中之忌，但救了惡人，卻豈非等於害了善人，是以他見到得意夫人實已無救，心裡倒不覺有些放心。

哪知他話聲方了，得意夫人竟已緩緩張開眼來，目光四下一掃，道：「南宮平，梅吟雪她在哪裡？」

南宮平咬緊牙關，閉口不語，狄揚、葉曼青齊地望了他一眼，恍然忖道：「原來梅吟雪也

在島上。」四隻眼睛忍不住四下搜尋起來，要看梅吟雪是否真在這裡。

得意夫人得不到他們的答覆，不禁黯然嘆息一聲，道：「我一生橫行江湖，一生中不知騙倒過多少英雄豪傑，大奸巨惡，想不到今日竟被這樣一個小女子騙倒，梅吟雪呀梅吟雪，我總算服了你！」

她此刻說話已甚是吃力，但迴光反照，竟一口氣說到這裡，方自閉起眼睛，喘了陣氣。

「艷魄」依露冷笑道：「騙人者人恆騙之，你騙過別人，別人騙你又有何稀奇？」

得意夫人眼簾霍然一張，怒道：「你是什麼東西，也敢在老娘面前得意。」

依露咯咯笑道：「你既不能得意，我得意得意有什麼關係？」

得意夫人怒道：「她雖然騙過了我，但我在躍下山巖那一剎那裡，便已看出了她的詭計，她故意裝成對南宮平冷淡無情，其實不過只是想騙過老娘，等到老娘中計被擒，她再出來與南宮平相會。」

南宮平神色大變，狄揚皺眉道：「只怕你猜錯了吧？」

得意夫人冷笑道：「老娘怎會猜錯，她腹中有幾根腸子，老娘都已摸得清清楚楚……」

她端了口氣，立刻接道：「她明知老娘萬萬不會加害南宮平，是以才敢諸多張致，以她那樣的脾氣，她若是真的已對南宮平絕情絕義，一見南宮平之面，便會絕袂而去，絕對不肯再多說話，她若是真的對南宮平懷恨在心，一見到南宮平之面，拚命也要將南宮平殺死，更不會將南宮平留在這裡！」

南宮平想到梅吟雪的生性，聽了得意夫人的言語，身子不禁微微顫抖起來，流淚道：「錯

了……錯了……」

得意夫人道：「誰錯了，誰若說我錯了，便是他根本不知道那賤人的脾氣……」

南宮平顫聲道：「吟雪……我錯怪了你……我錯怪了你……」

得意夫人怔了一怔，道：「你……你……呆子，難道還不知道？」

南宮平淚流滿面，有如呆子。

得意夫人切齒道：「我何必告訴你……讓你恨死她豈非最好……」

語聲未了，突地放聲狂笑起來，嘶聲笑道：「梅吟雪……好妹子……你再也想不到吧，普

天之下，竟只有我一人是你的知己……」

狂笑聲中，這武林中的一代妖姬，突地雙眼一翻，全身抽蓄，結束了她充滿罪惡的一生。

她雖死，但是她那譏諷而得意的笑聲，卻彷彿仍然迴蕩在眾人耳畔……

眾人面面相覷，誰也說不出話來，良久良久，葉曼青垂首道：「她是對的……對的……」

南宮平突地大喝一聲，掙脫了狄揚的手掌，嘶聲道：「她一定還在這裡……」腳步跟蹌，

竟要向火林中奔去。

狄揚大驚，一把抓住了他臂膀，南宮平嘶聲道：「放開我，我一定要找著她……」依露目

光一轉，道：「她若還在島上，怎地不出來見你？」

葉曼青幽幽長嘆一聲，道：「她必定又遇著什麼變故……」

依露嘟了嘟嘴，心中暗氣，忖道：「我是幫你說話，你倒幫她說起話來了，真是個呆頭

鵝。」要知她與梅吟雪素不相識，自然一心想幫著葉曼青和南宮平結爲連理，只因葉曼青的痛

苦相思，她都是親眼看到的。

南宮平望著滿林烈燄，顫聲道：「變故……變故……」樹林又成了一片火海，他還是想衝

進去。

突見一個錦衣健婦，飛步而來，滿頭汗珠，大道：「姑爺、姑娘，出路也要被烈火封死

了，再不離島，就來不及了。」

狄揚面色凝重，沉聲道：「站在一邊，不要多話。」

那錦衣健婦應了，卻仍咕嘟著道：「別人都乘船走了，姑娘你……」

狄揚面色一變，脫口道：「誰乘船走了？你看到了甚麼？」

錦衣健婦道：「方才我爬到船桅上，本想看看這島上的光景，哪知只看到島的那邊，駛出

一條大船，這島上卻全被烈火掩住……」

狄揚變色截口道：「船上是什麼人？你可看清了麼？」

錦衣健婦道：「那艘船順風而駛，一會兒就走得遠遠的，連船都看不清，船上的人，怎看

得清，我惦記姑娘，忍不住跑了上來。」

狄揚、依露、葉曼青三人面面相覷，心中不約而同的暗忖道：「梅吟雪走了！」六道目光

一齊望向南宮平，只見他面如死灰，木立當地，身子搖了兩搖，竟又張口噴出一口鮮血，暈厥

過去。

狄揚攔腰抱起了他，長嘆道：「走吧！」

葉曼青望了望得意夫人的屍身，竟也將屍身抱了起來。

依露皺眉道：「髒死了，你抱她作甚？」

葉曼青嘆道：「將她拋入海裡，好歹讓她落個全屍！」

眾人誰也不願在這荒島上多留一刻，齊地展動身形，掠到岩邊，直到他們上船之後，仍沒有人願意回頭望上一眼。

海船揚帆而駛，片刻間便遠離了這孤獨的海島，海島上烈火仍熾，卻也沒有人再去關心它了。

葉曼青點起三炷線香，香煙繚繞中，她將得意夫人的屍身裹上白綾，拋入海裡，暗中嘆息自語：「多謝你救過南宮平一次，讓我還能見著他，但願你鬼魂能永遠在海底安息。」

水花四濺，屍體沉沒，葉曼青垂首走回船艙，狄揚夫婦正在照料著南宮平的傷勢。

南宮平終於漸漸痊癒，這艘船卻在海上四下搜尋，一來是希望能看到梅吟雪的船影，再來卻期冀能發現龍布詩和南宮永樂的下落，這兩個老人恩怨糾結一生，卻直到最後，才彼此說明，蒼天若教他兩人死在一起，豈非作弄世上太過。

船行一月，方自回航，南宮平已換上一身重孝，終日不言不語，別人說話，他也彷彿沒有

聽到！

狄揚等三人自是憂心如焚，卻也無法可施，只有在暗中希望時間能沖淡他的痛苦和悲哀。

船入近海，往來船隻，便多了起來，別人見了如此奇怪的帆船，都忍不住多看幾眼，但卻以為這艘船有些古怪，是以誰也不敢駛近，遠遠看上幾眼，立刻就轉舵而駛。

狄揚測量方向，估量行程，知道毋庸多久，他備好一些酒菜，擺在船頭，飲酒賞月，南宮平眼睛望著月亮，口裡喝著烈酒，卻仍是一語不發，有如老僧入定一般。

值月圓，海上明月千里，

依露忍不住輕喚一聲，道：「南宮兄，我實在佩服你，三十多天來，你一言不發，若換了是我，三天不說話就要瘋了！」

南宮平也不望她一眼，年餘的幽居，使得他學會了世上最難學的本領——沉默，只是將痛苦隱藏在沉默裡，痛苦卻更加深邃。

狄揚哈哈一笑，道：「妹子，我說你倒是真該學學南宮兄才是。」

依露嬌嗔道：「怎麼，我說話難道說得太多了麼？」

狄揚嘻嘻笑道：「不多不多……你睡覺的時候，的確說話不多，但醒來的時候……」嘻嘻一笑，住口不語。

依露自然嬌嗔不依，他兩人打情罵俏，為的不過只是要散一散別人的心，哪知南宮平面上再無一絲笑容。

葉曼青看到別人夫妻的恩愛，想到自己身世的孤苦，更是滿心酸楚，愁眉不展。

狄揚見到他兩人的神情，哪裡還笑得出來，暗暗嘆息一聲，極目四望，銀色的月光下，竟有一面白帆，迎面而來。

兩船迎面而駛，越來越近，那艘船非但沒有退避之意，而且還彷彿是專門為了他們這艘船來的。

狄揚心中大是驚奇，喃喃道：「這難道是艘海盜船麼，否則……」

依露展顏笑道：「我倒真希望有條海盜船來，好歹也可以熱鬧一陣，這些天真悶死了。」

狄揚目注前方，片刻間那艘來船已到近前，船頭卓立著一條藍衣漢子，手裡展動著一條白巾，大呼：「來船上可是狄揚公子賢伉儷麼？在下有事奉訪，請落帆相會！」

狄揚雙眉一皺，大奇忖道：「我們船還未到，此人怎會知道我在船上？」

思忖之間，依露卻已揚聲呼道：「不錯，朋友是誰，有何見教？」

對面船上，已落下帆來，船行立緩，船間的長衫漢子搖手道：「但請落帆，在下這就過來。」

狄揚心念數轉，揮手道：「落帆，打槳，定舵，減速！」四下轟然應了，蓬的一聲落下了船帆，兩艘船漸行漸緩，漸緩漸近。

那長衫漢子騰身一躍，砰地落在船頭，目光四掃，凝神盯了南宮平幾眼。

狄揚雙眉一皺，沉下面色，厲聲道：「狄某與朋友素不相識，朋友怎會知道狄某在這船

上？」

長衫漢子微微一笑，目光霍然自南宮平身上收回，躬身道：「狄公子賢伉儷置棹泛海，武林中早已轟傳，公子你這面七色錦帆還遠在百里之外時，岸上的武林朋友便知道公子泛海歸來，在下見到這面錦帆，還會不知道狄公子賢伉儷的俠駕在這船上？」言語便捷，目光敏銳，竟彷彿又是「萬里流香」任風萍一流人物。

狄揚冷「哼」一聲，沉聲道：「朋友如此注意在下夫妻，是為什麼？」

長衫漢子微微一笑，也不回話，雙掌「拍」的互掌一下，那艘船上，立刻懸起了十數根竹竿，竿頭釣著竹籃，隔船送了過來，長衫漢子躬身笑道：「我家主人知道狄公子伉儷久泛海上，飲食難免欠缺，是以特地命在下兼程送來一些鮮肉蔬菜，為狄公子伉儷換一換口味。」

狄揚沉聲道：「你家主人是誰？」

依露輕輕一笑，接口道：「他倒真孝順得很。」

長衫漢子滿面笑容，第二句話他真當沒有聽到，笑道：「在下主人現已在岸邊恭候兩位俠駕，兩位一見便知道了。」倒退幾步，躬身一禮，轉身掠回他自己的船上。

狄揚朗聲道：「朋友你若不說出你家主人的名姓，這禮物狄某是萬萬不能收的。」

長衫漢子仍是滿面笑容，道：「公子一見便知，我家主人只是令我傳語公子，故人無恙歸來，他實在高興得很。」

那船上船伕身手甚是精熟，就只這幾句話工夫，便已轉舵駛開。

狄揚低叱道：「追！」心念轉處，突又嘆息道：「不追也罷。」

依露笑道：「對了，人家孝順的東西，你推也推不掉的，追他做什麼？」

打開那十幾隻竹籃，籃中果然都是些鮮肉蔬菜，依露嘆了口氣，道：「可惜……」突地舉

起籃子，將十餘籃鮮肉蔬果都拋入海中。

狄揚展顏笑道：「我只當你嘴饞起來，就捨不得丟了！」

依露笑道：「我就饞成這副樣子麼？我倒要你猜猜，他那主人究竟是誰？是敵是友？」

狄揚道：「也許是敵，也許是友，說不定……」

依露截口笑道：「說不定還是個千嬌百媚的大美人呢？是嗎？」

狄揚笑道：「說不定又是什麼幫幫主的妹子看中了我，特地送些東西，來拍我的馬屁。」

依露頓足嬌嗔道：「你要死了，葉家妹子，快幫我來撕他這張油嘴。」

這夫妻兩人俱是一般生性，無論說什麼嚴重之事，卻不肯板起面孔說話，心裡縱然有千百

件心事，面上仍是嘻皮笑臉。

此刻他兩人面上雖仍在打情罵俏，其實心中都是驚異交集，只因這長衫漢子雖然滿面笑

容，但在笑容後隱藏的來意是善是惡，卻實在令人難測。

他兩人計議了一夜，除了靜觀待變，也研究不出什麼計策！

哪知第二日清晨，他兩人方自立在船頭，卻竟然又有一片風帆迎面駛來，狄揚沉聲道：

「昨夜那長衫漢子，今日若再上到這艘船上，嘿嘿！他就要來得去不得了。」

依露輕笑道：「好一個來得去不得。」

兩艘船又自駛近，狄揚不等那邊說話，便先已落帆、定舵，立在船頭，朗聲笑道：「朋友，你來得倒早，請過來這邊說話！」

那邊船上果然遙遙呼道：「來的可是狄揚公子賢伉儷麼？」

狄揚仰天笑道：「除了我夫婦，海上船隻，還有誰會有這七色錦帆，朋友，你豈非問得多餘了？」

風重舟輕，瞬息間兩舟相近，只見對面船頭，亦卓立著一條長衫大漢，但卻絕非昨日寒暄送禮的長衫人。

這長衫大漢神情更是恭敬，送的禮也更見豐盛，狄揚口中不語，心中卻大是奇怪，只聽依露已忍不住問道：「昨日方蒙厚贈，今日又送了禮來，你家的幫主，也未免太客氣了些。」

長衫大漢愕了一愕，陪笑道：「敝幫今日才得到狄大俠賢伉儷重轉中原的消息，便即刻趕來了。」

依露道：「昨日不是你們麼？」

長衫大漢搖頭沉吟，依露道：「你家幫主是誰，可以說出來麼？」

長衫大漢道：「賢伉儷一到岸上，便知道了。」竟也不肯說出幫主的姓名，匆匆離船而去。

狄揚夫婦面面相覷，心裡更是奇怪，依露笑道：「這算作什麼？常言道君子不受非來之去。

物，我們雖然不是君子，但這些沒有來歷的東西，還是吃不得的。」照樣將禮物全都拋入了海中。

他夫婦二人，想來想去，也想不出這些送禮的人究竟是誰，為什麼要送來這些禮物，卻又偏偏不肯說出姓名來歷。

哪知未過多久，竟又來了一艘江船，送來了許多新鮮的蔬果，送禮的人，也是身穿長衫，故作斯文的江湖豪士，送完了禮，也是躬身一禮，匆匆而去，絕不肯透露一點姓名來歷。

由清晨到下午，一共來了四批送禮的人，一個比一個客氣，送的禮也一個比一個豐盛，但卻也沒有一人肯說出自己的來歷，幾乎都是異口同聲的說：「賢伉儷到了岸上，便知道了，小的不敢多嘴！」除此之外，什麼都不肯說了。

最怪的是，這些人和狄揚夫婦俱是素不相識，而且彼此之間，也沒有來歷，著五個門派，要拉攏狄揚夫婦。

依露心中又是奇怪，又是好笑，嬌笑道：「看來我們竟彷彿是香寶寶了，人人都要拉攏我們。」

狄揚皺眉道：「我們與武林幫派，素無交往，他們如此大獻慇懃，只怕沒有什麼好事。」

依露道：「可會有什麼壞事呢？」

狄揚沉聲道：「令人難測。」

依露笑道：「這些本都出於常理之外，自然令人難測，我看你也不必費神去想了，反正一

到岸上，就會知道。」

狄揚嘆道：「上岸後才知道，只怕已來不及了。」

依露笑道：「你若是不敢上岸，那麼我們就索性永遠飄流在海上，做兩對海上仙侶。」

回首向葉曼青一笑道：「妹子，你說好麼？」

葉曼青面頰一紅，轉首望向窗外，南宮平仍是木然坐在椅上，彷彿世上無論發生任何事，都和他沒有任何關係似的。

過了許久，葉曼青突然沉聲道：「此事還有個最奇怪之處，你們都沒有想到。」

依露笑道：「什麼奇怪的事？」

葉曼青道：「連昨日送禮的五撥人，個個身手都十分矯健，但只不過是他們幫派中的執事弟子，由此可見，這五個幫派實力都不弱，但我想來想去，也想不出江湖中有這樣的五個幫派。」

狄揚道：「或者並非江湖門派，而是武林宗派。」

葉曼青略一沉默，搖頭道：「不可能的，武林中自成一家的宗派，必定自恃身分，不會故意做出這樣神秘的樣子。」

狄揚皺眉道：「或是近年來，江湖中又有許多新的幫派崛起，只不過我們不知道而已。」

葉曼青道：「一年之間，江湖中竟會崛起五個實力強盛的幫派，豈非更會令人奇怪麼？」

突聽依露輕輕一笑，道：「已將靠岸了，事情立刻便知分曉，你們還猜什麼？」

狄揚、葉曼青，一齊步出船艙，定睛望去，只見前面果已現出一片灰濛濛的陸地影子，襯著滿天絢麗的夕陽，顯得更是突出。

飄流海外經年的人，驟然見著家鄉的陸地時，那種奇妙的興奮感覺，的確是令人難以描述的。

狄揚等人，只覺心頭熱血奔騰，把方才心裡還在奇怪的事，都忘去了。

那些強壯的船娘，精神亦是為之大震，操作得更是賣力。

不到盞茶時分，陸地的輪廓，已變得極其清晰，海面上的漁船，方自辛勞了一日，此刻齊聲高歌著漁歌晚唱，揚帆歸去，準備去享受一日的豐收，有些膽大的漁夫，見到這艘奇異的海船，都不免划到近前，來看個仔細。

漫天夕陽中，點綴著朵朵風帆，海風輕拂中，瀰漫著漁歌晚唱——這種壯麗而奇妙的景色，在久別家園的遊子眼中，更有著一種無比的親切。

狄揚長嘆一聲，轉目望去，只見依露眼中，已泛起了晶瑩的淚光，她竟被這種震撼人心的美，感動得流下了淚來。

兩人目光相對，依露嫣然一笑，哽咽著道：「回到家後，我再也不願出來了。」

狄揚輕輕握住了她的纖手，輕輕地發出了一聲幸福的嘆息。

葉曼青感到他們的幸福，也感到自己的孤單，但覺有一陣不可抑止的悲哀，湧上心頭，一雙秋波中，也不禁貯滿了晶瑩的淚珠。

自淚光中望過去，南宮平木然立在艙門，遙視著漫天夕陽，他在想什麼？他在想什麼──

突聽一個船娘在身後笑道：「船未靠岸，送禮的人已有那麼多，船靠了岸，在岸上迎接的人更不知有多少了。」

得意的笑聲，象徵著她也分享了一份主人的光榮。

狄揚面色突然變得十分凝重，依露笑道：「你又多想些什麼？就憑我們幾個人，難道還怕被人吃了不成？」

海船靠岸，岸上果然站著一群迎接的人，凝目一望，這些人竟然都是女人。

依露皺眉奇道：「這是怎麼回事？難道那五幫的幫主，真都有一個妹妹要嫁給你麼？」

狄揚忍不住失聲一笑，卻見岸上的女子，竟都揮手歡呼了起來。

依露面上半分笑容也沒有了，冷「哼」一聲，道：「想不到你交遊倒廣闊得很，才出海沒有多久，就有這許多女人來歡迎你回來。」

狄揚忍不住笑道：「說不定是南宮平的朋友呢！」

依露道：「人家才不像你……」

話聲未了，只見十數艘漁船靠岸後，船上的漁夫，便與岸上的女人擁抱在一起，要知海邊禮教之防，遠不如中原江南之重，是以男女間真情流露時，也沒有什麼太多顧忌。

狄揚哈哈大笑道：「好個會吃醋的婆娘，你看清楚了沒有，人家是在等候出海捕魚的丈夫，不是來歡迎我的。」

葉曼青縱有滿心幽怨，此刻也忍不住「噗哧」笑出了聲來。

依露面頰微紅，輕輕拍了狄揚一掌，道：「你還以為我是真的吃醋麼，我只不過看到葉妹妹愁眉不展的，想逗她笑一笑而已。」

狄揚大笑道：「你嘴裡這樣說，其實心裡是真的在吃醋的。」

只見漁舟都已靠岸，辛勞的漁夫，提著一天的收獲，攜兒帶女，隨著深銅色皮膚的健康妻子，回家去享受晚間的歡樂。

剎那間，岸上的人竟走得乾乾淨淨，一個不留。

葉曼青道：「這其中到底有什麼玄虛，連我也想不出來。」

狄揚大奇道：「送禮的人不來接船，這倒怪了。」

依露道：「管他什麼玄虛，事到臨頭，自會知道，我們先弄清這裡究竟是什麼地方再說。」

四人一齊上岸，只見這海市居然甚是繁榮，街道也甚是整齊，詢問之下，才知道便是浙江名城樂清，距離他們出海地三門灣並不甚遠，當下便要尋地方投店打尖，瑣碎之事自有許多，不必細說。

哪知他們到了這陌生的地方，陌生的客棧後，突地發現，客棧中的掌櫃和店伙，竟彷彿對他們極為熟悉，狄揚一入店門，掌櫃店伙便一擁而上，恭敬地道：「狄客官遠來辛苦了。」

狄揚皺眉道：「你怎會知道我的姓名？」

掌櫃的神秘一笑，不答反問：「小店中有五個跨院，俱都十分清爽，早已打掃過了，專等狄客官來到。」

依露道：「你們這麼大的店，難道沒有別的生意麼？我們只要兩個院子就夠了。」

掌櫃的笑道：「小號雖不大，但在這附近幾百里地內，卻找不出第二家來，平日客人川流不息，但今日卻專等狄客官一家。」

狄揚心念一動，問道：「你一個跨院，有多少間屋？」

掌櫃的道：「每間跨院，都有十多間屋，不瞞客官，小店所佔的地方，比皇宮也差不了多少。」

依露道：「這麼大的院子，一個就夠了，何必五個，咱家又不是海盜，又沒有發財。」

掌櫃的笑道：「原來客官還不知道，今天來了五位英雄，每位訂下了一個院子都是爲狄爺準備的，他們付了加倍的錢，逼著小的趕走原有的客人，小的方才還在奇怪，狄爺只有一家人，到底是住哪個院子好呢？」

狄揚夫婦對望一眼，依露道：「訂房的人，可有留下話麼？」

掌櫃的笑道：「只留下了銀子，沒有留話。」

狄揚道：「可曾留下姓名？」

依露接口道：「自然不會了……掌櫃的，我只望你將他留下的銀子，拿來給我瞧瞧。」

那掌櫃的微微一愕，終於不敢違抗，狄揚卻忍不住問道：「那銀子有什麼可看之處？」

依露笑道：「這個你就不懂了，無論是從銀子或是銀票上，都可以看出一些他們的來歷，只因各地的銀票，都造得有些不同，從這上面，至少可以看出他們是來自何處，假如是銀條，就更容易看了。」

狄揚嘆道：「想不到你懂得比我還多。」

他卻不知道「幽靈丐幫」雄踞邊外，專劫不義之財，來自各省的銀子，他們都照搶不誤，不到片刻，那掌銀的便捧出一具銀箱，箱子裡又有銀子，又有銀票，依露首先取出一綻銀錁。

「艷魄」依露家學淵源，有關這一門的知識，自是豐富得很。

只見這銀錁十兩一錠，鑄得甚是粗糙，但銀子成色卻是十足十的。

她隨意看了一眼便毫不遲疑的說道：「這銀子必定是來自青、康、藏等邊外之地，奇怪的是，那邊又會有什麼幫派來到此間呢？」

再取出四張銀票，數額俱是不少，只有第一張乃是「匯豐」的票號，這種銀票流通各地，連依露也看不出端倪，只得放下了。

第二張銀票乃是蜀中所出，第三張銀票卻是在江南一帶通常可見的。

依露嘆道：「蜀中，江南都有人來，他們不遠千里而來，是為的什麼？我越看越糊塗了。」

俯首望去，只見那第四張銀票，票面最是奇特，銀票四周，竟畫著一圈黑、紅兩色的花

邊。

狄揚、葉曼青，目光動處，齊地一怔，「艷魄」依露亦面色微變，突見一隻手伸來，搶去了她手中的那張奇特的銀票。

始終木然不語的南宮平，見到這張銀票，面色突地變為慘白，一手搶了過來，目光直視在上面，只因為這張銀票，本是「南宮世家」所有之物。

狄揚強笑一聲，道：「想不到這人手裡有『南宮世家』的銀票！」心裡大為奇怪，再也想不出，哪一幫會持有此物？

南宮平面色鐵青，一字字沉聲道：「這銀票是誰拿來的？」

那掌櫃的見了他的神色，早已駭得呆了，吶吶道：「是……是第二位……」

南宮平截口道：「他訂的房間在哪裡？」

掌櫃的顫聲道：「小的帶路……」

南宮平隨手將銀票拋入箱裡，沉聲道：「走！」

掌櫃的抱起銀櫃，跟蹌而行，穿過一道走廊，開開一扇圓門，只見門中一座院落，居然也有些山石花木，果然比別家客棧大不相同，掌櫃的陪笑道：「客官可要在這裡歇下麼？」

南宮平冷冷道：「不錯！」當先走入了廳房，撲地坐到地上，又呆呆地出起神來。

大家見他的神色，誰也不敢對他說話，當下收拾行李，方自準備安歇，突聽店門外一陣喧嘩，一陣雜亂的腳步聲，奔行而過。

狄揚、依露，俱都好奇心重，忍不住走了出來，只見店外的長街上，人群騷亂，無論男女老少，手裡都提著一些竹籃木桶，歡呼著奔向海岸那邊，有的老年人腳步踉蹌，卻都在全力狂奔，店裡的伙計雖不敢隨之奔去，但一個個面上俱都露出了躍躍欲試之色。

狄揚夫婦心中都不禁為之大奇，夫婦兩人對望了一眼，兩人心意相通，一齊放開了腳步，隨著人潮奔向海岸。

星光之下，只見海岸上更是擠滿了人群，不住地歡呼、爭奮、嘻笑，有的青年男子，早已脫下衣衫，躍下了海裡。

狄揚道：「你留在這裡，我去看看。」

依露道：「我為什麼要留在這裡！」兩人一齊擁入了人群，目光轉處，面色都不禁為之大變！

只見海潮奔流而來，海浪中銀光閃閃，竟然都是一條條死魚，成千上萬，大小不一，直將海裡都變為了魚浪！海城裡的居民聽到這種奇異的消息，自然飛也似的趕來，拾取這不費吹灰之力便可得到的死魚，他們雖然終年以打魚為生，但一生中誰也沒有看到過這麼多魚。

狄揚夫婦面面相覷，心頭俱是一片沉重，只因他兩人深知這奇異魚浪是怎麼來的。

四下漁夫漁婦，見到他倆衣衫華麗，神態不凡，有的人便搭訕道：「這是老天爺賜下的神魚，吃了必定有福，兩位何不也拾一條！」

狄揚強笑一下，拉起依露的手腕，擠出了人群，低聲道：「你猜得不錯，幸好我們沒有吃那些送來的東西，否則……」心頭一寒，住口不語。

他一看到這奇異的魚浪，便知道必定是海裡的魚群，吃了他們拋下的蔬果，立刻毒發而死，隨著海浪飄流到這裡。

區區十幾簍食物，竟能毒死成千上萬的魚，其毒之烈，可想而知，兩人自是為之心寒。依露依著狄揚的身子，雙眉深皺，沉聲道：「好狠的毒藥，是什麼人有這樣毒辣的手段，用這樣狠的毒藥？」

狄揚默然半晌道：「總有一天會知道的。」

依露輕嘆道：「即使我們知道了那五撥人是誰派來，也無法知道是誰下的毒，更不知道他們是全都下了毒呢？還是只有一個人下了毒。」

狄揚道：「天下永遠沒有包得住火的紙，也沒有瞞得住人的事，你放心好了。」

依露嘆了一聲，突然變色道：「不好！」

狄揚道：「什麼事？」

依露惶聲道：「這些魚都是中毒而死的，本身也有了毒性，他們若是吃了這毒魚，該怎麼辦呢？」

狄揚轉目望去，只見海岸上也不知有多少人，多少魚，這些平凡的漁夫，平日神權最盛，此刻已將毒魚當做神魚，眼見便是一場空前的劫難，更不知有多少人要死在這一場「魚禍」

他兩人忍不住攔住一位漁民問道：「請問兄台，那『老神仙』是誰？」

這漁民上下打量了他們兩眼，笑道：「兩位必定是遠道來客，所以連老神仙是誰都不知道，他老人家上通天文，下通地理，端的可稱得上是無所不知，無所不曉，天下找不出第二個來。」

狄揚道了謝，一路走向客棧，依露輕嘆一聲，道：「這位老神仙，必定是異人，有時間我真要去拜訪拜訪。」

狄揚道：「什麼異人，左右不過是個神棍而已。」

依露道：「若是神棍，怎會知道魚裡有毒，令人不要煮食，這些漁民雖然神權極重，但卻也不是呆子呀！」

狄揚不願與她爭論，只因每一次爭論，自己都是落在下風。

回到客房，南宮平、葉曼青仍然對面坐在廳房裡，兩人默然相對，似乎一直沒有說過話。

狄揚夫婦便將方才所見說了，訂房的人，自不免又送來了酒筵，但他們眼見方才毒魚之事，哪裡再敢吃別人送來的東西，到了街上買了兩百顆雞蛋，用白水煮來吃了，連鹽都不敢沾上一沾。

那些船娘本待到岸上大吃一頓，此刻一個個叫苦連天，道：「姑娘、姑爺，還是早些回去吧！」

依露道：「回去！說不定永遠回不去了。」

他們口中雖不言，但心裡卻知道事情越來越是兇險，各人滿懷心事，回到房中熄燈就寢。

南宮平中宵反側，哪裡睡得著覺，他面上雖已麻木，但心裡卻是思潮萬端，想起了雙親，想起了故友，也想起了許多他不願意想的事，只見蠟燭漸短，長夜漸去，他卻仍然沒有闔過眼睛。

萬籟俱寂之中，突聽窗外響起了一陣衣袂帶風之聲，只聽「吱，吱」兩聲輕響！

他心頭一震，霍然坐了起來，院外又是「吱，吱」兩聲，響聲特異，乍聽有如蟲鳴，但南宮平面色卻為之大變！

他還記得這聲音，他記得這聲音是他初入師門時，與同門弟兄，在夜涼如水的夏夜，以捉迷藏來練輕功時的暗號。

那時他們都還年幼，童心未泯的龍飛，帶著他們在樹林裡捉迷藏，使得他們不覺是在練輕功，而彷彿是在遊戲，這一份用心，是多麼善良。

剎那間，他心頭熱血上湧，往日的記憶，在他腦海中又變得如此清晰。

他狂喜暗忖：「難道是大師兄來了麼！」身形微聳，穿窗而出，只見一條黑影伏身簷上，見到他穿窗而出，便遙遙招了招手。

南宮平再不思索，飛掠而起，只見人影已躍到另一重院落，卓立在一株巨樹的陰影下。

他一掠而前，目光凝注，暗影中，他依稀辨出這人影竟是他的三師兄石沉，睽別已久的同門師兄，驟然相逢，他只覺心頭一陣狂喜，一把握著石沉的手掌，道：「三師兄，你……你……」喉頭一陣哽咽，眼中泛起淚光，再也說不下去。

黑暗中，往昔英俊挺逸的石沉，此刻竟是神色頹敗，面容憔悴，連雙目都顯得黯淡無光。

他再也不是往昔那英俊挺逸的石沉了，他彷彿已變成一具行屍走肉，懺悔著往昔的罪惡，等待著日後的死亡……

南宮平心頭愕然，既悲又喜。

只聽石沉緩緩道：「我聽說你在這裡，就趕來了。」他語聲沉重緩慢，語聲中竟也失去了往昔的光輝，有如自墳墓發出一般。

南宮平黯然道：「你既來了，為何不進去？」

石沉緩緩搖了搖頭，空虛黯淡的目光中，流露出一種絕望的悲哀，緩緩道：「我不能進去，我只是來告訴你，不要聽任何人的話，不要答應任何事，我……我說的就只能有這麼多了。」

南宮平呆了半晌，慘然道：「你……你近來好麼？這些日子，你在哪裡，是不是和大嫂在一起！」

「我是個不祥的人，滿身都是不可饒恕的罪孽，你……你……以後你萬萬不要再認我這個師兄，最好當我已經死了。」

南宮平忍不住淚珠滿盈，顫聲道：「師兄，無論如何，你都是我的師兄⋯⋯」

石沉搖了搖頭，仰天嘆了口長長的氣，突然伸手一抹眼簾，道：「多自珍重，我去了。」

話聲未落，他已撐轉身形，如飛掠去，那消瘦的身影，在一剎那間，便被無邊的黑暗完全吞沒。

二十　撲朔迷離

夜色清寂，夜風蕭瑟，南宮平佇立在清冷空曠的院落中，無邊的黑暗包圍著他，沉重的心情，更加沉重了。

石沉是同門五人中最剛毅木訥的一個。

但是他那頹敗的神色，憔悴的面容，早已失去了昔日俊逸挺秀的光彩！

要不是經歷了一番慘痛而絕望的遭遇，絕不會使他一變如斯！自從華山分手，師兄弟姐妹各自漂泊東西，將近一年半沒見過面，石沉匆匆的來又匆匆的走，難道是逃避著什麼？南宮平沉重的心情中不禁又加雜著悲愁與辛酸！

南宮平再也無法掩抑胸中那股悲憤的情感，猶如山洪暴發，滿眶熱淚，滾滾而下！

夜風吹過樹梢，發出沙沙之聲，樹影掩映中，另一個孤瘦的身影悄悄的佇立在南宮平身後。

南宮平霍然轉身，身後那人竟然是葉曼青，面上流露著些微的驚愕，她那秋水般的明亮雙眸裡，充滿了幽怨而又關注的複雜情感。

「你哭了？」葉曼青問。

「沒有！」

南宮平倔傲地昂了昂頭，勉強地一笑，但這些都無法掩飾他臉上狼藉的淚痕！

葉曼青緩步上前，輕聲說道：「夜寒露重，你早點回房憩息吧！」

南宮平感激的瞥了她一眼，微微一嘆，走回房內。

殘燭搖曳，昏黃黯淡的燭光，映著南宮平那略帶憔悴的面容，他枯坐桌前，兩眼木然的望著閃縮不定的燭光，怔然出神。

長夜漫漫，四周寂寂，一時思潮洶湧，一連串的人影在他眼前不斷的旋轉，隱現──傷心絕望的梅吟雪，滿腔幽怨的葉曼青！

機智狡詐的任風萍，莫測高深的帥天帆！

聰穎機變、風流放蕩的大師嫂郭玉霞！

被得意夫人迷失本性的龍飛和古倚虹！

以及被困「諸神殿」性格豪爽的風漫天！

恩師「不死神龍」龍布詩和「諸神島主」南宮永樂！

最後，他更想到了獨倚柴扉，望子早歸的慈祥雙親！

心緒像一綑紊亂的亂麻，竭盡智能，也無法在雜亂無章中，尋出頭緒，決定何去何從！一陣輕微細碎的腳步聲自走廊上傳來，南宮平眉心一皺，突然又聞葉曼青怒叱道：「好賊子──」

接著兩條人影飛快的掠過屋脊，一前一後，向西而去。南宮平心中一動，揚掌將蠟燭熄滅，身形一長，也自穿窗而出，隨後追去。

他在「諸神島」上幽居一年，潛心養性，非但功力大進，輕功更是進境多多，眨眼之間，已和前面兩人追成首尾相啣，凝目望去，在前人是個勁裝漢子，在後的那人身形瘦小，長髮飄拂，正是葉曼青！

南宮平足下用勁，雙方距離已不足十丈。

片刻之後，已追出里許，那勁裝漢子陡地止住身形，卓立在一棵大樹之前，葉曼青飛撲而上，揚掌就劈！

她身手矯捷，不知與這勁裝漢子有何深仇大恨，一上手就是狠攻狠打，招招殺著。

那勁裝漢子功力亦似不弱，有攻有守，一時之間，葉曼青倒還奈何他不得。

陡聞葉曼青怒叱一聲，雙掌一錯，一招「嫦娥奔月」，逕向那勁裝漢子雙肩拍去。

勁裝漢子來不及撤招換式，已被破中肩骨，疼痛如折，葉曼青殺機已起，左掌隨後劈出，掌風雖緩，但潛力卻大！

南宮平陡地舌綻春雷，大喝道：「葉姑娘且慢！」喝聲才出，已遲了一步，那勁裝漢子已遭葉曼青劈中前胸，口噴鮮血，仆倒於地！

南宮平一個箭步竄上前，一探那漢子鼻息，業已氣斷身亡，不由惋惜一嘆！

葉曼青滿腹幽怨，此刻更是嗔怒交加，冷笑道：「想不到你竟會爲這下三流的賊子嘆惜！」

南宮平淡淡一笑，道：「我只想留個活口，一問究竟。」

葉曼青怫然道：「這種賊子還要問究竟？就這樣讓他死了，倒還便宜了他。」

南宮平不解的道：「到底是怎麼回事？竟惹得你如此生氣？」

葉曼青怒道：「你看看他懷裡揣的是什麼東西！」

南宮平俯下身去，自那勁裝漢子懷中取出一物，竟然是個錫製的「鶴頸壺」，壺口還斷斷續續的飄出一股無色的淡淡異香，南宮平哂然笑道：「原來是個採花的淫賊！」

葉曼青冷笑道：「這種賊子你還要留活口麼？」

南宮平突地神色一變，沉思片刻之後，才又搖頭道：「事情決非這麼簡單，我們形藏早露，這賊子恐怕與那五撥送禮之人有關！」一語甫罷，旋又大聲喝道：「不好！快回客棧！」

說著身形縱起，展開輕功向來路如飛奔去。

葉曼青也頓然醒悟，毫不遲疑，隨後追去。

南宮平奔回客棧，匆匆至狄揚夫婦房前，提氣大聲叫道：「狄兄！狄兄！……」叫了半天房內竟毫無回音。當下，不再猶豫，揮掌破門而入。

房內空蕩蕩，非但狄揚夫婦影蹤全無，就連行李包裹，兵刃等亦都不翼而飛！

葉曼青也匆匆奔入，詫然問道：「他們兩人呢？」

南宮平劍眉微蹙，沉思不語。

葉曼青說道：「你聞聞看，房中似乎有股異香留存未散！」

南宮平點點頭道：「這事大有蹊蹺，看來要想查個水落石出，確非易事！」

葉曼青道：「何不去問掌櫃的，看看有沒有什麼形跡可疑的人物來過這裡！」

南宮平道：「這批人顯然事先已有周密的計劃，掌櫃的哪會知道這些，適才若是不將那淫賊殺死，或可探出些許端倪。」

葉曼青嬌靨飛紅，訕訕道：「你也不早說，誰知道⋯⋯」

南宮平截住她的話音，說道：「如果能查出那五撥送禮者和代訂房之人，抽絲剝繭或許還可得知一二！」

葉曼青問道：「那麼要怎樣才能查出那送禮之人呢？」

南宮平苦笑一聲，道：「這當然也不是一件簡單的事情。」話聲一頓，又接道：「現在已是二更將盡，站在這兒乾著急也不是辦法，還是早點回房歇息，明天再另思良策！」說著將殘燭熄滅，各自回房就寢。

翌日清晨，二人商定由葉曼青暫留客棧，以觀其變，南宮平則匆匆外出，期能查出一些蛛絲馬跡。

直到晌午時分，南宮平才匆匆回棧，葉曼青急忙迎了上去，關切地問道：「找到一點頭緒

了麼？」

南宮平道：「快拿你的『龍吟神音』寶劍，跟我走！」

葉曼青柳眉微皺，不解地道：「到底是怎麼回事呀？」

南宮平道：「一會兒你就會知道了，快走吧！」

兩人急佩上隨身寶劍，掩上房門，走出客棧，出得城外，展開腳程，向西奔去。

葉曼青滿懷疑惑，問道：「我們現在是到哪兒去？」

南宮平一面奔行，一面答道：「據我所知，非但那幾撥送禮和訂房的人與任風萍有關，狄

揚夫婦失蹤亦與任風萍脫不了干係！」

葉曼青見他答非所問，不由柳眉緊蹙，說道：「任風萍原在西北，此刻怎會跑到江南來

了？」

南宮平道：「在這一年內你敢保事情沒有變化麼？說不定任風萍所佈置的潛力已遍及大江

南北也未可知！」

葉曼青詫異的問道：「變化？任風萍的佈置？你到底在說些什麼？」

南宮平也不禁一愕，但繼而轉念一想，才恍然大悟，原來當年在長安城西北，任風萍吐露

帥天帆有獨霸武林的意圖時，只有梅吟雪、狄揚和自己在場，任風萍心機深沉，深藏不露，只

是在暗中行事，葉曼青故未得知，當下微微一笑，道：「這件事一時也難解釋清楚，以後我再

詳細告訴你，現在我們趕快到南山去！」

葉曼青被他那「我們」二字，說得心頭一甜，不再多問，加快腳程，展開絕世輕功向前飛奔，只消頓飯工夫，已入南山山脈，路徑漸入崎嶇，已有難行之感。

南宮平止住身形，向葉曼青說道：「此處乃去南山必經之路，狹窄崎嶇，任風萍的手下人等，勢必在此處歇腳，我們正好趁機出手，且先調息運氣，恢復功力，說不定等一會有一場驚險的惡鬥！」

說著走至一塊嶙峋巨石之前，盤膝坐下，閉目調息起來。

葉曼青也自走到石旁坐下。

夜風呼嘯，月冷星淒，在這荒涼的郊野山區，充滿恐怖和淒涼的感覺。

約莫半個時辰之後，果聽來路上車聲轔轔，馬聲嘶嘶，漸行漸近！

南宮平、葉曼青二人，聞聲知警，同時閃身至一座大石之後，隱去身形。

眨眼工夫，車馬之聲已近，南宮平在「諸神島」一年潛居，功力大進，黑夜視物，如同白晝，此時凝目望去，只見七匹駿馬飛馳而來，七匹駿馬之後，是一輛黑篷雙套馬車！

眨眼之間，七匹駿馬馳至南宮平所隱身之大石前三丈處停了下來，只見兩名駕車大漢自轅上一躍而下，奔至車旁，掀開重重的黑布簾，自車內挾出兩個人來！

南宮平只看得心頭狂震，原來那兩人正是狄揚夫婦！

月光照映下，依露披頭散髮，那件錦色華衫被撕得襤褸不堪，幾近半裸！

狄揚更是滿身血漬，神情頹敗，往日那股神采飛揚的豪氣，蕩然無存！

南宮平心痛好友，又氣又恨，陡地撮唇長嘯，嘯聲中，人如巨鳥，刷地沖天飛起，身在空中，一個盤迴旋轉，翻腕間「葉上秋露」已拔在手中，吸腹拳腿，頭下腳上，一招「甘霖普降」，銀光萬點，閃閃刺目，舞起漫天劍影，飛灑而下！

當先那五旬的高大老者，暴喝一聲，雙手一攔，向後退去！

南宮平足落實地，也不打話，猱身欺上，「葉上秋露」猛劈猛削！

葉曼青也仗劍飛奔而出，直衝向那幾個黑衣人，掄劍就是一陣狠攻！

七騎中為首之人，乃一五旬高大老者，一面閃躲南宮平的猛烈狠厲劍招，一面高聲叫道：

「朋友！我們無怨無仇，你怎麼橫不講理，動手就是狠殺狠打！」

南宮平雙目噴火，長劍一緊，刷刷刷接連又是三招殺著！

五旬高大老者，身軀一閃，向後退去，口中再度叫道：「要打要殺，把話說明白了也還不晚——」

南宮平聲音沙啞，吼道：「少廢話！我先宰了你再說！」

吼聲中，「葉上秋露」再演絕學，竟施出在諸神島學得的「南海劍法」！一陣猛攻。

五旬高大老者知道再多說也是白費，怒哼一聲，自腰間撤下一條長達丈餘的「鎖骨連環鞭」，舞起漫天鞭影，鞭風霍霍，迎了上去！一招「雲鎖巫峰」，丈餘長鞭有如靈蛇出洞，迅猛地纏向南宮平執劍右腕！這一招反守為攻，端的精妙無比。

南宮平料不到眼前這個老傢伙身手竟然如此了得！

但南宮平一身武功亦已非昔年吳下阿蒙，左足一旋，側身讓過來勢，右臂一抖，「葉上秋露」挾嘶嘶銳嘯疾劃而下，「葉上秋露」雖非神兵利器，但經南宮平貫注真力，劍氣如芒，逼人生寒，劍鋒尚未近身，已泛起一股冰涼之氣。

老者知逢勁敵，不敢大意，身軀向後一仰，右臂撤回，手中「鎖骨連環鞭」一擺一蕩，向南宮平頸項掃去！

南宮平沉腰挫馬，左臂一探，五指一屈一彈，數股柔緩而潛勁的指風，疾向鞭身彈去！

右臂一沉，「葉上秋露」幻成一片白芒，攔腰削去。

五旬高大老者，只覺長鞭一緊，鎖骨連環鞭竟遭南宮平震開數尺，刷的一聲，長劍也已攔腰掃至，不由魂飛魄散，心膽俱裂，被南宮平攔腰劈成兩段！鮮血飛濺，灑得南宮平滿面滿身。

南宮平毫不遲疑，身形起處，迅若鷹鷥，向那群黑衣大漢撲去！

那群黑衣大漢力敵葉曼青已呈不支，南宮平這一加入，登時大亂，頃刻之間，已有兩人中劍身亡！

另兩名駕車大漢分挾著狄揚和依露，原躲在篷車之後，這時一看情勢危急，已生逃走之念。

南宮平長劍一緊，又有兩名黑衣大漢洞穿胸腹而死，緊接著雙足一點，直向那挾著狄揚夫

婦的兩名黑衣大漢撲去！

兩名黑衣大漢悚然大驚，不約而同向後暴退！

南宮平雙足略一點地，正欲再度撲去，陡聞身後一聲斷喝：「住手！」

不由身形一頓，霍地回轉身來，只見身後一丈之處赫然站著四個高大的人影！

時正子初，月華如水，照亮了那四個人！當先一人竟然是「萬里流香」任風萍！左邊兩人

卻是「岷山二友」鐵掌金劍獨行客長孫單和驚魂雙劍追風客長孫空。

右邊那人卻眼生得很，是個身穿黑衫頭挽高髻的威猛老者！腰間插著一雙長有四尺的金

色短槍！

任風萍的到來，早在南宮平的意料之中，是以毫無驚異之感，倒是任風萍覺得有點意外，

面上是詫異神色，緩緩向南宮平走近，微笑道：「一別年餘，南宮兄別來無恙！」

南宮平不見任風萍現身，心中一動，恢復原有的鎮定和冷靜，聞言冷冷笑道：「好說，好

說，大難不死，小弟還算命長！」

任風萍道：「凡入諸神殿者，從未聽說有生還的，南宮兄可謂大幸了！」

南宮平冷笑道：「在下要是死在諸神殿，任兄就更加快意了！」

任風萍忙道：「兄弟絕無此意，南宮兄切莫誤會，目下中原武林形同鼎沸，混亂紛岐，兄

弟正想借重南宮兄，共舉大事……」

一語未了，南宮平卻冷冷地截道：「在下德薄能鮮，狂野成性，任兄恐怕找錯人了！」

任風萍哈哈笑道：「南宮兄太過自謙了！想當年吾兄天長樓力敗『玉手純陽』；獨闖慕龍莊為『天山神劍』狄揚索取解藥，爾後隻身涉險『諸神殿』，諸般英勇事跡早已傳遍武林，兄台的武功、機智、見識，帥先生更是仰慕非常，如能得南宮兄大力相助，兄弟敢說說不出一年，中原武林垂手可得！」

陡間葉曼青一聲叱喝：「哪裡走！」身形縱起，向前撲去！

南宮平面不改色，淡淡的轉過頭去，原來那兩個挾持狄揚夫婦的黑衣大漢正想借機遁逃，一見葉曼青撲到，只得停留在當地，兩雙眼睛卻向任風萍望去！

南宮平微微一笑，轉頭向任風萍說道：「不知那兩位挾著『天山神劍』狄揚和依露的黑衣漢子是否任兄屬下？」言詞之間淡漠異常，彷彿狄揚夫婦與他只有片面之交，此時只是隨口發問而已！

任風萍尷尬的一笑，但隨又消失，緩緩道：「不錯！正是兄弟屬下！」

南宮平神色變得十分黯然，嘆道：「想當年『天山神劍』豪情萬丈，神采飛揚，此刻卻變得如此狼狽，驟然看去，誰敢相信他就是當年叱吒江湖的『天山神劍』！」

葉曼青雖然十分不耐，但她深知南宮平心思縝密，此刻盡量避免談及狄揚夫婦被擒之言詞，定必另有用意！

任風萍道：「幽靈群丐已投效帥天帆麾下，共圖大事，窮魂依風也欲其妹隨行，故命兄弟前來，只要依露回至中原，立時帶往依風處。」

南宮平冷笑道：「既然依風要依露也投身帥天帆處，任兄又何需使用迷香？此舉實令在下費解！」

任風萍淡然道：「此中原委並非三言兩語就可解釋清楚，兄弟恐言詞之間發生誤會，故不得不出此下策！」

南宮平冷哼一聲，道：「那麼狄揚何辜？竟也遭任兄屬下擒去？」

任風萍道：「他二人既已結為夫婦，自然要同行了！」

南宮平冷笑，哂然道：「任兄可曾問過狄揚麼？」

任風萍大笑道：「婦唱夫隨乃人之常情，狄揚自無不顧之理！」

南宮平軒眉笑道：「任兄諒必還記得，年餘前在長安城西北，狄揚擲丟任兄之『風雨飄香』牌的一幕麼？狄揚狂狷高傲，豈肯依人帳下，任人支役！」

任風萍面色一變，默然不語。

南宮平又笑道：「狄揚、依露能結為連理，亦是任兄恩賜，他們二人雖已結縭年餘，但卻恩愛情深，不亞新婚，狄揚不肯，依露自然也無俯首之理！」

任風萍面色已恢復常態，非但毫無動怒之意，反而哈哈笑道：「南宮兄只知其一，不知其二，當年狄揚身罹兄弟銀雨奇毒，經依露全力施救始得生還，依露對狄揚有救命之大恩，依風肯投效帥天帆，依露自然不會不肯，依露俯首，狄揚豈會違背她的意志！」

南宮平大笑道：「幽靈群丐素來正直，其強討惡化對象，亦皆屬為富不仁之輩！而且施貧

濟困，早已武林皆知，何況窮魂依風爲人孤獨矜直，冷漠高傲，豈有失身變節，投靠帥天帆帳下之理？」

葉曼青知道再舌戰下去，必然引起戰火，心繫南宮平安危，竟不自覺的走近南宮平身旁。

任風萍目光漸轉，看了葉曼青一眼，淡淡地問道：「當初南宮兄出海時，冷血妃子亦同時失蹤，江湖朋友都以爲她隨同南宮兄共赴諸神殿，孰料竟是葉姑娘同行返回，難道冷血妃子真的失蹤了麼？」

南宮平陡地放聲長笑，笑罷說道：「任兄很失望，是麼？哈哈！梅吟雪未與在下同行，致使任兄無法達到一網成擒之心願！未免有點可惜！」

任風萍面不改色，大笑道：「南宮兄言重了！兄弟斗膽，也不敢做如是之想！」

南宮平突然變得聲色俱厲，面泛殺機，喝道：「任風萍！你連派五撥人化裝成五路不同人馬送浸過巨毒的酒食蔬果上船，想將狄揚毒死！誰知被狄揚識破毒計，你一計不成，又生二計，又用不同的銀票訂下整間客棧，事實上整間客棧內，全是你的爪牙！以致狄揚夫婦被擒，我和葉姑娘能倖以逃脫，只因你事先沒想到我能夠回來，沒告訴他們，故爾他們不認得我！哈哈！誰知你的手下竟多了個成事不足卻敗事有餘的採花淫賊！才被在下識破你們的狡計……」

「住口！」任風萍臉色大變，暴然大喝！

南宮平毫不理會，雙目精光如電，懾人心魄，逼視著任風萍，口角嚼著一絲冷酷而含殺機的笑意，繼續說道：「但在下與狄揚兄已結爲生死之交，任兄何不將在下一併擒去？」

任風萍正色道：「南宮兄言重了，兄弟斗膽，亦不敢如此！」

站在任風萍身旁諸人自始至今，始終沒開過口，顯然帥天帆紀律嚴明，而他們亦必對任風萍敬畏十分，此刻站在任風萍右邊那身穿黑長衫、頭挽高髻、腰插一對金槍的威猛老者，業已按耐不住，向前疾跨一步，沉聲喝道：「小子好生狂妄無禮，你道眼下真無能擒你之人麼？」

南宮平睨視他一眼，笑向任風萍道：「這位兄台想必就是帥天帆依若左右手的『戳天奪命雙槍』戈中海戈大俠了？」

任風萍頷首道：「不錯！正是戈老英雄！」

南宮平大笑道：「嘗聞戈大俠『戳天奪命雙槍』有神鬼莫測之機，戳天奪命之能！今日得識，幸會，幸會！」

戈中海回頭看了看任風萍一眼，似乎在動手之前要徵得任風萍的同意！

任風萍臉上毫無表情，默然不語！

南宮平冷笑道：「任兄何不點點頭？」

戈中海大喝一聲，身形撲進，雙掌左右拍出，一擊「章門」，一擊「藏海」！

南宮平早已有備，身形卓立不動，雙臂一圈，閃電般向他雙腕扣去，飛起一腿，踢向戈中海「丹田」大穴！

這兩招快捷無比，而且取時部位恰恰到好處！任風萍暗暗心驚，一年不見，南宮平一身武功又精進了不少！

戈中海滿面凝重，卻毫無懼色，身軀一側，雙掌疾翻，一招「腕底翻雲」，反向南宮平雙臂「曲池」穴拍去！

南宮平身形一閃，甩臂沉腕，一招「沉香劈月」，向戈中海胸前直擊過去！

陡聞一聲嬌叱，葉曼青已與〈岷山二友〉戰在一處！

戈中海微感一驚，大喝一聲，右腕一沉，左臂驀縮，才又倏地一齊劈出，硬接南宮平一掌！

「轟」然一聲暴響，雙方掌力接實，地上沙石飛揚，塵土瀰漫！南宮平只覺對方內力綿綿不絕，雙腕疼痛如折，暴退一丈！戈中海僅上身晃動，馬步依然釘立如椿，但他心中亦自暗暗一驚，普天之下能接他雙掌一擊者，寥寥可數，南宮平年方弱冠，竟能硬接一掌，而直立無恙！

南宮平臉泛青白，氣血翻騰，喉頭一甜，咯出一口鮮血，顯然受傷不輕！但他微一咬牙，旋又飛身撲上，雙掌一錯，向戈中海猛攻而去！

戈中海冷冷一哼，雙掌翻飛，迎住來勢！

南宮平這次撲上，招式一變，竟施出幽居「諸神殿」時，在木屋中所學得的「達摩十八式」！左掌斜出，右掌直劈，招名「苦海普渡」，疾攻過去！

戈中海身形一閃，左掌封出，右掌疾拍南宮平「肩井」！

誰知南宮平這竟是虛招，沉肘挫腕，左掌改削中盤，右掌併指如戟疾點戈中海前胸「七

坎」大穴！

戈中海駭然大驚，疾退五步，雙掌「如封似閉」同時封出！

南宮平雖然只把「達摩十八式」牢記心中，卻沒有時間去仔細揣摩其中繁雜精奧之變化，此刻臨敵施為，一面思忖，一面出招，這套武林絕技，依然深具威力，十招之內，將「戳天奪命雙槍」戈中海連連逼退了一丈遠近！

南宮平一面進招，一面冷笑道：「不錯！正是『達摩十八式』！要是膽怯的話，現在放掉狄揚夫婦還來得及！」

一旁觀戰的任風萍雙眉深鎖，沉思俄頃，不禁驚叫出聲——「達摩十八式！」

「戳天奪命雙槍」業已額角見汗，濃眉緊蹙，方在尋思破解之策！

驀聞「岷山二友」發出震天暴喝，原來葉曼青已逞不支之狀，「龍吟神音」左招右架，節節敗退！

只聽長孫空獰笑一聲，叫道：「看你還能支持幾招！」

叫聲中雙劍微絞，右足前探，一招「極逸滄波」，雙劍劃出一道銀弧，迅捷地向她執劍右腕削去！

長孫單卻足下一滑，閃至葉曼青身後，「飛星逐月」，疾點葉曼青背心！

葉曼青腹背受敵，險象環生，掌中劍疾封而出，嬌軀向左閃去！但她早已真力不繼，氣血浮動，身形一個踉蹌，被長孫單一劍刺中右肩，悶哼一聲，龍吟劍又被長孫空雙劍斫中，虎口

制，嬌軀隨之倒地不起。

一麻，脫手飛出！

長孫單劍交左手，欺身上前，伸手間，連點中她「大赫」、「商曲」二穴，葉曼青兩穴受

劍芒顫動，森森劍氣，幻起一圈劍網。

南宮平急怒交迸，右手一探，嗆然龍吟，「葉上秋露」已拔在手中，一招「天地分光」，

「岷山二友」更不停頓，飛掠過來，與戈中海聯手圍攻南宮平！

步！

岷山二友武功雖高，與南宮平相較卻相形見絀，南宮平這詭異的一招，迫得兩人連退三

南宮平大喝一聲！「葉上秋露」振腕攻出，幻出三朵劍花，分襲「岷山二友」及戈中海！

戈中海冷冷一笑，亦自撤下腰間金色雙槍，一抖攻上！

肩！

戈中海雙槍疾出，左手金槍硬架來勢，右手金槍，「春雲乍展」疾逾星火地挑向南宮平右

南宮平知道今天想要全身而退已不可能，看出「岷山二友」中，鐵掌金劍獨行客又較驚魂

雙劍追風客略差半籌，因此他避重就輕，「葉上秋露」儘向長孫單身上猛施殺手！

戈中海與長孫空何嘗看不出來？兩人心中似有默契，不約而同，加緊搶攻！

數十招一過，南宮平已逞不支之狀，兩個一流高手和一個頂尖高手，聯手搶攻，南宮平武

功再高，也只能左右招架，毫無還手之力！

月光照映下，任風萍面露喜色，嘴角時而噙著一絲陰鷙而得意的微笑！

戈中海斷喝一聲，雙槍一緊，「狂鷹振翅」，右手金槍自下而上，猛刺左脅，左手金槍閃電般向南宮平執劍右腕挑去！「岷山三友」的三支長劍，齊地罩向南宮平周身要害！

南宮平虎目噴火，額角上豆大汗珠，滾滾而下，臉色蒼白，但卻洋溢著堅毅而倨傲的神情，「葉上秋露」連演絕學，「金靈飛火」，「菫渡三過」，「分水擺荷」，刷刷刷，接連三劍，封擋了三人凌厲的攻勢。

戈中海閃身欺近，雙槍疾刺而出，一點「幽門」，一點「咽喉」！「岷山三友」亦旋身撲進，三支長劍交錯遞出。

南宮平三劍攻出之後，真力已經不支，但他神智未亂，霍地足下旋轉，閃開戈中海的雙槍，奮力一劍朝長孫單胸前疾刺而去！

這一劍又疾又狠，長孫單想要抽身退避，已嫌太遲，慘叫一聲，「葉上秋露」貫胸穿過！

南宮平慘厲一笑，方把「葉上秋露」拔出，長孫空雙劍已自他左肩劃下一道深有寸許可見白骨的血溝，長至脊柱，殷紅鮮血飛噴而出！就在這同時，戈中海的金槍也正刺中南宮平右大腿上！

南宮平牙關怒咬，長劍一揮，將正欲重下殺手的長孫空和戈中海逼退五步，戈中海金槍猶未拔出，依然插在南宮平腿肉之上，令人觸目心驚！

戈中海從未見過能有如此潛力之人，不禁愕在當地！

長孫空痛兄身亡，怒吼一聲，再度撲上！

南宮平厲聲大喝：「不死神龍，神龍不死！」喝聲中，伸手拔下大腿上的金槍，看也不看，反臂向他甩出。

長孫單的死，使得長孫空恨火攻心，此刻出手，絲毫沒有防備，何況他認為南宮平必定已無還手之力，一見金槍破空飛來，才悚然心驚，趕忙雙劍交錯，向金槍撩去！誰知一撩不中，

「哧」的一聲，金槍竟插入左肩！登時仆地不起！

南宮平喝道：「你今生作夢也休想！」

任風萍神色黯然，也喟嘆道：「不死神龍第二，能得如此豪傑相助，何愁天下不定？」

戈中海搖頭嘆道：「真不愧為神龍弟子！」緩步向長孫空走去！

話才出口，又咯出一大口鮮血，身形栽個踉蹌，最後終於不支，仆倒於地！

任風萍一躍上前，右掌緩緩拍下，他的臉上充滿了可惜的神情，就在他右掌離南宮平頭顧不足三尺之時，驀聞身後響起一聲悶雷似的大喝：「住手！」

喝聲宏亮，響徹四野，顯然中氣充沛！

任風萍驚愕的轉過身軀，只見身後數尺之遙，站著一個身形矮小，其貌不揚的中年人。

中年人向前跨進一步，沉聲道：「這人我要帶走！」

戈中海已從長孫空身旁一躍而至，手中握著兩柄金槍，大聲喝道：「小子！你是誰？」

中年人睨視他一眼，隨口吟道：「遠山高大！」

任風萍、戈中海霍然一驚，連忙同聲接道：「風雨飄香！」

中年人自懷中掏出一隻紫檀香木的精緻小牌，揚了一揚，接著喝道：「兩位可認識此牌？」

任風萍低首道：「弟子識得！」

中年人道：「見牌如見人！這人我要帶走，兩位有何異議？」

任風萍黯然道：「弟子不敢！」

中年人冷冷一哼，走近南宮平身旁，俯下身去，將南宮平抱在懷中，頭也不回，大步向前走去！

直到中年人矮小的身影被漫漫的黑暗吞沒，任風萍才搖頭嘆道：「帥先生不知何時又新收了這一號人物，我們為何都不認識？」

戈中海道：「我們出來半年多了，帥天帆吸收的新血，未經介紹，我們自然不認識！」

中年人抱著南宮平健步如飛，奔了將近一個時辰左右，到了一片枝椏濃密的樹林前。

月光照映下，在一棵合抱的大樹旁，兩匹長程健馬正俯啃著野草，馬旁卻綽立著一位風華絕代，美艷出塵的少女，峨眉緊蹙，滿面憂急之色！

她正是梅吟雪！

中年人才一走近，梅吟雪已奔了上來，看了看他懷中的南宮平一眼，問道：「他的傷勢很

中年人頷首道：「真力消耗殆盡，血流過多，還好我早到一步，否則就要死在任風萍掌下了！」

中年人頷首道：「真力消耗殆盡，血流過多，還好我早到一步，否則就要死在任風萍掌下了！」

南宮平星目緊閉，面色蒼白，背上和腿上的血仍然一滴一滴的淌下，簡直和死去無二！奄奄一息，身軀僵挺，除了胸部還有一些極其輕微的起伏外，

梅吟雪目泛淚光，黯然道：「他傷重如此，不知是否還能活著見他的師傅！」

中年人也自嘆道：「看他不是夭壽之像，相信必有奇蹟，將他救活！」

梅吟雪默然不語，伸出皓腕自中年人懷中接過南宮平。

中年人道：「姑娘珍重，我要走了，那塊木牌——」

梅吟雪道：「那塊木牌送給你吧，反正我留著也沒用！」

中年人謝了一聲，飛身上馬，揚塵馳去。

梅吟雪也跨上馬背，將南宮平抱在懷中，一咬銀牙，催開坐騎，順著官道，向前奔去。

黎明時分，梅吟雪已經趕到三門灣！直馳到一家客棧前，這才下馬走入客棧中。

匆匆跨進一間房內，房內有三張床，其中有兩張竟赫然分別躺著「不死神龍」龍布詩，和「諸神島主」南宮永樂！

此刻兩人都已醒來，四隻眼睛都透著焦灼的神色，一見梅吟雪抱著奄奄一息的南宮平推門

而入時，俱不禁大吃一驚！

龍布詩首先問道：「平兒受傷了？」

梅吟雪略點螓首，一言不發的將南宮平面孔朝下放在另一張床上。

南宮永樂接問道：「是誰把他打傷的？」

兩人說話的語音，都很柔弱輕微，彷彿是大病未癒一般。

梅吟雪沒有回答，鳳目一閉，兩行清淚滾滾流下。

南宮永樂掙扎著爬起來，察看了南宮平的傷勢一番，有氣無力地道：「他傷勢很重，但有我在，這倒不用擔心，只要用移植大法，保管他在兩天之內就可痊癒！」

龍布詩聲音沙啞地吼道：「不行！你不准碰他一根汗毛！」

南宮永樂也是怒容滿面，聲音微弱的吼道：「我碰他關你何事！你在那裡鬼叫什麼？」

龍布詩叫道：「他是我的徒弟！我就是不許你碰他！」

南宮永樂也叫道：「他是我的侄兒！我偏要碰他。」

梅吟雪淚流滿面，哀聲道：「他已是奄奄待斃之人了，兩位前輩還作無謂之爭，難道真要眼睜睜的看著他死去麼？」

兩個老人相互怒視一眼，終於緘默不語！

良久，南宮永樂轉臉向憂心如焚的梅吟雪道：「這十幾天來，我已將我全部醫術，包括移植大法在內傳授給你，我看你冰雪聰明，何不冒險一試？」

梅吟雪說道：「我只學得心法，還未實際動過手，恐怕——」

南宮永樂道：「有我在旁給你指點，你儘管大膽動手！」

梅吟雪委決不下，一時沉吟不語！

南宮永樂道：「他已命在旦夕，不能猶豫不決了。」

梅吟雪轉頭看了看龍布詩一眼，龍布詩卻默然不語！當下一咬銀牙，毅然道：「好！事已至此，我只好冒險一試！」

南宮永樂面現微笑，道：「你先去買枝大針和一瓶烈酒以及一卷細麻線回來，即刻動手！」

梅吟雪依言匆匆上街將所需之物買回。

南宮永樂道：「先將大針和細麻線泡在酒裡，用酒洗淨傷處，再點他胸前『鳳尾』、『七坎』兩穴，和背後『命門』、『帶脈』兩穴，並用真力護住他最後一口丹元之氣，然後用烈酒洗一洗我的大腿肌肉，用你的佩劍割下一塊與他傷口同長同寬的腿肌，移植上去，再用細麻線縫合，兩天之後，他就會痊癒了。」

梅吟雪一面聆聽，一面動手，兩個時辰不到，業已大功告成，果然順利無礙！

南宮永樂卻因活生生的被割去一塊腿肌，一時元氣大傷，痛徹骨髓，閉上雙目，沉沉睡去！

龍布詩不禁爲之動容，嘆道：「四十年來，你簡直和瘋人無二，但自從脫離了『諸神殿』後，想不到你個性又大變特變，在你臨死之前，還做了一件有人性的事情！」

梅吟雪徹夜未眠，心神交瘁，直到此刻芳心才放寬一點，一時疲憊萬分，竟也伏在南宮平床邊，沉沉睡去！

南宮平輕輕的挪動了一下身軀，並發出一絲輕微的呻吟，梅吟雪霍然醒轉！

南宮平睜開眼睛，一眼看見身邊的梅吟雪，不禁驚喜莫名的脫口叫道：「吟雪！是你……」語才出口，已牽動傷處，臉上肌肉痛苦的抽搐一下。

梅吟雪憐憫心痛，急道：「你大傷未癒，不宜開口說話，快閉上眼睛養神！」

南宮平驟見梅吟雪，真是又驚又喜又興奮，若非不能動彈，他真會跳起來將梅吟雪緊緊的摟在懷裡，哪裡還會閉上眼睛養神，當下輕聲問道：「吟雪！這不是夢吧？」

梅吟雪強抑著心中激動的感情，柔聲說道：「不要再說話了，快好好休息吧！」

南宮平又看見了另一張床上躺著的龍布詩，情緒更加激動，道：「師傅也回來了，吟雪，快告訴我這是怎麼一回事？」

梅吟雪道：「這話一言難盡，等你傷好了後，再慢慢告訴你，你現在快休息吧！」伸手點了他的睡穴。

南宮平雙目一閉，又沉沉睡去。

龍布詩直到此刻才睜開眼來，看了沉睡的南宮平一眼，喟然長嘆！

梅吟雪道：「老前輩見了他，只應高興才對，怎麼──」

龍布詩嘆道：「我和南宮老兒在暴風雨的海上力拚千招，我打了他七拳，他劈中我六掌，雙方真力耗盡，真元已散，想不到漂泊在海上竟會巧遇姑娘，將我們救返中原！唉！我『不死神龍』一生之中，出生入死不下百次，想不到這一次就要真正的死去，老夫固然並不怕死，但是還有數椿心願未了，不願如此平平白白的死去！」

梅吟雪道：「江湖上傳言靈丹妙藥能生死人而肉白骨，前輩這點內傷，只要能得到真正所謂的靈丹服用，想要痊癒也並非一件難事。」

龍布詩嘆道：「據老夫所知，江湖聖醫『救命郎中』薄丹煉有七顆起死回生的『回天救命護心丹』，但薄老兒珍逾生命，又豈肯隨便與人！」

正說間，店伙已在門外敲門道：「客官！用午飯啦。」原來已時趨晌午！

梅吟雪道：「送進來吧！」

店伙推門而入，端著兩個大食盤，三人用罷，龍布詩道：「梅姑娘昨晚徹夜未眠，今天又勞累了一個早上，早點回房憩息吧！平兒我會照顧他的！」

梅吟雪也覺十分困倦，依言走回自己房內！

龍布詩也正欲閉目憩息，突聞一陣衣袂振風之聲，從窗戶欻然飛進一人！

竟是他多年至交──鐵戟紅旗震中州司馬中天！

不禁驚喜十分，叫道：「司馬兄別來無恙，怎知小弟在此？」

司馬中天嘆道：「唉！一言難盡，自從華山較技後，你已在江湖上失了蹤影，武林中更是傳說紛紜，有的說已敗在『丹鳳』手下自絕而亡，有的說你看破世情，隱名潛居，更有的說你去了『諸神殿』！莫衷一是，不知你到底去了哪裡？」

司馬中天嘆道：「這事如果傳揚出去，勢必轟動武林！」

龍布詩逐將諸般遭遇，簡單扼要的講出。

龍布詩問道：「司馬兄怎會到此？」

司馬中天黯然一嘆，也將自己鏢局冰消瓦解，以及那幾件轟動武林的大事逐一說出，最後嘆道：「南宮世家也完了！南宮常恕隱居太湖湖濱，南宮夫人托小弟來此，打探南宮平的下落，途中巧遇南宮世家以前的食客萬達，告訴小弟南宮平早已歸來在此，是以小弟便匆匆趕來！」

龍布詩聽罷，搖頭嘆道：「想不到短短兩年之中，江湖上竟掀起如此巨變！」

司馬中天壓低了聲音，說道：「小弟在途中發現不少江湖人物往此處集結，不知此處將有何重大事故發生！」

一語甫罷，驀聞窗外有人發出一聲輕微的冷笑，兩人不由霍然色變！

司馬中天喝道：「是誰敢在司馬中天面前鬼鬼祟祟！」話方出口，人已迅捷無比的穿窗而出。

龍布詩不能動彈，只好空自發出一聲浩嘆！

驀見梅吟雪匆匆推門而入，急道：「老前輩，我們此刻處境兇險十分……」

龍布詩濃眉一軒，搶著問道：「姑娘，有何重大事故發生，使你這樣驚惶？」

梅吟雪還沒來得及細說原委，突聞一陣急促的敲門聲，不由神色一變，隨手抓起南宮平床邊的「葉上秋露」，走至門邊，沉聲喝道：「進來！」

房門呀然而開，只見門口站著一個年約五旬，身著灰布長袍，長相奇特，雙手長及膝的老者！

梅吟雪沉聲問道：「你是誰？有什麼事？」

老者乾笑一聲，道：「敢問姑娘，房內是否住的『不死神龍』龍布詩和『諸神島主』？」

梅吟雪柳眉一揚，道：「不錯！」

老者蕭容道：「我家主人有請！」說著，自寬大袍袖內拿出一張黑色的束帖。

梅吟雪眉峰一皺，將束帖接過，冷冷道：「不知你家主人是何方高人，貿然赴約，有嫌冒犯，如果貴主人方便，何不移駕屋內一談！」

老者面容上愕了一愕，隨即乾笑道：「這個……待小的請示敝主人再行定奪！」拱手一揖，轉身走開！

梅吟雪關上房門，拿著請束，走至龍布詩床前，雙手遞過，她雖稱「冷血妃子」，但對龍布詩卻是狀至恭謹！

龍布詩打開請柬一看，不禁霍然動容，神情激動，只見請柬上赫然寫著龍飛鳳舞的八個大

字：「諸神瓦解，神龍授命！」

龍布詩激動的情緒突又在片刻間變得異常的平靜，哈哈大笑道：「好個神龍授命！我倒要

看看是何方高人能叫龍某授命！」

話聲方住，敲門之聲又復響起，梅吟雪手執「葉上秋露」卓立門旁，龍布詩沉聲喝道：

「請進！」

房門開處，只見一群人正欲魚貫而入，梅吟雪長劍一橫，擋在門前，高聲說道：「哪個是

帶頭的？進來！」

當先一個面皮白皙，長相英俊但是目帶邪光的中年文士微微一笑，大步走進！

梅吟雪隨即將房門砰然關上！

中年文士走至龍布詩床前，說道：「敢問尊駕就是『不死神龍』龍布詩？」

龍布詩微笑道：「不敢，正是龍某，請教尊駕大名？」

中年文士笑道：「小可孫仲玉，乃『群魔島』主之子！」

他雖然笑著說話，但神情倨傲無比，彷彿目中無人，唯我獨尊！

房內諸人均心中一動，他果然是群魔島的人！

孫仲玉回頭看了看卓立門邊，虎視眈眈的梅吟雪一眼，也不待招呼，即在床邊一隻木椅

上，大馬金刀的坐下！

龍布詩濃眉一揚，傲然問道：「龍某與『群魔島』素無交往，孫少島主束邀龍某不知有何賜教？」

孫仲玉大笑道：「別無大事，只不過小可奉家父之命前來中原向龍大俠索借一物！」

龍布詩濃眉一軒，大聲道：「索借何物，少島主但請言明！」

孫仲玉陰鷙一笑，道：「索借龍大俠項上六陽魁首！」

龍布詩朗笑道：「不知令尊索借龍某這顆項上人頭有何用途？」

孫仲玉怔了怔，隨即說道：「小可只是奉命行事，至於家父要來有何用途，卻是不知！」

龍布詩大笑道：「人生百年，終歸一死，少島主你說是嗎？」

孫仲玉冷笑道：「不錯！」

龍布詩神色一變，聲色俱厲，道：「但令尊欲妄想索借龍某首級，你說龍某是該雙手奉上，或是拒死一拚？」字字鏗鏘，令人心神一震！

龍布詩那滿是劍疤刀痕的臉上，一片神光湛然，宛如一個凜然不可侵犯的神聖，一股懾人而又令人心折的威儀，像是一支利刃，直戳入孫仲玉心坎深處！

孫仲玉如冷水澆頭，神色頹敗，眉目間那股不可一世的倨傲之氣，蕩然無存！

孫仲玉默然嘆道：「龍大俠果真英雄豪傑，江湖傳言果然不虛！」

一語甫罷，驀聽門外有人提氣高聲叫道：「少島主別受他巧言所惑，難道你忘了島主諄諄告誡的話嗎？」

話音剛落，陡聞砰然聲響，房門已遭人劈開，門外那群人已轟擁而入！

梅吟雪嬌叱一聲，「葉上秋露」幻出朵朵劍花，攔住門口，喝道：「站住！」

只見一個身材矮小之人，排眾而出，冷笑道：「你以為一劍在手，就能將我古薩擋在門外

麼？」

梅吟雪睨他一眼，亦自冷笑道：「不信你就闖進來試試！」

古薩縱聲狂笑！一掄雙掌，正欲動手，驀聞「群魔島」少島主孫仲玉斷然喝道：「住手！

未得我的允許，怎能在此胡鬧！」

古薩像是對他十分畏服，吶吶道：「我只是為少島主的安全著想——」

孫仲玉叱道：「在我未招呼你們之前，不得擅入此房一步，違者嚴處！去吧！」

眾人轟應一聲，相繼退下！

孫仲玉轉對龍布詩陪笑道：「他們乃家父屬下『十大常侍』，此次追隨小可遠涉中原，不

精禮教，惹得龍大俠見笑！」

龍布詩笑道：「不敢！不敢！」

孫仲玉眼波流轉，瞟了梅吟雪一眼，問道：「這位姑娘麗質天生，美艷絕倫，不知芳名能

否見告？」

梅吟雪心念數轉，粉面上怒意全消，嫣然笑道：「我叫梅吟雪，人稱冷血妃子！」

孫仲玉一驚，隨即笑道：「原來大名鼎鼎的『冷血妃子』就是姑娘，小可久仰得很！」

梅吟雪輕笑道：「少島主初蒞中原，怎會久仰呢？」

孫仲玉朗聲道：「冷血妃子名揚宇內，在下初入中原，就已聽江湖人士談及！」

梅吟雪蕙質蘭心，聰穎絕倫，想到帥天帆、任風萍等獨霸江湖，問鼎武林之野心已昭然若揭，而中原武林人材凋零，「丹鳳」已死，「神龍」又身罹重傷，能夠領導中原武林人士挺身而出，相為頡頏之人已是鳳毛麟角，這「群魔島」少島主，以及他所帶來的「十大常侍」，武功必是武林罕見，若能略施小計，稍加利用，豈不是一大助力？兩害相較取其輕，梅吟雪已在心中暗暗下了一個毅然的決定！

正忖念間，孫仲玉已轉對龍布詩道：「家父此命小可遠涉中原，向龍大俠索借首級，若不能如命回覆，必遭重處，龍大俠可否為小可尋思一萬全之策？」

龍布詩朗聲笑道：「不知『群魔島主』借龍某首級有何用途，少島主若能言明，龍某衡量輕重，如屬萬分必要，龍某絕對雙手奉上就是！」

孫仲玉冷笑一聲，道：「如果不屬萬分必要，家父也不至於命小可遠涉中原了！」

龍布詩哈哈笑道：「龍某倒要看看少島主有何手段，能借得了老夫的人頭！」

孫仲玉冷冷接道：「小可借龍大俠的首級，可謂探囊取物……」

驀聽窗外響起一陣雄渾蒼勁的口音，道：「小子別太狂妄，你的首級還在我的手中呢！」

話聲甫落，一條人影已迅疾無比，毫無聲息的穿窗而入，赫然是司馬中天！

孫仲玉目光連轉，自忖不吃眼前虧，當下，冷冷提議道：「離此不遠的西方郊野中有一座

荒廢的古寺，小可今晚二更在彼候駕！」

說罷站起身來，也不待回答，大步向門口走去。

梅吟雪竟然綻顏一笑，推開房門站在一側。

孫仲玉心中一喜，也自對梅吟雪含情的笑了一笑，出房而去。

梅吟雪隨手將房門關上！龍布詩突地臉色大變，一片慘白，接著咯出一大口鮮血——司馬中天與梅吟雪同時一驚，不約而同急躍上前，司馬中天叫道：「龍——兄」只覺喉頭一塞，下面的話哽咽著說不出來。

龍布詩搖搖頭，苦笑道：「適才放情言語，早已牽動內腑傷勢，五臟破碎，看來離死已不遠了！」

司馬中天黯然慰道：「龍兄，今後別再妄動真氣，待小弟護送你回止郊山莊後，小弟走遍天涯海角也要找到薄老兒，將你治癒！」

龍布詩慘然一笑道：「此刻小弟已是奄奄一息，油盡燈枯，只因還有一樁心願未了，所以一直不願死去，待平兒醒來，我了卻這樁心願之後，我就該瞑目安息了。」

這段話出自龍布詩口中，緩緩道來，使人更覺英雄遲暮，淒涼可悲！

躺在另一張床上的南宮平此時已由昏迷中逐漸醒轉，發出一絲輕微的呻吟！

梅吟雪急步上前，輕聲喚道：「小平！小平！」

南宮平從床上爬起來，跟跟蹌蹌的走至龍布詩床前，神情激動的喊道：「師傅，你怎麼

龍布詩盡了最大的努力，才使嘴角泛出一絲勉強的笑意，淡淡的道：「沒怎麼，只是受了一點傷，平兒！師傅有一句話要問你，你必須要好好的答覆！」

南宮平茫然的點點頭。

龍布詩神色凝重，蕭容道：「要是師傅一旦永遠的離開了你，你打算怎辦？」

南宮平心中一驚，愕然道：「師傅──」

龍布詩搖頭道：「不要多說話，冷靜的想一想，再回答我這個問題！」

南宮平心中紊亂如麻，但是他的面上卻是異常的冷靜，沉吟片刻，蕭容答道：「徒兒首先找到殺死師傅的人，為師傅報仇，然後節哀順變，重建止郊山莊，與幾位師兄師姐，同心合力，光大神龍門戶！為武林主持正義！」

龍布詩虎目中泛起欣慰而帶著傲意的光彩，說道：「不錯！為師的一番苦心，到底沒有白費，只是那報仇一舉，卻是大可不必！」

南宮平詫異道：「師傅此話怎講？」

龍布詩苦笑道：「為師是死在你大伯父手中！」

「啊！」南宮平驚叫出聲，龍布詩的一句話，使他紊亂的思維，此刻更加紊亂了！

龍布詩又道：「我在臨死之前還有一樁心願未了，此刻我已僅存最後一口丹元真氣！平兒！為師只好成全你了！」

南宮平茫然不解，只得靜默不語。

龍布詩嘆道：「練武一道，招式精妙，固然能殺敵致果，但如無精湛之內力相輔，亦難臻大成，是以爲師以最後一口真氣，強提數十年之內力修爲，爲你打通任督二脈，衝破生死玄關！」

……」

南宮平心中一震，想起師恩浩蕩，不禁熱淚盈眶，搖頭說道：「師傅，此舉大可不必

龍布詩怒道：「在我臨死之前，你還惹我生氣麼？過來！」

南宮平卓立不動，流淚叫道：「師傅……」

龍布詩浩然長嘆道：「強敵環伺，群魔西來，中原武林已岌岌可危，平兒，你可知你所負之大責重任？」

南宮平心頭一凜，望著龍布詩那傷疤累累而神光湛然的老臉，一時百感叢生，不知何是何從！

龍布詩濃眉一軒，大聲喝道：「平兒過來！」

南宮平慘然一嘆，只得向前邁進一步！

龍布詩掙扎著從床上坐起，說道：「坐在床邊！」

南宮平一雙星目呆呆的望著龍布詩，他本是意志堅定之人，但此刻胸中情感激動，有如浪濤澎湃，直欲破腔衝出，禁不住又流下兩行眼淚！

房內的梅吟雪及司馬中天，也覺心中黯然，泫然欲泣！

龍布詩發出一陣朗朗的狂放笑聲，大聲道：「男兒有淚不輕彈！大丈夫當叱吒武林，怎能輕傚兒女之態！平兒！坐下！」

南宮平一咬牙關，依言在床邊坐下！

龍布詩笑向司馬中天與梅吟雪二人道：「行功之時，但請兩位暫爲守護，兩個時辰之後，即可功德圓滿，屆時龍某恐怕來不及向二位辭別，此刻就先行向二位道別了，來生再見了！」

他雖然乃是笑語相向，但語音淒涼，扣人心弦！

兩人心頭像是被一塊巨石窒塞住，黯然無言，只得輕輕點頭。

龍布詩毫不怠慢，左手按在南宮平天靈蓋上，右掌頂住他背心命門，沉聲說道：「平兒，抱元守一，萬流歸宗，凝神了！」

南宮平屏諸雜念，眼觀鼻、鼻觀念、心神合一，靈台一片空靈靜朗！片刻之後，頂門上冒起一縷蒸蒸熱氣，臉色已由蒼白而轉爲紅潤！

龍布詩原就蒼白的臉，此刻更加慘白了，渾身上下，也發出一陣輕微的顫抖……司馬中天與梅吟雪四隻眼睛睜得大大的，瞬也不瞬的望著這師徒二人。

一個時辰已無聲無息的過去，房內情景一無變化，要是有，那就是龍布詩身軀的顫抖，已由輕微而變爲劇烈！

驀地——

一聲砰然巨響，房門竟被震開，司馬中天和梅吟雪同時一驚，舉目望去，只見一群人魚貫而入！

當先兩人，赫然竟是「萬里流香」任風萍，以及「戳天奪命雙槍」戈中海，隨後諸人，卻是神情木然的「天虹七鷹」！

梅吟雪拔出「葉上秋露」，司馬中天也取下背後一雙鐵戟，兩人並排而立，護在床前。

任風萍口噙笑意，手搖摺扇，緩步上前，微微笑道：「梅姑娘別來無恙？」

梅吟雪也綻顏一笑道：「好說，好說！托任大俠的福！」

任風萍眼光流轉，瞥見了龍布詩與南宮平師徒二人，臉上微露驚異之色，但旋又消失，依然笑道：「任某曾在高屏縣見過南宮平一面，怎會又轉到三門灣來與龍大俠相聚？腳程當真快得很！」

梅吟雪故作黯然道：「他遭人打成重傷，此刻龍大俠正運功爲他療傷！」

任風萍愕然道：「江湖上傳言『不死神龍』龍布詩身罹重疾，怎麼──」

梅吟雪笑道：「江湖流言，豈可深信？龍大俠非但身體健康，而且功力精進多多，已非昔可比！」她原是心細如髮，聰穎絕倫之女子，知道時間珍貴，能拖延就盡量拖延，而且還撒了一個大謊，果然使任風萍心中有了幾分忌憚！

任風萍語聲一轉，笑問道：「年前在長安城外，任某相托之事，不知梅姑娘是否已經三思，此刻能否回覆？」

梅吟雪嫣然笑道：「小女子一介女流，帥先生與任大俠一代英彥，何況此乃龐大之組織與計劃，梅吟雪實不便參入！」

她原就嬌美如花，此刻嫣然微笑，更如百合初放，沁心醉人，就連任風萍這等人物，心中亦都不自覺的一蕩！

任風萍道：「可是梅姑娘已收下了帥先生的信物——風雨飄香牌！」

梅吟雪嬌笑道：「此牌已不慎遺失！」

戈中海驀地欺前一步，沉聲喝道：「若將此牌遺失，你就得抵命！」

梅吟雪瞅了戈中海一眼，笑對任風萍道：「不知任大俠何時多養了一條野狗？」

戈中海勃然大怒，暴喝一聲，身形撲進，雙掌猛地攻出。

梅吟雪冷冷一笑，「葉上秋露」急削而出，一招「凌風抖羽」，削向戈中海雙腕！

戈中海雙掌一錯，右掌斜拍而出，左掌五指微屈，閃電般扣向梅吟雪執劍右腕！

梅吟雪毫不閃避，嬌軀一側，右腕一沉，劍尖揚起，一招「野火燒天」，便捷地刺向戈中海咽喉！

戈中海心中微微一驚，身軀一閃，躲過咽喉一劍，兇猛無倫地展開絕技，眨眼工夫，攻出十六七拳之多！

梅吟雪長劍在手，竟還佔不了赤手空拳的戈中海上風，不由得一股羞憤之意襲上心頭，嬌叱一聲，納劍歸鞘，也憑一雙肉掌與其相搏！

但聞「波」然一響，雙方掌力接實，梅吟雪粉臉驟變，一片蒼白，嬌軀微晃，咯出一大口鮮血，顯然受傷不輕！但她腳下卻未曾移動半步！

戈中海冷哼一聲，雙掌一錯，再度疾攻而上！

梅吟雪柳眉一揚，暗中略一調息，又復揮掌封出！

戈中海的武功原要較梅吟雪高出甚多，但梅吟雪此刻已有拚死之心，一時之間，雙方還難分軒輊。

任風萍微一皺眉，朝著「天虹七鷹」喝道：「你們還站在這兒幹什麼！」

司馬中天鋼牙怒咬，環眼圓睜，一聲虎吼，鐵戟挾呼嘯銳聲，猛掃而出！

「天虹七鷹」神情木然，但聞任風萍之言後，立時迅疾無比地向司馬中天撲去！

「天虹七鷹」彷彿遭藥物迷失本性，站成一個半圓，將司馬中天圍在核心，一陣狂攻狂打！

司馬中天當然不懼，罩住了周身上下，但卻罩不住翠、藍、紅、黑四鷹劈出的掌風，前胸登時如受千斤重錘，一張口，一蓬血雨，噴向白鷹，白鷹猝不及防，被噴得滿頭滿臉，一件白緞長袍，全片殷紅，猶如血人一般！

司馬中天仗著內力雄渾精湛，雖然挨了一掌，但卻乘白鷹駭然轉身之際，雙臂連揮，戟影如山，密密層層，向功力最弱的紅鷹攻去！

紅鷹洪哮天大吃一驚，措手不及，竟活生生被砍破頭顱，血雨橫飛，腦漿迸濺，慘號一

聲，栽地身亡！

其他六鷹卻視若無睹，依然搶攻如故，司馬中天立時遭劈中三掌，又咯出一大口鮮血！但他愈戰愈勇，不顧本身傷勢，鐵戟一抖，一招「火樹銀花」，兇猛無儔地攻向翠鷹「七坎」、「氣門」二穴！

翠鷹凌震天，側身欲閃，但司馬中天雙戟已疾逾流星般刺到，只得雙掌齊地劈出，司馬中天大喝一聲，竟將他劈來的雙掌視若未見，鐵戟加速向前一送，但聞慘叫聲起，翠鷹身上多了兩個血洞，仆倒於地。

司馬中天卻遭他雙掌劈中左肩，登時血氣受阻，左臂麻木不靈，左手鐵戟噹的一聲失手落在地上！

其餘五鷹毫不遲疑，同時猱身撲上，司馬中天右手鐵戟一掄，接住又戰！

驀聞戈中海大喝一聲，雙掌連環攻出六掌。

梅吟雪真力不繼，登時被他一掌劈中，噴出一大口鮮血，身形踉蹌，坐倒地上！

戈中海獰聲一笑，右掌揚起，正待劈下，忽聞一聲暴喝道：「住手！」

聲如洪鐘，入耳嗡嗡作響，戈中海猛一旋身，只見身後站著一個面目俊秀的中年文士，正是那群魔島少島主孫仲玉！

這廂方自停手，驀聞司馬中天慘叫一聲，口中狂噴鮮血，栽倒地上，接著紫鷹也倒了下來，腹部上插著一支尚在抖動的鐵戟，血流如注！

其餘四鷹，齊向前邁進一步，揚掌就要向龍布詩及南宮平劈去！

梅吟雪急叱一聲，強提一口真氣從地上躍起，擋住二人之前，硬接四鷹聯手攻擊，櫻口一張，又再噴出一蓬血雨，鳳目緊閉，呼吸急促，嬌軀劇烈的晃了兩晃，但腳步卻依然釘立如椿，沒有倒下！

孫仲玉心中大痛，怒喝一聲，急躍而上，雙掌連環劈出，硬將四鷹震退五步，與梅吟雪並肩而立！

梅吟雪鳳目微啟，瞥了他一眼，嘴角極其勉強的泛起一絲感激的笑意。

孫仲玉低聲道：「姑娘傷得重麼？」

梅吟雪張口欲言，但話還沒說出，卻又咯出一口殷紅的鮮血！

孫仲玉心頭大急，忙提氣大喝道：「十大常侍何在！」

喝聲甫落，門外立即響起一陣轟然之聲，接著由古薩當先，十大常侍魚貫而入！

任風萍悚然一驚，估量自己的實力，「天虹七鷹」，死了三鷹，剩下四鷹亦都消耗真力過劇，疲憊不堪，「戳天奪命雙槍」戈中海武功雖高，但亦雙拳難敵四手！衡量輕重之後，已存退卻之心，當下，冷笑道：「尊駕原來倚仗人多勢眾，任某倒失敬了，只是我們素無仇怨，如此火併，非但不大值得，而且還惹人恥笑！」

孫仲玉狂笑道：「閣下如果膽寒，現在就滾！」

「戳天奪命雙槍」戈中海面現憤恨之色，雙手按在腰間雙槍柄上，大有拚死一搏之意，任

風萍正啟口欲言，突聞院中響起一陣洪亮的朗吟之聲，道：「遠山高大，風雨飄香！」餘音裊裊，蕩漾不絕！

任風萍心頭一震，大喜過望，話鋒一變，轉向孫仲玉怒道：「此房狹窄，不便動手，尊駕如真要架此樑子，我們不妨到院落中央決一高下。」

孫仲玉狂笑道：「在哪裡動手都是一樣，請！」

任風萍陰鷙一笑，毫不遲疑，大步向外走去，天虹「四鷹」挾起另三鷹的屍體，隨後跟去！

「戳天奪命雙槍」戈中海冷哼一聲，亦率四鷹之後，走到院落之中。

孫仲玉微微一笑，亦率十大常侍，緩步走向院落之中。

梅吟雪見他們一走，精神稍一鬆懈，那股神奇而能支持她卓立不倒的力量，也隨之消去，只覺頭昏目眩，眼前發黑，噗通一聲，已栽倒在床前！

院落中站著一個身材高大，虬鬚滿面的威猛大漢，任風萍大步上前，威猛大漢揚聲道：

「天風銀雨三十六傑待令！」

任風萍面露笑容，嘆道：「帥先生果真神人也！」

孫仲玉已率十大常侍走至院落中站定，任風萍有恃無恐，緩步上前說道：「我們無怨無仇，如此火併，姑不論誰勝敗，俱皆太不值得！我們何不化敵為友，同心協力，闖蕩江湖，幹一翻轟轟烈烈之大事！閣下但請三思！」

孫仲玉乃「群魔島」少島主，驕縱狂傲已慣，他率十大常侍遠涉中原，除了執行「群魔島」主之命令外，他最大的野心，卻是要在中原揚名立萬，任風萍這番話，更使他激起萬丈雄心，當下狂放地笑道：「欺善怕惡，以眾凌寡之輩，小可向來最為不齒，閣下毋庸多言，亮開兵刃決一高下吧！」

任風萍陰鷙的一笑，冷冷道：「你死在臨頭，尚且執迷不悟，別怪我心狠手辣了！」

驀地提氣大聲喝道：「天風銀雨，武林一鼎！」

喝聲方起，只見前後左右，各間房中相繼走出一群黑衣大漢，每人手中都提著一個其大如球，色作銀白，球上附刺的奇形兵刃──「鏈子流星單鎚」！

這群黑衣大漢每三人一組，一人在前，二人在後，共有一十二組之多，分四面八方，緩緩包圍而至！每個人行走之間，步履十分緩慢，但沉穩至極！

孫仲玉和十大常侍均看得心中微微一驚，難怪任風萍有恃無恐，原來果真有點門道。

片刻之間，這群黑衣大漢已將十大常侍及孫仲玉圍在核心，每人臉上神情木然，均毫無表情！

任風萍道：「此刻如果尊駕回心轉意還來得及，再遲恐怕你們全都要喪生在這『天風銀雨』大陣之中！」

孫仲玉神情凝重，滿面肅穆之色，那股驕狂之氣，早已蕩然無存，此刻雙眉緊皺，像是正在尋思如何破解之法，對任風萍的話卻聽若未見，十大常侍環列他的左右，成為一個空心的圓

形，每人臉上都沉重十分，一如他們沉重的心情一樣！

一群黑衣大漢沉穩的腳步依然緩慢地向前邁進。

任風萍放聲長笑，雙足點處，身形後掠五尺，右臂卻緩緩的揚起！

孫仲玉劍眉一揚，微微一哼，伸手自腰間取出一支精鋼打鑄的緬鐵軟劍，劍身細長，足有五尺，劍尖卻又分為二，與一般普通長劍迥然而異，劍身泛著一股淡淡的青色光華！

其餘十大常侍，亦紛紛取出隨身兵刃，全神戒備，凝神地準備應付這場即將爆發的生死大戰！

黑衣大漢們腳步都已止住，數十雙眼睛，目注場中，一瞬不瞬，左手抓著鏈尾，右手抓著離鎚頭四尺之處，鎚頭離地三尺！每人所抓的部位均一致無二，個個屹立如山，顯然訓練有素，只看得孫仲玉身後環列的十大常侍心中又是微微一驚！

任風萍意氣飛揚的環顧左右一眼，滿面輕蔑與驕傲之意，突又發出一陣高亢而冷削的笑聲！

黑衣大漢右腕微抖，鐵鍊發出一陣叮噹之聲！

任風萍陡地一聲清叱：「天！」

黑衣大漢三人一組中的前面一人，手臂齊揚，只聽呼呼風聲響起，十二道寒光突地自最前

一個黑衣大漢掌中沖天飛起！

任風萍接連喝道：「地！」

這十二道寒光未落，又是數十道強風自黑衣大漢群中飛出，一齊擊在孫仲玉及十大常侍的身前！

孫仲玉大喝一聲，手腕一抖，身形展動，劍上青色光華驟然暴長，一片冥冥青光，向前捲去！

陸聞任風萍又是一聲低叱：「風！」

十大常侍，亦自紛紛舞動兵刃，護住周身！

「風」地一聲，這一圈銀光突地飛起，本待飛起的一圈銀光卻宛如閃電般擊下！

耀目的銀光，強烈的風聲，再加以鐵鍊揮動時的叮噹之聲，威勢端的不同凡響！

一個手使九節鋼鞭的常侍按捺不住，暴喝一聲，身形衝起，舞動一乍鞭風，直向那寒光中撲去，打算衝出重圍！

孫仲玉手揮奇形長劍，撩開迎面擊來的三柄銀鎚，眼波一轉，已瞥見那「衝動」的常侍，不由得驚叫出聲：「使不得！」

話聲未了，那手舞鋼鞭的常侍已被六柄銀鎚同時擊中！發出一聲凄厲的慘叫，登時血雨橫飛，血肉模糊，屍身糜爛！

古薩乃十大常侍之首，站在孫仲玉的左側，一面揮動手中三才奪，一面低聲問道：「少島主，現在形勢對我們大爲不利，看樣子，只能拚力一搏，衝出重圍！」

孫仲玉搖頭道：「堅守毋躁，靜觀其變！」

驀聞兩聲慘號響起，十大常侍又有兩人同時被三柄銀鎚擊中，有一個腦漿迸濺，橫屍當場，另一個渾身浴血，滿地亂滾，口中慘號連連，狀至痛苦，想來那銀鎚之上，還附有奇毒！

孫仲玉心中一緊，長劍略緩，六柄銀鎚又同時分左右上下攻到，當下一定心神，左掌劈出掌風，右手掌中奇形長劍橫削而出，但聽噹然脆響，又有兩柄銀鎚遭他的奇形長劍把鐵鏈削斷！

站在圈外的任風萍一皺雙眉，陡又低聲叱道：「雨！」

喝聲才出，黑衣大漢的陣勢倏地一變，寒光交剪，勁風呼呼，專攻上下二盤，數十柄鏈子流星單鎚，幻起漫天銀濤，匝天蓋地般，襲捲而至！

轉眼工夫，又有兩名常侍被銀鎚擊中，立時屍橫當場！

十大常侍已倒五個，防守的威力頓時銳減，餘下的六人猶自苦苦支持。

日已西斜，驕陽無力，一個時辰早已過去！

在房內的神龍師徒業已行功完畢，南宮平霍然睜開眼睛，房內的景象使他大大的吃了一驚！

南宮平一躍而起！掠至梅吟雪身旁，一探鼻息，氣猶未斷，不由寬心大放！再掠至司馬中天身旁，只見他怒目圓睜，雙手緊握，卻是早已身亡。

陡聽背後一聲砰然巨響，南宮平回頭一看，龍布詩已頹廢的倒在床上！不由又是心頭一緊，連忙掠至床前，忘情地吼道：「師傅！師傅……」

龍布詩無力的睜開一絲眼縫，但隨即又無力的閉上，嘴角抽搐，喉間發出一陣極爲輕微

而嘶啞的聲音道：「我……我不行了！平……兒，你要……好……自……爲……」之字尚未出

口，他已經氣絕身亡了！

南宮平心中大痛，他真想大哭一場，但是，他沒有，他只是緊咬著牙關，緊抿著嘴唇，嘴

角的肌肉卻在不停的抽動，顯然他正強自壓抑著眼淚，也強自壓抑著胸中那股如火山爆發前一

般洶湧衝動的極度悲痛之情！

突地——

梅吟雪發出一陣極其輕微的呻吟，雖然那呻吟之聲細如蚊蚋，但是已足以使南宮平自茫然

中，找回自己的存在！他霍然轉過身軀，掠至梅吟雪的身旁，俯下身軀，把她抱在懷裡！輕聲

喚道：「吟雪！吟雪！」

梅吟雪緩緩地，撐開那有如千鈞重般的眼簾，終於她笑了，雖然那只是嘴角些微的掀動，

但這已足以代表她內心的安慰與滿足！

南宮平柔聲問道：「吟雪，你傷勢很重麼？」

梅吟雪沒有說什麼，也沒有表示什麼，卻輕輕的闔上雙目！

院落中，突然傳來兩聲淒厲的慘號！梅吟雪突然渾身發出一陣輕微的顫抖，南宮平雙臂用

力，卻將她摟抱得更緊了！

梅吟雪力不從心的急促說道：「小平！放開我，快去救院中那批與任風萍交手的人！」說

完話，已是嬌喘連連，柔弱不勝了！

南宮平愕然道：「吟雪！這是爲什麼？」

梅吟雪柔弱的說道：「不要問原因，快點去吧！」

一語未畢，慘叫之聲，再度傳來！

廿一 奇遇奇逢

南宮平情知局勢危急，輕輕地點了點頭，把梅吟雪抱至床邊放好，迅捷地點了她「氣門」、「七坎」、「期門」、「玄機」四大重穴，以護在她胸中一口真氣不致散失！

他又迅速抱起司馬中天的屍體，與龍布詩並排放好，又替他們蓋上一條白布，默默地流下兩滴眼淚！然後，他抓起地上的「葉上秋露」，一咬牙，嗖地一聲，已如閃電般穿窗而出！

院落中的景象，使他大大的吃了一驚，數十條大漢所圍成的陣勢，是他曾領教過的「天風銀雨陣」！只是人數似乎比上次少了許多，但是威力卻比以前增加了幾十倍！顯然他們又重組訓練過一次！

被圍在核心的只剩下三個人了，一個是孫仲玉，一個是古薩，另一個是身軀偉岸的高大老者！

三人俱是鬚髮凌亂，長衫破碎，渾身浴血，大汗淋漓，神情狼狽不堪，猶作困獸之鬥！

黑衣大漢也躺下了不少，但陣式卻毫無一絲凌亂之象。

南宮平舌綻春雷，暴然大喝：「住手！」

任風萍回頭一看，來人竟是南宮平，不由得驚愕交加，暗道一聲：「不妙！」

南宮平身形不停，身法快捷得驚人，掠過任風萍身側，看也不看他一眼，直向那群黑衣人閃電般撲去！

手中「葉上秋露」舞起一招「天外來虹」，劍光瀰漫，劍氣森森，三名黑衣大漢已一齊被攔腰劈成兩截，血雨橫飛，濺得南宮平滿身是血。

南宮平毫不稍停，足尖點處，身形再度掠起，右臂一揮，劍光暴長，又有三名黑衣大漢中劍身亡！

這六名黑衣大漢一倒下，陣式大露空門，被圍在中央的三個人，立時乘機縱起，衝出重圍！

南宮平兩招之內將配合嚴密的「天風銀雨陣」破去，立時震懾住在場諸人！

戈中海暴喝一聲，直向南宮平撲到，雙掌連揚，兩股威勢無儔，剛猛絕倫的掌風已席捲攻至！

南宮平哂然一笑，左掌斜拍而出，右手沉肘挫腕，劍尖上揚，反向戈中海咽喉點去！

戈中海雙足輕點，後飄五尺，當南宮平跟蹤進擊時，他已取下腰間雙槍，與南宮平戰在一處！

那邊孫仲玉、古薩，以及另一個身軀偉岸的高大老者衝出重圍之後，毫不稍停，舞動兵刃，直向任風萍立身之處撲去！

三人已將任風萍恨之入骨，此時撲進，又快又疾，直欲將任風萍置諸死地而後才甘心似

的！

任風萍亦非泛泛易與之輩，冷冷一笑，手中描金扇張合之間，拍出一股扇風，逼向古薩！

左掌斜出，一招「斜取龍驥」，扣向孫仲玉右腕！

任風萍身旁的那個神情威猛的大漢也自腰間抽出一把摺鐵快刀，舞起一片刀牆，接住偉岸老者的猛烈攻勢！

數招才過，二人已被逼得左招右架，險象環生！

陡聽任風萍突地大聲喝道：「天虹七鷹何在？」

佇立一旁的天虹「四鷹」神情木然地應聲加入戰圈！頓時局勢立成半手！

另一面，戈中海與南宮平已戰至激烈之處，只見金光閃閃，槍影縱橫，銀光耀目，劍幕如山！

南宮平心念梅吟雪安危，早已立下決心，速戰速決，是以一上手，便是連番快打狠攻！

他已被龍布詩打通任、督二脈，衝破生死玄關，內力有若長江大河，滔滔不絕，原來就已甚是精妙奇奧的劍招，此刻因有充沛雄渾的內力相輔，更具威力，一交手便已制先機，處處主動，佔盡優勢！

戈中海卻是越戰越心驚，被南宮平步步進逼，一直處在挨打地位！

南宮平陡地清叱一聲，「葉上秋露」連演絕學，「七星巧渡」、「怒海泛舟」、「飛虹戲日」，刷刷刷，接連三招又狠又快，罩住戈中海「天井」、「氣門」、「將台」三大要穴！

戈中海悚然心驚，如此情形之下閃無可閃，避無可避，唯一之途，只有孤注一擲，於是身形微晃，一對金槍揚手飛出，擲向南宮平「肩井」雙穴！

南宮平冷冷一笑，雙臂一抖，面孔朝上，與地一線，避過雙槍，足尖又疾又猛的踢向戈中海面門與前胸。

戈中海雙足猛頓，向後躍退開去！

南宮早已立下必殺此人之心，哪還能容他逃去？猛地一沉真氣，身軀一直，足尖輕點地面，「葉上秋露」前舉，有如鬼魅般，神奇地飄身欺進！

戈中海雙槍已失，只得運集平生功力，雙掌挾狂風怒嘯，猛推而出！

南宮平夷然不懼，但面上卻是十分凝重，左掌也由前胸緩緩推出！

雙方掌力甫一接實，南宮平立時內勁外吐，內力宛如浩瀚大海，綿綿不絕，滔滔而出！

陡聞轟然一聲大震，登時飛沙走石，塵土瀰漫，戈中海面色慘變，蹬蹬蹬，連退五步，方才拿樁站穩，南宮平僅是上身略一搖晃，別無大礙，立時雄心大熾，輕嘯一聲，向前撲進！右臂一揮，立把這個帥天帆依為左右手的「戳天奪命雙槍」戈中海，攔腰斬成兩段！

南宮平毫不遲疑，足尖點處，身形暴長，又向任風萍等人撲去！

孫仲玉疾攻一招，奇形長劍招演「銀河天漢」，橫削而至！

任風萍左右受敵，只得雙足猛點，向後躍退。

南宮平身形展動，再次撲進，同時真力貫注劍身，「葉上秋露」頓時光華暴漲，劍尖泛起

森森劍氣，逼人膚髮，透骨生寒。

孫仲玉亦恨任風萍的「天風銀雨陣」，將他所帶來的十大常侍，毀去八人，亦自怒喝一聲，奇形長劍抖腕攻出！

任風萍心知不能再退，否則就只有永處劣勢，不能挽回，於是足下一旋，身軀微閃，讓開孫仲玉攻來一劍，右臂一帶，描金扇點向南宮平肘間「天芬」穴！

南宮平一驚低叱，「葉上秋露」振腕刺出，突破任風萍拍來的扇風，逕向他右臂刺去！

任風萍大吃一驚，右臂驀縮，想要抽招換式，但是依然遲了一步，但聽嗤的一聲，右袖裂開，右手小臂上也被劃開一道深有三分，長達五寸的血漕，鮮血汩汩，痛徹心脾，手中描金扇亦幾乎脫手掉下。

南宮平長劍一緊，又自迅捷猛厲地刺出三劍，孫仲玉也大喝一聲，由側面疾攻而至！

兩人此刻心意相同，都是要置任風萍於死地而後才甘心，因此攻勢亦都同樣地猛厲辛辣，招招殺著。

任風萍眼看大勢已去，但卻苦無脫身之策！此刻一面招架，心中卻一面苦苦思忖。

驀聽一聲慘叫聲起，黃鷹黃今天已被古薩的三才奪矴中，鮮血飛灑，倒地身亡。

任風萍靈機一動，心中閃過一絲狠毒的念頭！於是橫下心腸，突地向前欺進一大步，左掌握拳，當胸搗出，右掌描金扇疾點而出，攻向南宮平「期門」重穴！

南宮平與孫仲玉不禁齊地一愕，想不到他竟不顧自身安危，全力搶攻，不約而同怔了一

怔！

誰知任風萍竟不再欺近搶攻，反而雙足猛頓，向後疾掠而去。

兩人恍然大悟，不由得同時怒喝一聲，雙雙飛身跟蹤追去！

任風萍足尖連點，已掠退五丈開外，接著竟嗖的一聲，穿入客房之中。

南宮平與孫仲玉跟蹤追入房中，只見任風萍左手挾著奄奄一息的梅吟雪，右掌抵住她背心上，面露獰笑，喝道：「站住！你要是再進一步，我立刻震斷她的心脈，你知道任某行為向來是寧為玉碎，不為瓦全的！」

南宮平目眥欲裂，咬牙切齒，但卻依言站在當地，不敢再前進一步！孫仲玉也不禁愕在當地，作聲不得！

梅吟雪氣若絲縷，嬌靨蒼白，柔弱不勝，卻被任風萍挾住，雙目緊閉，柔髮披垂而下，南宮平心痛如絞，厲聲喝道：「你若不將她放下，你今天勢難全身而退！」

任風萍冷笑接道：「我若想全身而退，只有將她永遠挾制，直到我離開險境為止！」

南宮平鬚髮怒張，目眥皆裂，厲聲吼道：「任風萍！今天梅吟雪要是死在你手中，我南宮平若不將你碎屍萬段！挫骨揚灰，誓不為人！」

語音鏘然，如斬釘斷鐵，逐個字的打進任風萍心中，只聽得他心中狂震，心頭一凜！

南宮平的目光中，面孔上，俱是一片令人望而心悸的恐怖殺機！

任風萍盡力的躲避著自己的目光，不和南宮平那有如利刃般，懾人心魄的目光相接觸！

沒有一絲聲音發出，彼此對視著，南宮平不敢輕舉妄動，但卻極力在尋找機會，打算冒險

一搏，救回梅吟雪！

任風萍也不敢稍一大意，梅吟雪若有意外，他今日就只得葬身此處了！

院落中交戰的叱喝聲已中止，想來那天虹「三鷹」及那威猛大漢，必也已遭古薩及偉岸老

者所殺！

空氣像拉滿了的弦，繃得緊緊的，死亡的威脅逼近了梅吟雪，也逼近了任風萍！

三人的心頭沉重得彷彿將要窒息一般，周遭是死一般令人心寒的寂靜，三人依然佇立著沒

有移動過一絲一毫的腳步！

突地門外響起一連串銀鈴般的笑聲，接著房門大開，一干人緩步而入！

任風萍一見來人，不禁心中一震，欣喜若狂！

當先一人，赫然竟是郭玉霞，隨後跟進三個黑衣老者！

南宮平眉頭一皺，郭玉霞淺笑盈盈，蓮步細碎，走至南宮平身旁，嬌笑道：「五弟別來無

恙？」

南宮平大感不耐，礙於龍飛的面上，又不便對她無禮，只得淡淡點頭道：「還好！」

任風萍卻趁機向房門口的地方挪近了一大步！南宮平霍然驚覺，回轉頭來，大聲喝道：

「任風萍！你要是再妄動一步！可別怪我對不起你了！」

任風萍一見後援來到，膽識一壯，冷冷道：「只怕未必！」

南宮平怒道：「不信你就試試！」

這時那三個黑衣老者已走至任風萍身旁並排站定，三人雖均貌不驚人，但眼中卻神光充足，步履之間沉穩而悠閒，想來必屬一流高手！

此刻的形勢大大的轉變，南宮平已由優勢而變為劣勢，但他毫無懼色，暗中提氣運功，準備必要時全力一擊！

孫仲玉、古薩，以及偉岸老者，亦皆感到事態嚴重，均自凝神戒備！

郭玉霞依然巧笑連連地笑道：「五弟，江湖上傳言，你去了『諸神殿』，學得一身絕技回來，這是真的麼？」

南宮平已有怒意，大聲道：「不錯！」

他的目光一直沒離開過任風萍，瞬也不瞬的盯著他！

郭玉霞眼波流轉，訝聲道：「你們是怎麼啦？難道有過節嗎？」

南宮平道：「不錯！」

郭玉霞又道：「任大俠要帶著『冷血妃子』離開此房，你卻不准他離去，對嗎？」

南宮平怒形於色，冷峻而高亢地道：「不錯！」

他一連說了三句不錯，每一句都隱含怒意，郭玉霞柳眉一蹙，不悅地道：「任大俠帶走梅吟雪與五弟有何關係？但你卻要攔阻？難道江湖上的流言都是真的嗎？」

南宮平怒聲說道：「師嫂！難道你竟幫著外人？」

郭玉霞怒道：「梅吟雪醜名滿江湖，你竟恬不知恥，與她攜手共遊，止郊山莊因你而蒙羞！」

南宮平大聲道：「我只是遵從師傅之命看護她，何況她內心善良！江湖上對她卻是惡意誹謗！」

郭玉霞道：「無論如何，我站在師嫂兼師姐的立場，命你離此，讓任大俠帶梅吟雪走！」

南宮平大笑道：「你還夠資格來命令我嗎？」

郭玉霞怒道：「為何不能？」

南宮平厲聲道：「你背師叛道，為害武林，師傅一生英名全毀在你一人手中，你我名份早無，你憑什麼還能命令我！」

郭玉霞亦自厲聲道：「你才背師叛道！我今天暫且代師行權，鏟除你這忤逆之徒！」

說著，纖手一抬，當胸擊出！

南宮平對她恨極、怒極，兩眼盯著任風萍，右掌卻驀地拍出！

郭玉霞想不到他竟會重下殺手，猝不及防，竟遭他一掌拍中，蹌踉踉跌出七八步遠！

南宮平神色不變，兩眼卻依然盯著任風萍，一瞬不瞬！

郭玉霞勃然大怒，嬌軀一閃，正欲再度撲進，驀聞一聲大喝響起，一條人影飛快的奔入，

那人竟是石沉！

石沉喝道：「五弟莫慌，愚兄來也！」

話聲中，雙掌一分，逕向郭玉霞攻去！

郭玉霞驚道：「石沉！你瘋了？」

石沉大聲道：「我沒有瘋，我過去一直在做夢，但是現在夢醒了，你一人丟盡了『神龍』門下的臉，大哥不在，這裡以我最大，我代替師傅教訓你一番！」

一面發話，一面搶攻，郭玉霞驚怒交加，只得連連招架！

眨眼工夫，兩人已交手十幾招，石沉狀似瘋虎，連番狠攻狠打，招招殺著，郭玉霞已被逼至牆角一隅！

突地──

右首一個黑衣老者大喝一聲，身形起處，向石沉撲去！接著，另兩名黑衣老者也向南宮平撲到，四掌交錯，疾攻而至！

南宮平心知不妙，左掌劃一圓弧，硬接來勢，右掌卻向任風萍拍去！

任風萍陰鷙一笑，雙手平舉，竟將梅吟雪的嬌軀迎向南宮平拍來的右掌！

南宮平鋼牙怒咬，冷哼一聲，將右掌撤回，兩掌一合復分，閃電般向兩名黑衣老者劈去！

任風萍趁勢一躍，正欲奪門而出，南宮平虎目噴火，身軀一擰，旋至任風萍身側，雙臂疾探，連環向任風萍腰帶抓去！

任風萍陰狠的笑了笑，左足後撤，右足一旋，反手將梅吟雪向前一擋，梅吟雪被他左迎右擋的，立時牽動內腑傷勢，悶哼一聲，昏暈過去！

南宮平心如刀割，傷痛萬分，雙掌一錯，避開梅吟雪，迅捷無比的向梅吟雪左右雙腕扣去！

他這一招非但應變迅捷，而且奇奧無比，任風萍心中一驚，只得向後一躍，退回原處！

兩名黑衣老者又雙雙撲到，一攻正面，一攻左側！南宮平大喝一聲，閃身欺近，右腕一翻，疾向正面那黑色老者胸膛印去，左肘一甩，向後撞去！

兩名黑衣老人均自微微心驚，撤招換式，躲過一擊，旋又呼嘯一聲，纏攻而上！

南宮平被兩人一前一後連環搶攻，一時竟脫身不了，不由大感焦灼，任風萍卻趁機冷笑一聲，身形起處已匆匆奪門而出！

南宮平厲聲喝道：「哪裡走！」

喝聲中，雙掌前後攻出，一招「乾坤日月」，硬將兩名黑衣老者逼退一步！但是兩人武功不比泛泛，同時錯身一轉，又再度撲上！

南宮平正想飛身追去，卻再度被兩人纏住，眼見任風萍已從容逃去，不禁急怒攻心，殺機畢現，招式一變，急欲將兩人斃於掌下！

突聽郭玉霞嬌叱一聲，竟也擺脫石沉，逃出門去！

孫仲玉突地大聲說道：「南宮兄放心，小可誓將梅姑娘追回！」話聲中，已率古薩及偉岸老者隨後追去。

南宮平恨極、怒極，冷哼一聲，雙掌疾分，一先一後，一左一右，竟施出「達摩十八式」

中的絕招「苦行菩提」，猛攻過去！

兩名黑衣老人駭然大驚！左邊那人掌招尚未遞滿，已被南宮平電光石火的一招擊中脅下要害，悶哼一聲，倒地身死了！另一黑衣老人卻想抽身而退，南宮平大喝一聲，閃身欺進，捷逾星火的點了他「石關」，「中柱」二穴！

突聞石沉大喝一聲，南宮平轉頭望去，只見那黑衣老人的身形跟蹌，退後三步，石沉也衣衫碎裂，臉色泛白，滿面倦容，顯然吃虧不小！

南宮平毫不猶豫，足尖點處，飛身撲去，揚掌就劈！

他本非乘人之危的小人，但是這幾天來接連慘事，使得他怒火攻心，是以絲毫不加考慮，就向那黑衣老人猛攻過去！

黑衣老人閃避不及，悶哼一聲，仆地身亡！

夕陽西下，天際上一片耀目絢麗的彩霞，哪裡還有任風萍和郭玉霞的蹤影！

南宮平望了龍布詩與司馬中天的屍體一眼，走至南宮永樂床邊，探手一摸，竟是冰涼僵木，原來他也早已氣斷身死！

骨肉情深，南宮平雖然與這位身為「諸神島主」的大伯父不很熟悉，但總是一脈淵源！

望著這一生孤僻，鬱鬱而終的老人屍身，他的喉頭哽咽著，兩眼充滿了茫然與悵惘的光景，他的神經彷彿已被刺激得麻木了，師傅死了，大伯父死了，父親的老友，龍布詩的莫逆──司馬中天也死了，一日之間，三位與他關係甚深的老人相繼去世，他並非超人，只是一個血肉

之軀，無法承當這一連串嚴重而悲慘的變故！若不是胸中那股復仇與憤怒的火燄在熊熊地燃燒，他早已頹敗地倒下了！

石沉緩步上前，他不識得南宮永樂，更不知道他就是大名赫赫的「諸神島主」，但他知道，若在此時此地出言相詢此人是誰，卻是大大不智，因為南宮平與這老人之間，顯然有著極深厚的關係！

南宮平轉過身軀，石沉看了他一眼，緩緩移動腳步至龍布詩屍體的床前，緩緩的跪了下去！

他雙掌在胸前合什，口中喃喃自語，聽不出是祈禱，或是懺悔，面上的肌肉劇烈的抽搐著，雙目輕闔，兩行熱淚卻順著臉頰滾滾流下！洶濕了衣襟，又滾落在地上！

南宮平在心中低低的喟嘆一聲，緩步出房，竟闃無人跡，原來這家客棧內的旅客、伙計，甚至掌櫃的，俱皆逃走一空！

突地一絲念頭自南宮平腦際閃過，他突然想起被任風萍劫往南山的狄揚夫婦和葉曼青來，何況梅吟雪適才也被任風萍擒去，極有可能亦是擒赴南山，此刻如果趕往南山一行，雖然未必有十成把握，但至少總能探出此端倪！

心念一轉，立刻疾步回房，石沉已站起，臉上猶淚痕狼藉，南宮平道：「三師兄！小弟尚有一事急待辦理，如果在明晚天黑以前尚未回轉，三哥不妨先將師傅等屍體運回止郊山莊！」

石沉愕然道：「什麼急事？我不能隨行麼？」

南宮平道：「這只是小弟一件私事，何況此間後事也急待料理，就請三哥多多偏勞了！」

一言甫罷，雙足輕點，已翩若驚鴻地穿窗而出！

石沉喟然一嘆，木然呆立，望著屋內那幾具屍身，怔然出神！

南山別業——

這一座並不廣大但卻雄偉精緻的莊院，聳峙在南山的東麓，西、北、南，三面群嶺環抱，東邊卻散佈著一片小丘陵，其中還間雜著不少樹林，有些是天然生成，有些卻經過人工特意的栽植，顯然是某種陣式！

月上樹梢，清華滿地，夜色朦朧中，隱隱可見南山的嵯峨之姿，以及南山別業的巍峨氣派！

突地——

十數條人影掠上樹梢，個個身法輕靈，竟皆身具「踏枝渡林草上飛」的武林輕功絕技，捷逾鬼魅飄風，迅若風馳電掣，眨眼工夫，已越過這片「樹陣」！

雄偉的南山別業也已聳峙在他們眼前！

月光照映下，可清晰地看出人數共有一十七人之眾！個個俱是乞丐打扮！當先兩人各執著一根青色竹杖，正是那「窮魂」依風和「惡鬼」宋鐘！無可諱言地，這群乞丐正是「幽靈群丐」！

「窮魂」依風四下打量了一番，忖度好地勢，陡地輕叱一聲，「幽靈群丐」同時縱身飛起，嗖的一聲，齊齊掠入南山別業之內！

南山別業之內雖然建築堂皇，亭台水榭，花園假山，畫閣雕樓，但在黑夜之中卻籠罩著一股陰森森的氣氛！

「窮魂」依風陡地發出一陣尖銳長嘯之聲，淒厲刺耳，在夜空中蕩漾繞繞，久久不絕！

他嘯聲甫歇，驀見南山別業內所有燈光竟一齊熄滅，剎時變得一片黑暗，慘白的月光照映下，這一幢幢的高大屋宇竟變得有如森羅鬼域般，陰森恐怖！

「幽靈群丐」俱是一愕，但無一怯色！「惡鬼」宋鐘大聲笑道：「既來之，則討之！『幽靈群丐』強討惡化，怕過誰來？伙計們！即使是閻王殿上我們也要闖他一闖！」

竹杖一點，大步向前走去！「窮魂」依風以及其餘群丐亦隨後大步跟去！

半盞熱茶光景，「幽靈群丐」已繞過一座花園假山，穿過一道短杆長廊，來至一片寬大的院落中。

這片院落乃南山別業的中心之處，「惡鬼」宋鐘與「窮魂」依風雙雙止步，停在當地不復前行！

「窮魂」依風打量四周一眼，大聲說道：「此處如果做格鬥之場所，實在是最適宜不過！」

一語甫罷，驀見四周房內燈火突明，剎時光如白晝，耀目的強光，使得久處黑暗中的「幽靈群丐」雙目一陣昏花！

對面一座大廳人影閃動，接著廳門大開，一個身材頎長，面孔白皙，身著黑袍的中年人緩步行出！

此人臉孔奇白如銀，身穿黑袍，一白一黑，相映之下，頓使人感到一股陰森之氣，自他身上散出。

此人緩步走至「幽靈群丐」之前，止住身形，抱拳道：「諸位貪夜造訪，不知有何貴幹？」

「窮魂」、「惡鬼」細細打量來人，只見他步履輕靈，雙目上視，神情甚是倨傲！

他說話語氣甚是溫婉，竟若女子口音，眾人不禁爲之一呆！「窮魂」依風大聲道：「兄台就是此間主人麼？」

白面中年人微微一笑，道：「豈敢！小可乃南山別業總管，米白香！」

「窮魂」依風濃眉一軒，道：「叫你們主人出來答話！」

言詞之間，盛氣凌人，米白香毫不動怒，瞥他一眼，仍舊淡淡笑道：「我家主人此時不見客，諸位有事，和在下一談，也是一樣！」

「窮魂」依風神色一變，怒聲道：「小子！咱們是要人來的！」

米白香愕然道：「要人？這話怎講？」

「惡鬼」宋鐘吼道：「明人不做暗事！兄台也不要再裝蒜了，『天山神劍』狄揚以及依兄之妹，依露夫妻被你們攜來此間，今夜咱們兄弟來此，就是要回這兩人！」

米白香正欲答話，突聞大廳中響起一陣洪亮的喝聲，說道：「貴客光臨，還不肅迎，更待何時？」

「幽靈群丐」怔了一怔，米白香卻神情一變，退後一步，舉掌恭請道：「我家主人有請！」

「窮魂」依風怒聲喝道：「既然是此間主人，何不現身一談？不敢露面，豈是大丈夫行徑！」

屋內那人再度發話道：「幽靈群丐名滿武林，如此深夜蒞臨敝莊，蓬蓽生輝，屋外夜寒露重，諸位何不移駕屋內一談？」

「幽靈群丐」聞言俱皆一愣，只覺此人口音好熟，但一時之間卻無法自話音中分辨出此人是誰！

「窮魂」、「惡鬼」兩人相互對望一眼，「惡鬼」宋鐘道：「既蒙寵召，『幽靈群丐』有僭了！」

說著隨米白香之後，向那高大廳房大步行去！

大廳之內巨燭高燃，光如白晝，正中一張太師椅上赫然端著一個身材適中，面上蒙著一層

黑絲紗絨的覆面人！

覆面人一見眾人，長身站起，左手一擺，道：「有話好商量，諸位請坐！」

「幽靈群丐」也不客套，隨即一一坐下！

米白香走至覆面人身側，垂首侍立，狀至恭謹！

覆面人露出黑絲紗絨外的一雙炯炯目光，環視諸人一眼，笑道：「有朋自遠方來，不亦樂乎，諸位來自關外，迢迢萬里，更使在下感到榮幸之至！」

「窮魂」依風冷冷道：「廢話少說，咱們是來要人的！」

覆面人大笑道：「依兄好生性急，吾等闊別已久，今日重聚一堂，真該暢談別情，剪燭話舊！」

「幽靈群丐」聞言不禁驚愕交加，此人口氣儼然與己相識，雖然口音甚熟，但因有黑紗絲絨覆面，無法看清他的面容長相。

「惡鬼」宋鐘心中一動，也自大笑道：「吾等既然相識，兄台何不取下面紗，也好讓我們看清到底是哪位故人！」

覆面人笑道：「取下面紗自非難事，只不過時候未到，請恕在下暫不從命！」

依風冷笑道：「天下唯有做了虧心事之人，才不敢以真面目示人，兄台恐怕也是虧心事做多了，才以黑紗覆面！」

覆面人看他一眼，突地轉頭望向內廳，沉聲喝道：「貴客光臨，還不擺酒上菜，以敬佳

賓！」

「幽靈群丐」聞言皆相顧愕然，「惡鬼」、「窮魂」，相互對望一眼，「惡鬼」宋鍾沉聲

說道：「既來之，則安之，兄台盛意吾等敬謝了！」

覆面人笑道：「宋兄果真快人快語！請！」

說著長身起立，左手向內廳一擺！

宋鍾朗朗一笑，當先向內廳大步行去！

依風亦不再遲疑，隨後跟去！其餘群丐亦皆紛紛起立，魚貫行入內廳！

內廳之中，一張大八仙桌上赫然擺著一桌熱氣騰騰的美酒珍餚！

覆面人大馬金刀地坐下上首主位，「幽靈群丐」亦依次坐下，但每個人的心中均驚愕不

已！俱皆擔心這美酒珍餚中下有毒藥或迷魂粉之類！

覆面人見「幽靈群丐」皆已坐定，遂拿起一個大酒鼎，大笑說道：「當此良夜中宵，在下

能與名滿江湖的『幽靈群丐』開懷暢飲，秉燭夜話，可謂榮幸之至！來！來！來！在下先敬諸

位一杯！」

說著舉鼎近口，一飲而盡！

依風濃眉一軒，長身而立，道：「我等兄弟遠道來此，只因舍妹及『天山神劍』狄揚夫

婦被帥天帆手下，擒來此間，依風心繫舍妹安危，憂心忡忡，哪有心情開懷暢飲！兄台如若有

興，不妨將舍妹及狄揚先行放出，依風心愁既解，定當奉陪兄台秉燭夜話，浮一大白！」

覆面人朗朗笑道：「依兄要在下放出依姑娘，是否就要與她攜手重回關外？」

依風道：「當然！」

覆面人舉起酒壺一面斟酒，一面說道：「如果依姑娘不肯隨行呢？」

依風哂然道：「笑話！依露乃我同胞小妹，豈有不肯隨行之理！」

覆面人道：「她在此生活優裕，我們侍候她有如皇后一般，她豈肯回到關外受那風寒雪冷之苦！」

依風冷冷道：「只怕未必！」

宋鐘插口笑道：「幽靈群丐雖然以乞成名，強討惡化，但在關外一片基業卻是富可敵國！若與區區南山別業相比，真有大巫與小巫之判！」

覆面人大笑道：「只怕此刻那片基業已化為頹瓦灰燼！」

宋鐘亦大笑道：「幽靈群丐何許人也？豈會受你危言恫嚇！」

覆面人道：「在下以事論事，真言相告，實無危言恫嚇之必要！」

依風喝道：「廢話少說！兄台如果識趣，先將舍妹放出，咱們也才有話好談，否則，哼——」

哼——」

覆面人笑道：「依兄怎麼恁地心急？我們亦屬舊交，何況諸位對在下尚有救命之恩，在下理當先敬諸位三杯，再談此事不遲！」

說著，一面環視諸人一眼，見群丐俱皆正襟危坐，手不觸箸，唇不沾酒，幾十道炯炯目

光，均虎視眈眈地望著自己，不由哈哈笑道：「我只道『幽靈群丐』俱乃遊戲風塵之異人高士，誰知今日一見，卻是徒負虛名！」

宋鐘愕道：「兄台此話怎講？」

覆面人道：「在下在半夜之中備出一桌酒席，為諸位洗塵接風，諸位卻一再猜忌，深怕此酒菜中，下有毒藥，未免太使在下難堪了！」

宋鐘乾笑數聲，道：「兄台言重了！」

說著舉起面前的酒杯，一飲而盡！

覆面人見狀，不由大笑道：「宋兄不愧為『幽靈群丐』之首，果有英俠豪風！」

其餘群丐一見宋鐘飲盡杯中之酒，亦已不再顧忌，紛紛舉杯而飲，揀菜而食！

依風卻大聲說道：「未見舍妹之前，依某誓不飲酒！」

覆面人笑道：「要見令妹，並非難事！」雙掌輕擊，大聲喝道：「請依露姑娘見客！」

垂手侍立一側的米白香，恭諾一聲，大步向內廳左側的月形圓門走去！

片刻工夫，但聽環珮叮噹，蓮步細碎，依露已盛裝打扮，姍姍行出！

只見她手姿依舊，嬌麗容光煥發，淺笑盈盈，哪有半點像是遭人囚禁之容？

依風胸懷大慰，情不自禁地喚道：「露妹！」

依露明眸流波，看他一眼，卻沒有任何兄妹重逢之親暱表示，反而走至覆面人身側，朝他嫣然一笑。

「幽靈群丐」俱皆一怔，依風更是驚愕交加，顫聲道：「露妹！你不識得愚兄了麼？」

依露綻顏笑道：「你是我的哥哥，怎會不識！」

依風聞言不禁放心不少，又道：「愚兄前來救你出險！」

依露截道：「我在此很好，不勞大哥救我出險──」

依風吼道：「難道你不願回到幽靈山莊去？」

依露笑道：「這裡不比幽靈山莊差呀！」

依風驚愕交加，吼道：「露妹！難道你瘋了！」

依露怫然道：「誰說我瘋了？哼！我還有事，恕不多陪了！」

依風雙目皆赤，跨前一步，喝道：「露妹！」

依露頭也不回，逕自走入月形圓門！

依風正欲追去，卻被宋鐘一把拉住，沉聲說道：「風弟稍安毋躁，此事大有蹊蹺！」

依風神色頹敗，有氣無力地指著覆面人吼道：「你！你⋯⋯用的什麼迷魂藥，竟使她迷失

本性，至這般地步！」

覆面人朗聲笑道：「她神志清明得很，豈是被藥物迷失本性？」

宋鐘突地長身站起，神色莊重地道：「宋某真佩服兄台之神通廣大，竟能使他們兄妹之間

形同路人，兄台何不將覆面黑絲絨紗取下，好使吾等一睹兄台尊顏！」

覆面人道：「既然諸位一再堅持，在下也只好從命了！」

一語才罷，右手輕伸，已取下面上黑絲紗絨！

群丐一看清他的面容，均自大吃一驚！

宋鐘驚叫道：「你！你竟然是狄揚！」

狄揚淡淡笑道：「不錯！在下正是狄揚！」

依風目皆皆裂，虎目噴火，吼道：「你這個狼心狗肺，忘恩負義的畜牲！還我的妹子來！」

吼聲中，飛身撲進，雙掌齊地劈出！

狄揚神情一變，冷笑道：「我已是此間主人，豈能容你在此撒野！」

宋鐘亦自叫道：「原來如此，難怪你要用黑紗覆面！」

同時搶身撲進，揚掌劈去！

狄揚不閃不避，突地雙手猛按桌面，陡聞一聲嘩啦暴響，竟然連人帶椅，一齊陷了下去！

兩人劈出的掌力，頓時落空！

依風虎吼一聲，急躍上前，狄揚座位下的那塊活板又砰的一聲，自行彈上！

依風右腿一抬，照準那塊活板，猛地一腳踩下！

他這一腳踩下，少說也有五百斤以上力道，誰知那塊活板竟如鋼打鐵鑄一般，紋風不動！

宋鐘走至桌前，照著狄揚適才所按的部位，依樣畫葫蘆，也是用力按下，那塊活板卻然分毫不動！

突地──

一陣「軋」之聲，自四面傳來，依風抬頭一看，只見對面牆上竟自緩緩落下一道鋼閘！

依風大吃一驚，轉頭望去，另三面牆上也同樣落下一道鋼閘！

宋鐘大聲吼道：「糟糕！我們竟中了這廝鬼計！」

吼聲中雙足猛頓，宛如脫弦急箭，疾向門口撲去！他去勢雖快，但已遲了一步，鋼閘已齊

地落滿！四面不留下一絲縫隙！只有閘板上留有無數個小孔，顯然是用來通氣的！

依風喟然嘆道：「幽靈群丐一生遊戲江湖，想不到竟栽在這裡！」

宋鐘也嘆道：「這四面之鋼閘厚達數寸，即使寶刀寶劍亦難將它削動！何況我們皆手無寸

鐵，唉！看來今夜想要逃脫此困，真是難為登天了！」

　　※　　※　　※

中一間大廳的屋脊上！

一條人影，飛快的掠入南山別業之中！眨眼工夫，他已越過三棟樓房，卓立在南山別業正

月已偏西，突地──

月光照映著他那俊秀卻略顯蒼白的面容，一雙充滿了毅力光芒的眼神，有若夜空中兩顆明

亮的寒星！兩片緊抿的嘴唇，勾劃出幾分倔強而孤傲的意味！

他，正是南宮平！

夜風蕭颯，突地──

一陣極輕微衣袂帶風之聲響起，南宮平霍然轉身，只見身後不知何時已站立一個身穿黑袍，臉色奇白如銀的中年人！

白面中年人微笑說道：「兄台在深更半夜來敝莊，不知有何貴幹？」

南宮平冷冷道：「在下南宮平，尊駕是誰？」

白面中年人微現驚愕之容，隨即恢復原有的笑容，抱拳道：「在下米白香，乃此間總管，奉敝主人之命，候駕多時了！」

南宮平道：「令主人是誰？」

米白香道：「南宮兄一見便知！」

南宮平已存深入虎穴之心，當下冷笑道：「但請米兄引路！」

米白香又是抱拳一禮，道：「請！」雙肩微聳，已飄然下房！南宮平腳尖輕點，隨後躍下地面！

米白香逕自向左側一間華麗大廳行去，南宮平大步跟後，卻一面留心前後左右，但並未發現一絲異狀！

大廳中，佈置得十分華麗，綠幔垂窗，紅絨鋪地，檀木桌椅，古玩壁畫，卻又略帶幾分幽雅意味。

米白香道：「南宮兄請稍候片刻，待在下進去通報一聲！」

逕向大廳左側一扇小門走去！

俄傾，面覆黑紗的狄揚已緩步行出！

狄揚笑道：「南宮兄！久違了！」

南宮平只覺口音甚熟，但卻不知他是誰，茫然道：「尊駕是誰？」

狄揚大笑道：「才不過小別數日，南宮兄竟已不識得我了麼？」

說著，已伸手取下面上之黑絲紗絨！

南宮平做夢也想不到竟是狄揚，驟見故人，不禁欣喜莫名，搶前一步，握住狄揚雙手，叫道：「狄兄！原來是你！」

狄揚拍了拍南宮平的肩膀，笑道：「想不到吧！」

南宮平道：「真是做夢也想不到！可是——不對呀！」

狄揚道：「怎麼？」

南宮平劍眉緊蹙道：「你和依姑娘不是被任風萍擒去了嗎？怎麼忽地又做起這南山別業的主人來了？」

狄揚淡淡一笑，卻是沉吟不語。

南宮平又問道：「那麼依姑娘和葉姑娘呢？」

狄揚笑道：「她們倆此刻正好夢方酣！」

南宮平不解地搖頭道：「狄兄！這到底是怎麼一回事？」

狄揚道：「這南山別業，已屬我有！你此刻到來，我們正好共圖大事！」

南宮平愕然道：「什麼大事？」

狄揚大聲說道：「就是實踐帥先生所說的──問鼎武林的大計！」

南宮平驚叫道：「狄兄！你說什麼？」

狄揚笑道：「帥天帆乃一代奇人，我已投靠他麾下，爲他效力，南宮兄是否也有此心意？」

南宮平心中一動，激動的情緒，立時平靜下來，恢復原有的鎮定，懇切地道：「狄兄！你真的已經加入了帥天帆的組織？」

狄揚大聲說道：「你是知道我向來不說假話的！」

狄揚大笑道：「我此刻神智清楚得很！哪有半點瘋狀？」

南宮平吼道：「狄兄！你瘋了不成！」

南宮平冷冷道：「那麼！依姑娘和葉姑娘呢？」

狄揚笑道：「她們二人也已投身帥先生麾下，不用你費心了！」

南宮平怒叱道：「胡說！」

狄揚向前跨進一步，道：「我沒有騙你！」

南宮平心中半信半疑，忖道：「像狄揚如此耿直爽朗之人尚且還加入帥天帆那一伙，依露和葉曼青女流之輩，只怕也很可能失節變志了，只不知那帥天帆到底有何魔力？」

心念未了，突聞一聲暴笑響起，大廳中已多出一人，南宮平抬頭一看，只見他五短身材，

滿面虬鬚，頭大如巴斗，與其矮小身軀，極不相稱！

身上穿著一件深灰色的勁裝，雙目神光充足，年紀在四旬上下！

狄揚和米白香一見來人，均自神色一變，躬身施禮，口中說道：「唐大哥！」

唐大哥神情倨傲，僅微一頷首示意，大步向南宮平走近！

南宮平暗暗忖道：「此人神態狂傲，步履沉猛，狄揚和米白香對他狀至恭謹，想來必是極

為扎手人物！」

心念之間，那人已說道：「你就是南宮平麼？」言詞之間，狂傲已極！

南宮平暗是冷笑，口中淡然道：「小可正是南宮平，敢問尊駕大名！」

唐大哥大笑道：「你連我『旋風追魂四劍』唐環的大名都不識麼？」

南宮平忖道：「帥天帆手下幾員得力助手，諸如任風萍，戈中海，和眼前這唐環，均齊集

江南，只不知又有何重大變故發生！」

唐環道：「我受帥先生親口諭令，請南宮平赴我總壇一行！」

南宮平心中一動，笑道：「南宮平武林末學，哪裡敢當！」

唐大怒，喝道：「你這不識好歹的東西，難道我就不能將你擒去？」

南宮平冷笑道：「只怕憑你還擒不住我！」

唐環大喝一聲！突地閃身欺近，右掌驀地劈出！

南宮平不肯示弱，也自一掌劈出！

「轟」的一聲大震，兩人掌力接實，竟然各退三步！

唐環叫道：「小子！果然有兩手！再接我一掌試試！」雙掌平舉胸前，緩緩推出！

南宮平心知他此次必定全力而發，不敢大意，氣納丹田，抱元守一，運集十二成力道，雙掌亦自緩緩推出！

又是「轟」的一聲暴響，兩人內力交擊，勁風如剪，氣流過漩，震得屋頂積塵，簌簌落下！

唐環神色一變，吃驚不小，他萬萬料不到南宮平一個後生小輩，竟有如此雄渾精純的內力！

蹬蹬蹬！兩人竟然又是各退三步！

這一較量，已看出兩人內力半斤八兩，難分軒輊！

南宮平神態從容，口嚙笑意，睨視著唐環，冷笑道：「想不到大名鼎鼎的『旋風追魂四劍』不過如此而已！」

唐環冷冷道：「拳掌內力不分上下，不妨在兵刃上見個真章！小子！亮劍吧！」

南宮平淡淡一笑，翻腕拔下背後「葉上秋露」！

唐環神色莊重，亦自腰間撤下一把精鋼軟劍！此劍與普通長劍迥然不同，劍身細長，通體渾圓，竟無劍刃！劍身為白色，劍尖卻烏黑閃亮！

南宮平不敢絲毫大意，凝神待敵！

炯炯，緊盯著飛舞迴旋中的「奇形軟劍」瞬也不瞬！

南宮平不敢有絲毫大意，左手捏劍訣，右手劍平舉胸前，氣納丹田，全神貫注！雙目精光

氣流飛施迴轉，竟使人彷彿置身於旋風之中！

右臂一帶，奇形軟劍掄起一幕劍光，頓時挾起一片銳嘯風聲，四周勁風激盪，逼人膚髮，

此刻他羞憤交加，怒喝一聲，劍招一變！

太過小視於它，是以一上手便屈下風！

要知這「神龍十七式」乃「不死神龍」龍布詩的成名絕技，精妙神奧，博大精深，唐環卻

退三步！

南宮平輕聲一叱，身形微轉，右手長劍一緊，竟然乘虛快速絕倫地攻出五劍！又將唐環逼

尺，閃開當胸一襲！

他這招出手如電，快速已極！唐環駭然一驚，右腕立挫，改刺「曲池」，身軀卻退後一

武林絕學，奇奧無比地向唐環執劍右腕扣去！

南宮平不願失去先機，右手長劍原式不變，左手五指如鈎，施出一招「達摩十八式」中的

唐環冷冷一笑，奇形軟劍一折，竟然神妙無比的點向南宮平「肩井」！

花，封住唐環胸前「天池」、「步郎」、「氣門」、「天井」、「將台」五大重穴！

南宮平身軀一側，避開來勢，「葉上秋露」乘勢遞出，一招「金龍抖甲」，幻出一朵劍

唐環低喝一聲，右腕微抖，奇形軟劍抖得筆直，當胸一劍刺出！

突地──

唐環大喝一聲，「奇形軟劍」在旋風迴盪中猛然一劍刺出，勢若奔雷，疾似閃電！

南宮平也是舌綻春雷的一聲大喝，目光不瞬，同樣快速絕倫地一劍刺出！

但聞「嗤」的一聲輕響，兩柄長劍竟然黏在一起！

唐環面現喜色，手腕一抖，「奇形軟劍」竟如靈蛇般，繞著「葉上秋露」纏了三匝！閃亮烏黑的劍尖，正對準著南宮平的面門！

南宮平悚然心驚，想要撤招拔劍，但因兩人內力相若，無法拔出「葉上秋露」！

唐環猙獰得意的一笑，大聲喝道：「丟劍！」

南宮平傲然說道：「未必！」

但他「必」字方才出口，突見那閃亮烏黑的劍尖，突地爆開，襲向南宮平面門！同時一股色作湛藍，腥臭撲鼻的液體，也噴灑向南宮平面門！

那劍尖與毒液已離南宮平面門不足二尺！

突地──

一絲智慧機變的光芒，閃過南宮平的腦際！大喝一聲，雙足猛地一頓，全身重量，聚集在執劍右腕，身軀陡地懸空，「葉上秋露」禁不住他這大力的旋壓，形成弧度極大的傾斜與彎曲！

同時他的雙足卻乘勢連環踢向唐環的「曲池」重穴！

一支劍尖，一蓬毒液，在毫釐之差，間不容髮的當兒掠過他的面門，向前飛去！

唐環手腕一抖，撤回纏在「葉上秋露」上的奇形長劍，向後倒退三步！

南宮平就在藉以使力的憑藉一失，虛懸的身軀，頓時向下跌去之頃，霍地右足前伸，左足向下一劃，「葉上秋露」順勢微一點地面，偉岸的身軀，卻已經靈妙曼地長身起立！

唐環低叱一聲，乘虛攻入，渾圓劍身，旋之若棍，一招「沉香劈山」，當頭斫下！

南宮平長劍一橫，右臂疾揮，一劍向唐環中盤削去！

他這一招出手如電，快速絕倫，唐環招未遞滿，已被南宮平硬生生的逼退五步！

突聞米白香、狄揚同時喝道：「接招！」

雙雙自側面猛攻而至！

南宮平心中一橫，左掌劈出，阻住狄揚攻勢，右腕一抖，劍尖上翹，疾點米白香咽喉！

他招式初發，唐環又已手掄「斷劍」，由正面攻到！

三人皆身負上乘武學，此刻同時出手，頓使南宮平大感吃力，六招不到，已僅能堅守，無力還擊！

片刻工夫，雙方又對拆了十幾招，南宮平已是額間見汗，險象環生！

陡聞南宮平大喝一聲，左掌驀地擊出，擊向米白香，右臂一帶，「秋江泛度」，「葉上秋露」由右至左，劃出一道極大的圓弧，劍光閃閃，劍氣森森，三人竟被他這神奧無比而凌厲無儔的一招，同時逼退！

南宮平雙目精光如刃，面泛殺機，肩不晃，身不搖，倏然飄退數尺！

三人怔了一怔，卻見南宮平雙手握劍，劍尖斜斜高舉，偉岸身軀，傲然卓立，大聲喝道：

「南宮平今夜要開殺戒了！」

三人俱是江湖閱歷甚豐之人，卻從未見過如此怪異的握劍手法！

唐環大喝一聲，身形撲進，右臂一揚，斷劍當頭斫下，左掌暗蘊內力，蓄勢待發！

狄揚與米白香也同時發難！

南宮平卓立不動，雙腕一抖，劍尖顫動，幻出朵朵劍花，「葉上秋露」由右而左，由上而下，緩緩劃出，正是「神龍十七式」中「在田五式」的起手招：「綠野在天」！

那顫動的劍尖由上而下，緩緩抖出無數朵閃閃的劍花，竟將南宮平的上中下三路護得有如劍牆一般，三人雖然身懷絕技，卻無法自朵朵劍花中尋出破綻，出手攻入，均不自覺神情一呆！

南宮平大喝一聲，劍招陡變，「在田五式」的第二式已然施出「秋楓丹林」，長劍揮灑而出。

只覺劍光閃閃，耀人雙目，劍氣森森，逼人膚髮，三人竟然不知不覺的被逼退一步！

南宮平不再追擊，身形卓立，雙手握劍，劍尖斜斜高舉！

突見唐環一言不發，轉身向後奔去！

南宮平心中一動，大聲喝道：「哪裡走！」「葉上秋露」閃電般刺出！身軀正欲撲進。

兩聲嬌喝響起，葉曼青和依露突然自內廳飛奔而出，撲至南宮平身前，一言不發，齊地揚

掌就是一陣猛攻！

突地——

南宮平大聲喝道：「葉姑娘、依姑娘，你們不認識南宮平了麼？」

依露嬌喝道：「不管你是誰！我們已是這南山別業的主人，豈能容你在此撒野！」

一面發話，一面掄掌攻出！

南宮平雙掌推出，封住來勢，說道：「你們為什麼不聽我解釋？」

葉曼青冷冷道：「沒什麼好解釋的！納命來吧！」話聲中，嬌軀微閃，展開「丹鳳」食竹

女史的獨門絕技，一陣搶攻！

狄揚也大喝一聲，撲身而進，加入戰圈！

三人狀似瘋狂，全然不顧自身安危，招招殺著，一時之間但見掌影繽紛，掌勢

如山，掌風呼嘯，勁風激蕩！

南宮平被三人團團圍住，一陣猛過一陣的連環搶攻，卻不能痛下殺手，又不能脫身離開！

只得展開師門絕技，緊守不攻！

內廳之中，不時傳出唐環那得意狂妄而刺耳的笑聲，盞茶工夫，二十招已過！

此時長夜漸去，黎明將來，星光隱隱，明月西沉，東方天際已現出魚肚白色的曙光！

南宮平空懷絕技，無法施展，三十招甫過，又被逼至大廳正中。

他經過長途的奔馳至此，又經歷了半夜的慘烈拚搏，內力雖然充沛，但此刻真力已消耗過半，面現疲憊之色，汗流浹背，出手已緩慢了許多，漸呈不支之狀……

鋼閘房中——

「幽靈群丐」經過整夜的苦苦忖思，依然想不出脫身之法，每人臉上均現出焦慮而憤恣的神色！

驀然——

鋼閘房頂發出一陣輕微的「軋軋」聲響，「幽靈群丐」相皆愕然，齊地抬頭一看——

只見房頂一塊約有三尺見方的小鋼板正緩緩掀起，並垂下一條麻索來。

宋鐘驚喜莫名，急急喝道：「良機難再，動作要快！」

說著當先騰身飛起，抓住麻索，捷逾猩猴，揉索直上，待離洞口不足一尺時，雙手微一加勁，「嗖」的一聲，穿洞而出！卻發現洞房立著一個身材適中，白白面皮，而神情木然的中年人！

宋鐘見此人甚是陌生，但卻知道今夜必是被此人所救，當下拱手一禮，朗聲道：「吾等蒙尊駕慨施援手，恩重如山，請受在下一禮！」

這時，「幽靈群丐」已陸續出洞，圍在宋鐘身旁，依風大步上前，道：「幽靈群丐生平不受人半點恩惠，但是今夜——」

話猶未了，中年人冷冷截道：「我受天鴉道長之命，前來救你們出險，你們要謝，就去謝天鴉道長，用不著謝我！」

依風神色茫然，喃喃自語道：「天鴉道長……天鴉道長……我們並不相識呀！」

中年人道：「不管你們相不相識，我救你們出險，卻有一個要求！」

宋鐘忙接道：「尊駕請說！只要吾等能力所及，赴湯蹈火亦在所不辭！」

中年人道：「你們識得南宮平麼？」

宋鐘搖了搖頭，依風卻接口道：「曾有一面之緣。」

中年人道：「他此刻亦是身處險境，他與我甚有淵源，但我礙於身分，不便出面救他，只好藉助諸位之力！」他頓了一頓，繼道：「諸位知道我是誰麼？」

宋鐘搖頭道：「我等不知！」

中年人道：「我就是這南山別業的真正主人！」

眾人聞言不禁又驚又愕，宋鐘道：「這……這……這……」這了半天，卻沒有說出下文！

中年人神色陡地變得異樣的莊重，道：「我另有要事，不刻久留，但請諸位勿忘許諾在下之言！」

依風問道：「南宮平現在何處？」

中年人自懷中取出一封函札，交至宋鐘手上，道：「他此刻正在前面大廳中浴血苦戰，諸位去時，請先將此信交給他，待他看完後，立刻護送他脫離此處！在下言盡於此，至於以後之

事，只有靠諸位大力鼎助了！」說完，人已飄然而去！

「窮魂」、「惡鬼」相互對望一眼，依風大聲喝道：「走！」當先向前面大廳飛身撲去，其餘諸人亦不盡疑，隨後跟蹤撲去！

依風大喝一聲，撲進大廳，閃身加入戰圈，一招「雲鎖巫峰」青竹杖向狄揚攔腰掃去。

大廳之中——

南宮平正在苦苦支撐，他額角上，豆大汗珠不斷的淌下，此刻已被三人逼至大廳的一角。

狄揚一見「幽靈群丐」現身，不禁大感驚駭，一愕之間，依風的青竹杖已攔腰掃至，杖勢兇猛，杖風虎虎，迫不得已，向後飄退。

宋鐘此刻亦已進廳，竹杖一揮，逕向葉曼青攻去！

南宮平頓感壓力大減，大大的喘了一口氣！

宋鐘右手竹杖攻向葉曼青，左手一伸，已將那封函札遞至南宮平面前，口中說道：「接住此信！」

南宮平先是一愕，但隨即伸手接過，在接信的當兒，左掌猛地拍出，封擋住依露的攻勢！

此刻「幽靈丐幫」已蜂擁入廳，其中有兩名直向依露攻去，但出手招式，俱是攻向依露的「昏」、「睡」二穴，或是攻向她身上無關緊要之處！

在內廳正滿心得意地觀戰的唐環與米白香，突見到「幽靈丐幫」出現，不由悚然心驚，齊地雙雙搶出，直向群丐攻去！

大廳之中，登時一片混戰！

大廳之外，一群執刀握劍的黑衣大漢，陸續奔了過來！

宋鐘一面發招攻向狄揚，一面朝南宮平喝道：「趕快拆信，看看內容！」

大廳中雖在混戰，但是南宮平卻是閉著！聞言連忙拆開封口，取出信紙一看，只見上面赫然寫著：

去！」

「令尊令堂生命垂危，命在旦夕，速至太湖東邊，柳蔭莊內一見，遲恐生變，儘速離去！」

下款署名，卻是萬達二字！

他看完信箋，不禁疑慮參半，他不相信這是事實，但是，萬達那龍飛鳳舞，蒼勁有力的筆跡是他所熟悉的，難道萬達還會騙他嗎？

一時之間，不禁愕在當地，怔然出神！

激戰中的宋鐘一眼瞥見他那呆呆的神情，猛地想起中年人臨行時所交代的話，立時大聲喝道：「信上寫些什麼？竟使你委決不下？如果要離開此地，現在已是時候！」

南宮平心中猛然一震，問道：「這封信是誰交給您的？」

宋鐘連環攻出三杖，逼退葉曼青迅厲無比的攻勢，抽空說道：「是一個神情木然的中年

人！」

南宮平眉頭一皺，問道：「您知道他的姓名麼？」

宋鐘再度攻出三杖，道：「他並未說出，只是說受天鴉道長所托！」

驟聞天鴉道長四字，南宮平不禁神情大變，天鴉道長就是萬達啊！

南宮平立時憂心如焚，大聲喝道：「多謝諸位援手，南宮平沒齒不忘，但是此刻身有要事，請恕先走一步了！」

宋鐘微慍叫道：「要走就快走，不要廢話！」

南宮平不再遲疑，雙足猛點，直向廳門奔去！

唐環哪肯如此輕易地讓他離去？身形一長，正欲飛撲而上，阻住去路！

「幽靈群丐」卻同時發招搶攻，迫得他只得退回原處！

眼看南宮平就要奔出廳外，陡聞狄揚提氣高聲叫道：「不許讓此人離開！否則嚴懲不貸！」

他說話分神，立被依風一杖擊中左肩，痛徹骨髓，身軀栽個跟蹌，但立刻又穩住身形，強忍痛楚，回身再戰！

廳外那群黑衣大漢一聽狄揚發出命令，立刻舞動兵刃，將南宮平的去路阻住！

南宮平憂心似焚，歸心如箭，一見眾人攔阻，不由面泛殺機，翻腕拔出「葉上秋露」，振腕一揮，灑出萬道劍芒！

但聽慘叫連連，只見殘肢與斷臂齊飛，血雨共朝霞一色！

立時殺開一條血路！

幾個起落之間，飛身出了南山別業！

大廳之中，混戰依舊。

……

廿二　群奸授首

日落崦嵫，晚霞滿天！

浙北湖州縣內，有家「鴻安老店」，在一張靠近店門口的食桌上，此刻正坐著一個長相英挺卻面帶慓悍之色的年輕人，以及兩個年約十五六歲的垂髫幼童。這年輕人勁裝打扮，背插長劍，眉宇間除了英挺慓悍之氣，還隱隱露出愁苦之色。

此刻雖然滿桌俱是美酒佳餚，但他卻彷彿無心下嚥，時而劍眉微蹙，時而長吁短嘆，像是憂心忡忡，又像是十分失意！

他——

正是初入江湖，甫經一年，嶄露頭角的崑崙子弟戰東來！他身旁的兩個垂髫幼童，自然就是白兒和玉兒了！

戰東來左手支頤，右手撫弄一隻精緻的小酒杯，杯中的陳年老酒，已剩一口不到！

他——正思念著使他一見傾心的梅吟雪！

梅吟雪離開他，也離開中原將近一年多了，這一年漫長的歲月，他均在愁苦的想念中度過！

雖然，梅吟雪對他並非一片真情，但是，他和她曾相處過一段甚長的時光。

梅吟雪對他雖沒有表示過好感，但也沒表示過討厭他。

他曾經想過，憑自己這身武功與長相，只要多下工夫，想要博得她的歡心，並非一件很難的事情！

他也曾經為自己編織過一個美麗的遠景與幻夢！

於是，他在那自己所編織的愛魂夢中迷失了自己。

於是，他只圖用酒來麻醉自己，用酒來沖淡往日那美麗的記憶與幻夢，然而，他畢竟失敗了，酒入愁腸愁更愁呵！

他的雙目中，滿佈著紅色的血絲，面頰上，泛起兩片酡紅色的酒暈。

玉兒、白兒，惶恐的望著他。

就在這時，一個身著白色長衫，頭戴文生巾的中年文士大步走了進來，他的右肩上還揹著一個身材婀娜，長髮垂披的少女。

光天化日之下，一個大男人揹著一個少女走進這生意鼎盛的鴻安老店，難免引起一陣輕微的騷動，和紛紛的議論。

戰東來抬頭一看，不由霍然起身，大聲叫道：「啊！原來是任兄，久違了！」

中年文士止步轉身，回頭一看，臉上泛起一陣不自然的笑意，淡淡道：「原來是戰兄！慕龍莊一見，已有一年半未見面了！」

戰東來道：「不錯！任兄所捅的是——」

那中年文士正是挾走梅吟雪的任風萍，當下微微笑道：「在下一位舍親得了急病，為了趕

路回去，是以只好不顧男女之嫌了！」

戰東來那雙帶著七分酒意的目光，仔細端詳著任風萍肩上的梅吟雪，披垂而下的長髮，雖

然遮住了那娟美的面龐，但卻掩不住她那美麗臉型的輪廓，戰東來劍眉一皺，說道：「任兄這

位舍親，看來好生眼熟。」

任風萍臉色微變，故作淡然地笑道：「在下這位舍親，常在江湖走動，也許兩位曾有一面

之緣。」

突地——

梅吟雪的嬌軀顫抖了一下，口中發出一陣夢囈般的呻吟之聲，斷斷續續地叫著：「小平

……小平……」

這聲音甚是輕微，但聽在戰東來的耳中，卻是極為清晰，好熟悉呀！這少女的口音！

任風萍臉色大變，忙道：「她傷勢甚重，待在下將她安頓好後，再來陪戰兄把盞，一敘別

情。」

戰東來雖然滿腹狐疑，但卻萬萬料想不到她竟然就是朝夕思念的梅吟雪！

當下說道：「無妨！任兄請便！」

任風萍如釋重負，大大的鬆了一口氣，急忙向客房大步行去！

戰東來重行入座，但他已跌入迷惘的深淵中，茫然地喃喃自語道：「好熟悉的臉型呀！好熟悉的口音呀！好熟悉……」

他仰起頭，望著屋頂，眉峰深鎖，彷彿要自迷惘中尋出往日的記憶！

玉兒望著他的臉色，忍不住說道：「公子！您是在想那位梅姑娘？」

戰東來神情癡癡，彷彿沒有聽見。

白兒較玉兒聰明些，也插口道：「公子！您是否在懷疑那位身罹急病的少女，就是梅姑娘？」

戰東來陡地神情激動，一把抓住白兒的肩膀，急急地道：「你！你說什麼？再說一遍！」

白兒被他這突然的舉動與喝問，嚇得神情呆住，惶恐萬分，張口結舌地道：「公子！小的沒……沒……」

戰東來雙手一鬆，理智地道：「不要怕！沒什麼，我只是叫你把剛才的話再說一遍。」

白兒驚魂甫定，囁囁著，依然說不出話來！

玉兒已由主人的神情間猜出他的心裡，於是替白兒把話重複了一遍：「他剛才說，公子是否懷疑那位少女就是梅姑娘！」

戰東來神情一變，大聲叫道：「啊！對了！你們真聰明！」

戰東來突又搖頭道：「不！不可能是她！」

二童經過主人的讚賞，不禁膽識大增，玉兒道：「公子何不去一看究竟？」

真是一語驚醒夢中人，戰東來大喜道：「不錯！我何不去一看究竟！」

他想到就做，立時起身，向客房奔去！

他向店伙問明了任風萍所在的房間，走至門前，毫不遲疑，輕敲三下。

任風萍打開房門，一見是戰東來，不禁怔了一怔，隨即含笑說道：「戰兄有事麼？」

戰東來道：「小弟有點事情想向任兄請教！」

任風萍淡淡一笑，道：「請！」

戰東來大步入房，轉眼向床上瞥去，只見那少女躺在床上，由頭到腳用一條被單蓋住，只有細柔的長髮披露在外。

戰東來笑道：「任兄這位舍親病勢彷彿甚重，何不及早求醫？」

戰東來生性怪異，哪肯和他胡扯？微微一笑，就已開門見山地道：「任兄這位舍親病勢彷彿甚重，何不及早求醫？」

任風萍心中悚然而驚，口中卻道：「她只是痼疾復發，只要送她回去，她父親即能將她治癒！」

戰東來笑道：「任兄方才不是說在路上得了急病麼？」

任風萍臉色一變，乾笑數聲，支吾以對！

戰東來又道：「在下倒是略通醫術，說不定就能在此時將她治癒，這豈不省卻許多麻

煩？」

任風萍忙道：「怎敢勞動戰兄大駕！」

戰東來笑道：「無妨！」

說著就要向床邊走近！

任風萍連忙橫身一攔，陪笑道：「區區一個婦人家，戰兄犯不著為她操心！」

戰東來卻正色道：「生死大事，怎能因男女之別而輕視！」

說話之間，右手已經伸向床上，想將被單揭開……

任風萍臉色一整，高聲道：「男女授受不親，戰兄此舉不嫌太過冒昧麼？」

左手卻同時伸出，將戰東來的右手駕開！

戰東來大笑道：「吾等江湖兒女，怎能拘泥於此世俗禮節！」

任風萍道：「但是戰兄此舉卻太使兄弟難堪了！」

戰東來笑道：「在下只是好心要為她治病，怎麼？任兄竟然不識抬舉

你！」

任風萍知道今夜勢難善了，終於按捺不下，臉色一變，怒聲道：「不識抬舉的是戰兄，

言詞之間，盛氣凌人，目無餘子！

突地──

戰東來大笑道：「不論是誰不識抬舉，反正這張被單非揭開不可！」

躺在床上的梅吟雪挪動了一下身軀，口中再度發出那如夢囈般的呻吟之聲……「小平……小平……」

兩人同時神色大變！戰東來驀地欺近一步！

任風萍暗中蓄勢戒備！戰東來大喝道：「她口中所呼的小平是誰？」

任風萍哂然笑道：「她所稱呼的人是誰，兄弟怎會知道？」

戰東來目泛兇光，厲聲道：「是不是南宮平！」

任風萍未開口，戰東來又緊接著喝道：「如果是南宮平的話，那麼她必然就是梅吟雪無疑了！」

任風萍聽戰東來指出梅吟雪來，不由冷笑道：「怎麼會是梅吟雪！」說著身軀微轉，閃至一旁。

戰東來冷哼一聲，右手伸出，就要將被單揭開！任風萍一聲不響，雙掌同時急劈而出，掌勢迅捷無比卻毫不帶風聲，一擊頭顱，一擊「腹結」！

戰東來暴喝一聲，左足微旋，右足刷地踢出，猛向任風萍左手關節踢去，左掌一翻，五指如鉤，「斜取龍駒」，疾扣任風萍右腕脈門！

任風萍連忙撤招換式，沉肘挫腕，身形微閃，雙掌一穿而出，「二龍取水」，分點對方左右肩井！

戰東來探步旋身，左掌輕帶，右掌微沉，身軀在一晃之間，神妙地躲過這一招，雙掌卻同

時攻出，招演「亂堆彩雲」，猛逼過去！

雙方對折了一二十招，任風萍已是額角見汗，苦苦支撐，喘息之聲，清晰可聞！

戰東來冷笑連連，出手更狠，攻勢更猛！

陡見任風萍右腕一抖，手上已多出一把描金摺骨扇！

戰東來冷冷一哼，不屑地道：「你亮出兵刃，就想勝我麼？」

任風萍緘默不語，右腕一抖，摺骨扇開合之間，刷地拍出一股扇風，直逼過去！

他這一招出手，卻激起戰東來滿腔豪氣，朗朗一笑，叫道：「戰某僅以一雙肉掌要你在二十招內丟扇！」

叫聲未歇，右足後撤，左足卻驀地踢出！左右雙掌同時劈向任風萍胸前「玄機」、「期門」兩大死穴！

三招出手，迅猛兼俱，任風萍夷然不懼，右腕微抖，留香扇合而復開，拍出一股扇風，全力封擋而出！

左掌一沉，閃電般向戰東來踢出左腿的關節「陽關」穴拏去。

戰東來大喝一聲，左足驀然點地，右足卻又猛地一腳踢出！

雙掌一錯，迅捷無倫地分向他雙腕脈門扣去！

戰東來非但變招奇快，而出手招式又精奧無比，雙掌一腿攻出，竟如千雙百隻般，令人有無從躲閃之感！

任風萍微微心驚，招式一撤，竟然被逼退一步！

戰東來冷冷一笑，正想跟蹤進擊——

陡聞一聲斷然大喝道：「住手！」房門開處，三人大步走進！

兩人同時望去，戰東來神情不變，這三人他全不認識！但任風萍臉色大變，暗呼糟糕！

原來這三人赫然正是群魔島少島主孫仲玉，以及十大常侍僅存的古薩和偉岸老者！

孫仲玉口噓冷笑，走至任風萍身旁，用冰冷的口音說道：「這回你還逃得了麼？」

戰東來心高氣傲，看不慣孫仲玉那種狂妄的作風，怒聲喝道：「尊駕冒冒失失的闖進此屋，而且出言不遜，喝令吾等住手，是何居心？」

言詞之間神態倨傲無比，儼然是責備、教訓的口吻！

孫仲玉何嘗不是心高氣傲目中無人之輩，聞言不禁傲然笑道：「怎麼，你想插手管這件閒事？」

戰東來勃然大怒，叫道：「明明是你闖進此屋，淌這渾水，還敢強詞奪理！」

突聽任風萍高聲道：「兩位先別抬槓，反正這件事，大家都有份！」

戰東來不禁眉頭微皺，茫然道：「你這話是什麼意思？」

任風萍陰騭一笑，道：「你也要梅吟雪，他也要梅吟雪，我更是想要梅吟雪，這豈不是大家都有份麼？」

戰東來勃然大怒，右掌揚起，就要向任風萍劈去！

孫仲玉卻橫身一攔，道：「且慢！我的十大常侍泰半死在他手中，這筆血債我要親自索

還，豈能容你輕易將他殺掉！」

戰東來怒道：「你是什麼東西？竟敢命令戰某！」

驀聞偉岸老者大喝道：「你還想逃麼！」

右掌就向任風萍劈去！

原來任風萍在兩人爭論之時，想乘機逸去，不料卻被偉岸老者識破，揚掌劈了過來，只得

退回原處！

微，彷彿已一息奄奄，氣若游絲！

孫仲玉轉眼向躺在床上的梅吟雪望去，雖然她有被單蓋住，但依然可看出她胸腹間起伏甚

孫仲玉大感焦灼，情不自禁地就要向床邊走近！

卻突見戰東來雙手一攔，阻住去路！

孫仲玉微微愕然，怒道：「你這是做什麼？」

戰東來道：「床上既然躺著梅吟雪，就不許任何人走近她！」

孫仲玉道：「笑話！你和她是什麼關係，竟敢如此大言不慚？」

戰東來不禁一怔，立時為之語寒，他究竟無法說出他和梅吟雪有何關係。

孫仲玉已感不耐，喝道：「識相的，閃開一邊！」

說著，左足一抬，跨前一步！

戰東來怒哼一聲，「嗆」然龍吟，已翻腕拔下背後的長劍，橫在胸前，依然擋在床前！

孫仲玉冷笑道：「你想動手較量一番麼？」

戰東來傲然道：「你若再跨前一步，戰某長劍可不留情！」

孫仲玉不屑地道：「憑你也能攔得住我？」

戰東來道：「不信你就試試！」

孫仲玉不願耽擱時間，只得忍氣吞聲的道：「你可知道梅吟雪身受重傷，生命垂危？」

一語甫出，頓時使戰東來想起任風萍揹著梅吟雪投店時的情景來！

他原是深愛著梅吟雪的，一想起梅吟雪身負重傷，不由立感怔仲不安，但一股年青人的傲氣，卻使得他絲毫不肯退讓，反問道：「她身負重傷，與你何干？」

孫仲玉道：「我曾許諾過南宮平要將她傷勢治癒，而且還要將她親手交還給南宮平！」

他不說猶可，話聲未了，戰東來已勃然大怒，道：「原來你竟為了南宮平！……哼！你休想碰她！」

孫仲玉道：「她傷勢很重，若不及早施救，恐怕有生命之憂！」

戰東來冷笑道：「她傷勢再重，也用不著你操心！」

孫仲玉已忍無可忍，要知他原也是心高氣傲之人，適才一再忍氣吞聲，只是為梅吟雪著想，此刻見他竟然渾不講理，不由也勃然變色！

當下後退一步，右手一撤，已自腰間取出那柄奇形長劍！

戰東來放聲狂笑，長劍已振腕攻出！

孫仲玉臉泛殺機，右腕一抖，奇形長劍劍尖顫動，迅捷地向他右腕挑去！

戰東來右腕一沉，「舉火燒天」，劍尖斜斜點向孫仲玉胸前「七坎」穴！

這雖是一招江湖常見的普通招式，但在他的手中施出，威勢卻是大大不同！無論是腕力、部位、取時，均妙到極處，凌厲已極！

孫仲玉身軀一側，右臂一揮，奇形長劍由左至右，閃電般劃出一道劍弧！

他這一招出手，看似平淡無奇，其實卻是凌厲至極，劍弧劃出，已將戰東來前胸「章門」、「期門」，以及左臂「曲池」三大死穴完全封住！

戰東來悚然心驚，方知遇到勁敵，身形連閃，方才躲過一招！

孫仲玉不顧久戰，一上手便施出絕技，快速絕倫，凌厲無比的攻過去！

戰東來雖然先機受制，但他武功究竟不比泛泛，三招甫過又已扳成平手！同樣施出快速絕倫的劍法，以快打快，以攻搶攻！

眨眼之間，十招已過，雙方功力所差無幾，一時之間，勝負難分！

古薩以及偉岸老者心繫主人安危，均不自覺的緩緩向鬥場走近！

任風萍一看良機難再，當下，便待悄悄奪門而出，豈料又被離他較近的偉岸老者發覺，將去路攔住，不由忿怒交加，留香扇一揮，向偉岸老者攻去！

偉岸老者呵呵一笑，雙掌一錯，自任風萍猛烈的攻勢中，一穿而出。

任風萍一咬牙根，左掌加足勁道全力劈出，硬接對方一掌。

雙方掌力接實，轟然一聲大響！任風萍臉泛青白，蹬蹬蹬連退三步，胸中氣血翻動，顯然受傷不輕！偉岸老者卻神色自若，佇立原地不動！

任風萍心中一嘆，只得打消逃走念頭。轉眼向鬥場中望去！

但見孫仲玉及戰東來已戰至激烈處，只見劍光閃閃，劍氣森森，人影難辨！

突地——

孫仲玉清叱一聲，戰東來暴然大喝！兩條人影倏地分開！

孫仲玉右袖上一道深深的劍痕，只差半分，就要傷及皮膚。

戰東來左肩上卻劃出一道血糟！衣衫碎裂，膚肉外翻，鮮血涔涔滴下。

雙方這一比較，顯見戰東來技遜一籌！

孫仲玉道：「你已敗在我手中，還有何話可說！」

戰東來強忍痛楚，傲然道：「笑話，勝負未分，生死未判，怎能說是戰某敗了！」

孫仲玉將奇形長劍扣回腰間，緩緩地道：「如此以劍招相搏，極耗時間，且又於事無補，我們何不力拚三掌，立分勝敗？」

戰東來朗笑道：「無妨！」說著也將長劍歸鞘。

孫仲玉陡地舌綻春雷，大喝道：「先接我一掌！」

右掌平舉胸前，緩緩推出！

戰東來心知一掌之下，即能分出勝敗生死，絲毫不敢大意，右掌運聚九成真力，亦自緩緩推出！

右掌又緩緩推出！

孫仲玉提氣大喝道：「第二掌！」

戰東來臉色更為蒼白，馬步浮動！

孫仲玉神色大變，腳下依然釘立如樁！

戰東來臉然一聲暴響，真氣激盪，氣流迴旋！

但聽轟然一聲暴響，真氣激盪，氣流迴旋！

右掌又緩緩推出！

戰東來星目噴火，施出十成真力，推出一掌！

又聽轟然一聲暴響，真氣激盪，氣流迴旋！

孫仲玉面色泛青，馬步浮動！

戰東來臉色慘白，後退一步。

孫仲玉再度喝道：「第三掌！」

喝聲已無先前洪亮，顯然受傷不輕！

右掌運集全力推出！

戰東來牙關緊咬，眼冒金星，終於極其勉強地全力推出一掌！

「轟！」震天價響……

孫仲玉臉色更青，倒退三步，額間汗珠不斷淌下！

戰東來雙目一閉，頭腦一陣昏暈，仆倒於地……

孫仲玉嘴角抽搐，泛起一絲欣慰的笑意，緩緩走近床邊，將梅吟雪抱起，吃力地道……

「走！」

當先向房門大步走去！

他的腳步不穩，身軀在劇烈的晃動，古薩上前一步，想要攙扶他，卻被他大聲喝退！

接著孫仲玉咯出一大口鮮血，但終於還是大步地跨出了房門！

偉岸老者朝任風萍冷笑道：「今夜暫且饒你不死，待少島主傷癒後，再來找你算賬！」

說完轉身大步離去！

任風萍神情癡呆，目光茫然，偉岸老者的話彷彿沒有聽見，口中喃喃道：「群魔島……群

魔島，獨霸武林的大計，又多了一層阻礙，又多了一……」

夕陽西下，煙樹冥冥，水波浩淼，一碧無際！

震澤之濱，垂楊遍野，在柳絲底垂處，掩映著一堵殘缺的圍牆，圍牆裡面，瓦屋三椽，茶

圃與花畦相間，情趣盎然！

可是此刻卻炊煙不冒，寂無人聲，彷彿這莊園已很久沒有人居住了！

驀地──

一陣急驟的馬蹄聲起處，只見一匹健馬四蹄翻動，飛馳而來，牠混身的毛片已完全被汗水

濕透，口沫亂噴，顯見是曾經奔馳了一段長遠的路程。

就在馳抵莊門的一霎間，牠悲嘶了一聲，突的四蹄一蹶，「砰」的倒在地上，鼻孔裡大口喘氣，四條腿掙扎了一下，便虛弱地躺著不動了！

馬上的騎士伸手一按馬鞍，騰空而起，瞧也不瞧那倒在地上的坐騎，身形如矢，直向莊門掠去……

他正是獲悉雙親性命垂危，千里長征，趕到這柳蔭莊來的南宮平。

三天來，他目不交睫，縱馬疾馳，如今，他站在莊門外，右手方自舉起，卻突地變得猶豫起來……

因為，在他的心中還存了一個希望，希望他獲得的消息是假的，但倘若門敲開了之後，他的希望也許就會立刻粉碎了！

猶豫了半晌之後，他終於一咬牙，右手一落！砰砰砰！

敲門之聲一住，隨聽屋內傳出一聲低沉的喝問：「是誰？」

語音雖是這樣的低沉，但聽在南宮平的耳中，卻不啻如聞九天綸音，因為，這正是一年之久不曾聽過的聲音啊！

他激動地喊道：「爹爹！爹爹！我是平兒，平兒啊！」

詎料他這樣興奮地回答了之後，屋內卻反而靜了下來，不由他大吃一驚，再也按捺不住焦急的心情，手下微一運勁，「砰」地推開兩扇木門，邁步跨進屋中。目光閃動，登時鬆了一口

氣。

只見他的爹爹和母親並肩盤膝坐在一張硬木榻上，四道閃耀著激動光芒的眼神，也正凝注在他的身上，看這情形，明顯地並不如他所獲得的消息那麼壞！

南宮平略一鎮定心神，搶前幾步，拜倒地上，道：「不孝孩兒叩見爹爹媽媽！」

南宮常恕目中激動的光芒突然一歛，凜然望著跪在地上的南宮平，緩緩說道：「平兒，你可是從『諸神殿』回來的麼？」

南宮平點頭道：「孩兒正是從『諸神殿』回來，不過……」

南宮常恕截住道：「是『諸神島主』放你回來了？」

南宮平搖頭道：「不是……」

話方出口，南宮常恕已勃然怒道：「好個不守信諾的畜生，難道你忘了咱們南宮世家的家訓了麼？」

南宮平不知老父為何發怒，不由大吃一驚，忙低頭應道：「咱們家訓，以信義為先，孩兒怎敢忘記？」

南宮常恕怒道：「那你為何離開『諸神殿』返回中原，破壞了我家數代遵守的諾言？」

南宮平聞言，方知老父發怒的緣故，但這一年來所發生的事情實在太多了，一時間，竟不知從何說起，不由得口中期期艾艾了半晌，仍自尋不出一個頭緒來……

南宮常恕見狀，更是怒不可遏，雙目一睜，便待喝罵，卻聽身側的南宮夫人輕輕咳了一

聲，道：「瞧你把孩子嚇成這個樣子，你等他把話說完了再教訓他也不遲啊！」

南宮常恕回頭望了她一眼，勉強壓下心中的怒火，道：「平兒，你有什麼話說？」

南宮這時已將擁塞在心頭的亂麻般的往事整理清楚，於是便將如何隨著風漫天出海，到『諸神殿』的經過，以及後來所發生的事情，逐一詳細稟告……南宮常恕聽罷，默然良久，方始長嘆一聲，道：「孩子！爲父錯怪你了！想不到短短一年多的時間裡，你竟經歷了這許多的事情，唉！世事如浮雲，變幻令人莫測……」

南宮夫人已自笑道：「平兒，過來讓媽媽瞧瞧！」

南宮平宛似一頭迷途的羔羊，忽然找到慈母一般，應聲站起身來，撲入母親的懷中，只覺一股溫馨暖流，浸潤著他整個身心，於是，他的眼睛潮濕了，他默默地流著淚珠，默默地享受著慈母的愛撫……

良久，良久——

南宮平突地想起了門下食客萬達的警告，霍然離開慈母的懷抱，關切地凝視著南宮常恕，道：「萬大哥曾經告訴孩兒，說爹爹和媽有性命之憂，但孩兒看來，他莫非故作危詞不成！」

南宮常恕聞言，臉上忽然籠罩了一層陰鬱的神色，望了愛妻一眼，沉重地緩緩說道：「不錯，爲父和你媽的確有性命之憂，最多……最多……」

南宮平驚然驚道：「什麼？……」

南宮常恕垂頭一嘆，道：「爲父和你媽最多也活不到明天了！」

此言一出，南宮平腦際頓時轟的一聲，臉色蒼白的倒退了兩步，失魂落魄地望著他的雙

親，叫道：「不！不！您和媽媽看起來不是好好的嗎？怎麼可能呢！」

南宮常恕用鎮定的目光，制止住愛子激動的情緒，沉重地說道：「為父和你媽在外表看來

似乎並沒有什麼，可是，我們不但中了劇毒，而且受了嚴重的內傷，目前只不過是憑著數十年

的修為，勉強提住一口未散的真氣而已，為的就是想和你見上最後一面，到了明天……唉！只

要天光一亮，我們就……」

南宮平大叫一聲！撲上去跪在榻前，張臂抱著母親的雙膝，哭道：「這是怎麼一回事？怎

麼一回事？啊！不！不！這是不可能的……」話聲一頓，霍地跳起身來，叫道：「孩兒絕不相

信這是真的！」

南宮夫人凄然一嘆，道：「傻孩子！難道你爹爹還會騙你嗎！」

南宮平虎目圓睜，道：「那麼，告訴孩兒，究竟是誰下的毒手？」

南宮常恕眼神中閃爍著忿恨的光芒，沉聲道：「就是你方才說過的那個意圖獨霸武林的帥

天帆！」

「帥天帆！」

南宮平「蹬蹬」倒退了兩步，大叫道：「又是他！又是他！咱們與他有什麼深仇大恨？竟

這般歹毒啊！」

南宮常恕恨恨道：「那廝不知怎地竟探出為父和你媽過去的事情，親自尋來要咱們參加他

的組織，爲父自然不肯和他合作，致雙方鬧翻，詎料這惡賊在入屋之時，已暗中下了毒手，爲

父和你媽與他動手之後，方始發覺受了暗算，故此功力大打折扣，終於被他擊傷……」

南宮平聽得星目噴火，渾身熱血沸騰，緊握雙拳，大叫道：「惡賊！惡賊！我不將你碎屍

萬段，誓不爲人……」

此際，暮色蒼茫，湖濱野地，僅有微風拂抑的沙沙之聲，是以這一陣冷笑，聽來份外陰森

刺耳！

話尚未完，陡聽一陣陰森的冷笑，飄進屋中……

南宮平霍地旋身，睜目望去，只見柴扉開處，一個身材頎長，白面無鬚，身著儒衫的中年

文士緩步走進庭院。

南宮常恕夫婦似乎早已預料到此人的出現，故此神態都鎭靜如常，但南宮平卻難以抑止心

中的激動，大喝道：「站住！」

來人微微一笑，應聲止步。

南宮平跨前幾步，擋住堂屋門口，喝道：「你是誰？來幹什麼？」

來人一抱拳，笑道：「在下蕭夢遠，特來拜望公子，並送令尊令堂往生極樂！」

南宮平勃然大怒道：「匹夫！你是帥天帆的狗黨？」

蕭夢遠臉色一整，道：「豈敢！帥先生倚區區如左右手！」

南宮平怒喝道：「狗賊來得正好，我先宰了你再找帥天帆算賬！」右手一揚，「嗆」然龍

吟，精芒耀目，「葉上秋露」電閃出鞘，一指蕭夢遠，喝道：「狗賊快過來領死！」

蕭夢遠哂然一笑，道：「公子自信能置區區於死地麼？」

南宮平瞋目叱道：「少廢話，不信你就試試！」

蕭夢遠悠悠接道：「姑不論公子未必能勝得了區區，就算我願意將項上人頭奉送，難道公子就不替令尊和令堂設想了嗎？」

南宮平一怔，道：「你是什麼意思？」

蕭夢遠笑道：「小意思。令尊和令堂是否能活得過今天，全看公子的意思來決定……」

南宮平「哼」了一聲，厲聲截住道：「你休要作夢！」

蕭夢遠冷冷道：「公子既然明白就好，常言道：百善以孝為先，公子要做一個不孝的罪人，區區自無話說。」

南宮平大大一震，默然無語。

蕭夢遠狡猾地笑了笑，又道：「南宮世家富甲王侯，令尊與令堂昔年名傾天下，如今竟落得蟄處湖邊，這是誰的賜予？公子不去奮發圖強，重振家聲以報親恩，反而斤斤於一己之私怨，置雙親性命於不顧，此種狹窄胸懷，偏激思想，實令區區為之扼腕！」

這一番話，只聽得南宮平毛骨悚然，冷汗涔涔而下！

的確，蕭夢遠的話並沒有錯，「南宮世家」之所以落得這般下場，乃是「諸神殿」的賜予，但「南宮世家」之興起，也可說是得力於「諸神殿」，何況如今「諸神殿」已冰消瓦解，

殿主南宮永樂也離開了人間，這種種恩怨，又如何算法？

南宮平捫心自問，他的仇人是「群魔島」嗎？但「群魔島」並不曾損害過「南宮世家」的一草一木。那麼，是帥天帆嗎？不錯，帥天帆曾經有形無形地陷害過他，他的雙親也正是遭了帥天帆的毒手，可是，真如蕭夢遠所說，即使殺了帥天帆，能挽回「南宮世家」已墜的聲望和財富嗎？

殺了帥天帆能挽救得了垂危的雙親嗎？

這些問題的答案都是個「不」字！

但是，不反抗帥天帆，又該怎麼辦呢？

南宮平心中思緒如潮，紊亂如絲，怔怔地站在門口，一時間，竟不知如何是好……

忽聽南宮常恕一聲朗笑，道：「好一個利口償夫！竟敢在老夫面前饒舌！」隨即嚴肅地喝道：「平兒！為父和你母親蟄居湖濱，以貧苦度此餘生，乃是恪守我『南宮世家』世代之諾言所致，於人無尤，帥天帆狼子野心，意圖以殘惡手段，驅策武林，殺之正是為天下除大害，你還猶豫什麼？」

話聲有若暮鼓晨鐘，撞擊著南宮平昏亂的心緒，頓令他神智為之一振，忙一定神，應聲道：「大人嚴諭，孩兒省得！」揚劍一指蕭夢遠，厲喝：「狗賊速來領死！」

蕭夢遠依然神色不變，笑容滿面的說道：「常道是不見棺材不流淚，公子以為區區不進屋中，就不能置令尊令堂於死地了麼？」

此際，南宮平心中已恨怒到了極點，直恨不得撲上去把這蕭夢遠砍成肉醬，但卻考慮到對方這般引逗，極可能是故作姿態，引自己離開門口，另派人乘隙入屋對雙親不利，是以始終不敢移動，當下，橫劍喝道：「狗賊徒仗空言，我倒不信你有何伎倆！」

蕭夢遠笑嘻嘻地伸手入懷中，緩緩取出一隻晶瑩奪目的翠玉小杯，陰惻惻地說道：「令尊與令堂的性命，便繫於這隻杯子之上，公子要不要試它一試？」

夜色蒼茫，南宮平定睛細看，也瞧不出這隻小玉杯中盛的是什麼東西，雙方距離足有兩丈，又勢難出手搶奪或擊毀這玉杯，不由心中焦躁，腦中千萬個辦法反覆奔騰，仍舊選擇不出一個善策……

蕭夢遠見南宮平一副躊躇失措的神態，不禁越加得意，陰森一笑，又復逼問道：「公子的主意打好了沒有，區區尚有要事在身，可不能久候。」

南宮平聞言，腦際忽然靈光一閃，憶起父母昔日相賜的一對「護花鈴」來，當下，迅快探手懷入，將兩隻「護花鈴」取出，一隻扣在掌心，一揚手，另一隻疾飛而出……

「叮鈴鈴」！一聲清脆的鈴聲劃空而起，一隻小小金鈴帶著一線金絲，閃電般向蕭夢遠遠手中的玉杯擊去！

誰知──

鈴聲乍響之頃，陡聽屋內南宮常恕夫婦突地同時發出一聲痛苦的呻吟！

南宮平大吃一驚，慌忙將掌心中扣著的金鈴發出，鉤住了眼看就要擊中蕭夢遠手中玉杯的

金鈴，閃電般擲回手中，然後迅快掉頭一看！

燈光熒熒之下，只見雙親業已面如死灰，牙關緊咬，渾身不住痙攣抽搐，神態痛苦至極！

耳際，傳來蕭夢遠遠的得意笑聲：「如何！公子這是自作聰明，害了令尊與令堂，可怪不得區區了。」

南宮平回頭厲聲喝道：「狗賊！你使的什麼卑鄙手段？快說！」

蕭夢遠詭笑道：「這是公子自己下的手，與區區何干！」

南宮平目眥俱裂，揚劍喝道：「你再胡說，我便將你碎屍萬段！」

蕭夢遠笑道：「本來帥先生賜與令尊令堂的毒藥，毒性潛伏於體內，需區區將這玉杯擲在地上之時，方始會被那清脆的玉杯破碎之聲引發，如今公子的鈴聲，效果竟高於這玉杯，真是妙不可言！」話聲微頓，倏地面容一整，又道：「若公子不忍雙親受苦，答允為帥先生效力還來得及，望公子三思！」

南宮平又急又怒，只氣得毛髮直豎，星目流血，心如油煎，卻說不出一個字來……

蕭夢遠笑了笑，緩緩探手入懷中，又取出兩隻色澤相同的小玉杯來，道：「本來按照規定，須擲碎第三隻玉杯，方是令雙親畢命之時，現在有公子代勞，區區只須損失兩隻便可了事，公子若是心存疑慮，區區這就試給你看一看！」言罷，將一隻玉杯朝地上一擲──「瑯瑯！」一聲清越脆響乍迸，頓聽屋內南宮常恕夫婦齊聲慘叫，緊接著呻吟喘息之聲作──

南宮平掉頭望去，只見母親已倒在爹爹懷中，爹爹的七竅中已滲出一滴滴瘀血迸作……，面目痙

攣，神態慘悽，不由心膽俱裂，當下，一咬牙，霍地回身，嘶聲叫道：「狗賊！我……我……答……」

言還未了，陡聽乃父顫聲吼道：「住嘴！」

南宮平轉身哭叫道：「爹爹！你……」

南宮常恕嘴唇抽搐，深深喘了口氣，啞著嗓子道：「平兒！你忘了咱們的家訓了嗎？你……你若是為了我和你母親的性命而屈服，你……你……你就是南宮世家的不肖子孫……天下武林的罪人……」

南宮平心如刀割，他何嘗不明白爹爹的話乃是大義凜然的至理，但是，他身為人子，能這樣眼睜睜地看著父母受苦，甚至死亡嗎？

「不！不！我不能這樣做……」他心中痛苦地喊叫著，一咬牙，霍地旋身，朝著蕭夢遠昏亂地衝去……

南宮平應聲怔然止步。

蕭夢遠高高舉起手中的玉杯，獰笑道：「你再動一步，我這玉杯便立成粉碎，答不答應，只准你站在原地說話！」

他腳步方自一動，蕭夢遠立即一聲斷喝：「站住！」

南宮平鋼牙銼得格格作響，拳頭緊握，指甲都深深陷入肉中，半晌，忽地長嘆一聲，恨恨道：「也罷！我……」

陡聽乃父又是一聲嘶啞的呼喚：「平兒！」

南宮平茫然地轉過身子，卻不由心中猛地一震！

只見爹爹顫巍地舉起了右手，做出向母親腦門拍下之勢，忙急聲叫道：「爹爹！你……」

南宮常恕怒目瞪著愛子，啞聲道：「你已決定屈服了？」

南宮平哭道：「爹爹！除此之外，孩兒又有什麼辦法呢！」

南宮常恕忽地慘然一笑，道：「也好，為父實在不忍見我有如此不肖的兒子，只好和你母親先走一步了！」

南宮平失聲大哭起來，仆地跪下，叫道：「不！不！爹爹！你不能這樣做！」

南宮常恕沉聲道：「那就答應為父，將這姓蕭的殺了，然後召集天下武林，除去帥天帆這惡賊！」

南宮平把心一橫，叫道：「好！孩兒答應你老人家，誓報此仇！」話聲一落，霍地長身而起，凌空一轉，挺劍直撲蕭夢遠，厲喝道：「狗賊拿命來！」

蕭夢遠見他神情慘厲，其勢凜凜有若天神，不由駭然失色，慌忙飄身後退尋丈，獰笑一聲，揚手將第二隻玉杯猛然朝地上一擲……

說時遲，那時快，他玉杯方告脫手，柴扉外面一條人影疾掠而至，勢如閃電，伸手將玉杯攫住，同時反手一按，蕭夢遠頓覺腰間一陣劇痛，渾身虛脫，「噗」地仰翻地上，動彈不得！

南宮平又驚又喜，忙一沉真氣，止住前撲之勢，腳落實地，定眼瞧去，不禁失聲叫道：

「是您老人家！」

來人也自收勢，原來是個身材猥瑣的禿頂老人，也正是昔年名震武林的「風塵三友」中的

「神行仙影銅拳鐵掌」魯遷仙！

他歡然地對南宮平道：「愚叔來遲一步，累賢侄受驚了！」

南宮平聞言，登時悲從中來，垂淚道：「我爹爹和娘恐怕……」

魯遷仙搖手道：「賢侄不必憂慮，這事包在愚叔身上……」

說時，柴扉外又是一條人影飛掠而至，南宮平閃目望去，見來人乃是個走方郎中打扮的矮胖老者。

魯遷仙已迎著此人笑問道：「都收拾了麼？」

矮胖老者吭也不吭，只冷冷地點了點頭。

魯遷仙轉對南宮平道：「賢侄快過來拜見這位名傾天下的『奪命郎中』崔明嵬，崔大俠！」

南宮平久已聞說這「奪命郎中」崔明嵬醫道通神，不禁大喜，忙上前恭恭敬敬地行禮道：

「晚輩南宮平拜見崔老前輩！」

崔明嵬一擺手，神情冷漠地一頷首，仍然雙唇緊閉，不吭一聲。

南宮平心知這種風塵奇人，性情多半如此，遂轉對魯遷仙道：「叔叔怎會來得這般湊巧，

可是……」

魯遷仙搖手止住道：「這事說來話長，且先瞧瞧你爹娘再說。」彎腰抓起地上的蕭夢遠，同了崔明嵬走進屋中。

這時，南宮常恕適才勉力提聚最後一口真氣，和愛子說了一番話之後，已然氣息奄奄地倒在榻上，南宮常見這情形，不禁大聲失色，焦急的淚珠，又復滾滾而出！

魯遷仙放下蕭夢遠，側顧崔明嵬嚴肅地說道：「崔兄，這就有勞一展妙手了！」

崔明嵬上前替南宮常恕按了按脈息，冷冷說了聲：「無妨！」便自伸手入懷中取出一個布包，從包中摸出一個黑色小瓶，拔開瓶塞，倒出兩粒黑色藥丸，分別塞入南宮常恕夫婦口中，道：「半個時辰後，他二人體內毒性自解，那時再療傷便好了！」說完，自顧一旁坐下，閉目養神。

南宮平疑信參半，又不好出聲詢問，只得望著魯遷仙，方待開口……

魯遷仙已搶著低聲道：「賢姪但請放心，愚叔自從接到你家中以前的食客萬達的消息，得知你爹娘遭害，不知費了幾許精神，才請出崔大俠前來相助，若不是在莊外收拾幾個小腳色，早就進來了……」話聲微頓，又道：「你不是到『諸神殿』去了嗎？怎會回到中原來呢？」

南宮平長嘆一聲，遂將這一年來的經過，詳細說了。

魯遷仙聽罷，點頭嘆息道：「想不到這短短時光，竟發生了這許多事故，等你爹娘醫好之後，咱們得好好商量個辦法……」說話之間，只聽南宮常恕夫婦已齊聲長吟，霍然醒轉，南宮平大喜，忙撲上前喊道：「爹爹！媽……」

南宮常恕一眼看見魯遷仙，遂擺手止住南宮平，笑對魯遷仙道：「賢弟！可辛苦你了！」

魯遷仙笑道：「不是我的功勞。」伸手一指崔明嵬，道：「多虧崔兄大俠，大哥和三妹才能逢凶化吉哩！」

南宮常恕一望崔明嵬，方自恍然，忙就在榻上抱拳道：「愚夫婦有何德能，敢勞動崔大俠賜予援手……」

崔明嵬欠身而起，擺手道：「現在不忙謝我，還有事情不曾了哩，我且先為你療傷，待會由你來治尊夫人好了。」

南宮常恕聞言連聲稱謝，崔明嵬又從布包中摸出一個白色小瓶，傾了一撮白色粉末在兩手掌心上，探入南宮常恕的衣裳裡面，分按在「丹田」「命門」兩穴道上，運聚本身三昧真火，將掌心的藥末煉化，逼入南宮常恕體內，約有一盞熱茶功夫之久，只聽南宮常恕大大吁了口氣，出了一身熱汗。

崔明嵬抽出雙手，吩咐南宮常恕略為調息，然後倒藥末在他兩手掌心上，將用法說了，南宮常恕依法施為，將愛妻傷勢醫好，這才雙雙振衣下榻，重行向崔明嵬施禮致謝救命大德。

崔明嵬微一頷首表示答禮，便又自顧一旁坐下，閉目養神。

魯遷仙這才向南宮常恕夫婦重新拜見，恨恨道：「想不到帥天帆這廝如此可惡，我們倒要好好想個辦法來收拾收拾他，才不辜負他的這一番盛意哩！」

南宮常恕長嘆一聲，道：「本來愚兄自從送走了平兒之後，已自雄心盡滅，偕同三妹隱

居此地，打算安靜地度過這晚年，誰知這一來，勢非東山復出，與這武林梟雄一爭短長不可了。」話聲微頓，目注魯遷仙道：「賢弟從江湖來，可知道帥天帆的動靜麼？」

魯遷仙沉吟道：「小弟只知道他利用藥物和卑鄙手段，已籠絡了七大門派之人，打算開一次推舉武林盟主大會，至於何時召開以及開會地點，卻不知曉。大哥會見那廝之時，可曾獲得一點頭緒麼？」

南宮常恕搖了搖頭，忽然若有所得地瞧著蜷伏地上的蕭夢遠，笑道：「此人既自稱是帥天帆的左右手，何不從他身上著手！」

魯遷仙也笑道：「大哥之言，正合弟意。」當下，彎腰伸手在蕭夢遠脅間一按一拍，解了穴道，笑嘻嘻地說道：「閣下要死要活，在下洗耳恭聽。」

蕭夢遠以手撐地站起身來，暗自一運真力，誰知渾身竟似虛脫了一般，膝蓋一軟，「噗」地又自跌坐在地上，方知欲求一拚之望已絕，心中不由又急又怒，但臉上神色卻保持著一派笑容，緩緩反問道：「要死如何？要活又如何？」

魯遷仙笑道：「要死如何且不談，閣下若要活下去，得拿出幾句話來作交換條件。」

蕭夢遠冷笑道：「要想從我口中問出半個字來，除非閣下願意投效帥先生。」

魯遷仙冷冷道：「那麼，閣下是不想活了，但是死也不見得舒服哩！」

蕭夢遠微微笑道：「既落人手，區區豈敢有此奢望！」

魯遷仙哈哈哈一笑，道：「很好，就請閣下嚐嚐我的『縮脈焚心鎖百穴』手法如何！」

蕭夢遠乍聞「縮脈焚心鎖百穴」手法之名，登時臉色大變，張口方待說話，魯遷仙的雙手已自連連揮動，他頓覺渾身一陣痠軟，便自倒臥地上……

南宮夫人白了魯遷仙一眼，道：「二哥，你忘了昔年的誓言了？」

魯遷仙面色一整，道：「此人雖非十惡不赦之人，但除此之外實無別法，三妹怎能拿昔年誓言來怪我？」

南宮夫人嗯了一聲，招手叫南宮平過來，伸手攬住道：「平兒，讓媽看看你，地上的那個人不要去看。」

說話之間，一陣聞之令人心魂俱顫的呻吟之聲，已自從蕭夢遠的喉間吐出，只見他渾身每一寸肌肉都在抖個不停，一絲絲黑血從七竅中淙淙而出，面孔扭曲，形如厲鬼，難看至極。

終於，他一雙怒恨獰厲的目光，漸漸變作乞憐之色。

魯遷仙滿意地笑了笑，兩腳連環踢出，驟如風雨般踢遍蕭夢遠周身七十二處大小穴道。然後一把將他揪起。冷冷道：「時間無多，你現在答我第一句話，帥天帆準備在什麼地方召開武林大會？」

蕭夢遠長長地吁了口氣，眼皮連連霎動，啞聲說道：「止郊……」哪知，他「止郊」兩字方一出口，突地一聲慘叫，一股血泉從口中狂噴而出，身子望後一仰，便僵直不動！

魯遷仙一躍上前，伸手一探蕭夢遠鼻息，不由頓足嘆道：「帥天帆這廝手段真狠！」

南宮常恕笑道：「他若不狠，怎會有獨霸天下武林的妄想？如今線索已斷，賢弟可有其他

善法?」

魯遷仙搔首沉吟，默然不語。

南宮平忽地心頭一動，失聲叫道：「莫非是師傅他老人家的『止郊山莊』？」

魯遷仙霍然道：「對！對！『不死神龍』雖已死去，但他的門下和『止郊山莊』那塊招牌仍有震懾武林的作用，帥天帆自然要選這地方來行事了！」

南宮常恕點頭道：「賢弟所見極是，這一來，他便可以收到消滅『神龍』餘威和震懾武林的雙重效果了。」

南宮平心懸師門安危，急道：「事不宜遲，我們就此動身好麼？」

魯遷仙略一沉吟，眼中忽露出一線靈光，望了望南宮常恕，然後對南宮平道：「賢侄要去，可以先去，愚叔和你爹娘卻另有巧妙安排，不能和你一路。」

南宮平怔了怔，方待開口，南宮常恕已含笑道：「平兒，你就聽叔叔的話先走吧。」

魯遷仙從懷中取出一個小包，交給南宮平道：「這裡面是崔大俠專為化解帥天帆獨門迷藥而煉的靈丹，你此去如遇見了心神被帥天帆迷藥所制的人，可利用各種機會，將這靈丹用本身真火煉化，設法逼入對方體內，則其毒立解。」

南宮平大喜接過來藏好，依依不捨地拜別雙親，出了莊門，施展輕功，乘夜向「止郊山莊」奔去。

月黑，風高！夜色深沉！

名傾天下的「止郊山莊」，此刻卻靜如止水，只有當中一間大廳，漏出一線燈光，映照著庭園中扶疏的花木，倍覺淒清。

大廳中央，並排陳著三具棺木，裡面分別長眠著「不死神龍」龍布詩，「鐵戟紅旗震中州」司馬中天，以及「諸神島主」南宮永樂。

三具棺木前面的一張長案兩側，圍坐著鐵漢龍飛、古倚虹、石沉。

這三個「不死神龍」龍布詩的弟子，此刻都是神情蕭穆，你望我，我望你的默默無言……

終於，龍飛長嘆了一聲，開口道：「我們該怎麼辦？」

話聲是如此的深遠，彷彿來自縹緲的雲間，一種無可奈何的絕望之情，隨著語聲嬝嬝地向周圍散擴開去……

古倚虹和石沉對望了一眼，眼中彷彿也互相詢問道：「我們該怎麼辦？」

龍飛抬頭望了望廳外的夜空，反手緩緩拔出長劍，不停地摩娑著，偶爾發出一聲沉重的嘆息！

「砰」然一聲！石沉忽地一拍長案，咬牙道：「兵來將擋，水來土掩，無論如何，也要使『止郊山莊』轟轟烈烈的在武林中消失！」

古倚虹黯然道：「三哥豪氣干雲，自是『止郊山莊』的本色，可是，憑我們三人，恐怕也難達到轟轟烈烈的願望啊！」

石沉訥訥一嘆，萬丈豪情，突地萎頹下去，緩緩垂首道：「不拚又有什麼辦法呢！除非

……除非……」底下的話，恐怕連他自己也聽不見了。

龍飛喟然嘆道：「如果五弟在就好了……」

話方出口，陡聽廳外有人朗聲道：「大哥、三哥、四姐，小弟來了！」一條人影，隨聲掠

進廳來！

龍飛等人聞聲，俱不禁驚喜交集地一躍而起，迎著來人，齊叫道：「五弟！你來了！」

這人正是南宮平，他穩住身形之後，一眼卻瞥見了長案後面的三具棺木，登時神色一變，

驚疑的目光，霍地向龍飛望去。

龍飛忙解釋道：「這是師傅和司馬叔父以及伯父大人的靈柩，是三弟押運回來的。」

南宮平這才鬆下緊張的心情，分別向師兄師姐行禮，道：「小弟聞得帥天帆對『止郊山莊』

有不利之舉，故連夜趕來，不知大哥接到警訊沒有？」

龍飛環眼一掃長案，沉重地說道：「怎麼沒有！」

南宮平閃目望去，只見長案上，赫然擺著一封黑色的束帖，忙上前拿來打開一看，不由勃

然大怒道：「鼠輩竟敢這般張狂，難道真的欺我『止郊山莊』無人不成！」話聲一頓，目注龍

飛，道：「大哥是否已有準備了？」

龍飛沉重地搖了搖頭，道：「正希望賢弟回來，商量一個萬全之策。」

南宮平道：「據小弟看來，若憑真實的力量，我們自非帥天帆之敵，但反過來說，帥賊之

所以發展到這般龐大的勢力，只不過靠了迷藥和卑鄙手段而已，如果我將那些被他毒藥所迷之人救醒過來，以及揭穿他的狼子野心，造成他眾叛親離的局面，便不難將他擊敗。」

龍飛喜道：「如此說來，賢弟自必已成竹在胸的了。」

南宮平道：「到目前為止，小弟只不過略得頭緒而已，一切還得到時見機行事，只希望七大門派之人能倒戈相向，便僥天之倖了。」話聲一頓，又道：「我們莊中的子弟們呢？大哥已安排好了麼？」

龍飛道：「一切均已按著昔日師傅的佈置，安排好了。」

話聲方住，忽聽幾聲更鼓傳來，時辰已到了子夜，適時，一陣弦管絲竹的樂聲劃破夜空，緩緩移過莊門……

南宮平冷哼一聲，道：「這賊的排場倒不小，我們且莫理會，吩咐子弟們開門放他進來再說。」當下，和龍飛、石沉、古倚虹等人，端坐長案兩側，凝目向莊門望去。

這時，莊中的子弟已將莊門大大打開，夜色沉沉之下，只見三數十個黃衣大漢手擎紗燈排成兩行，緩緩進入長門，燈光照耀中，領頭的是八個吹奏著樂器的錦衣僮子，引導著一群衣飾各異之人，再後面又是一對宮燈，傍著一乘錦輿，錦輿周圍，簇擁著數十個黑衣大漢。

那一群手擎紗燈的黃衣大漢直抵大廳前面的廣庭，便自向兩邊一分，雁列不動。八名錦衣僮子也自停止吹奏，分站在黃衣大漢們的面前，那一群衣飾各異之人腳步微錯，已分作兩列，垂手恭立。

南宮平對這一群人物，差不多認得一大半，那是任風萍、伍狂風、秦亂雨、旋風追魂四劍、古虹、斷魂手，以及五虎斷魂刀的後人彭烈。

最令南宮平心驚的，是這群人當中，竟然也有葉曼青、狄揚、依露和郭玉霞在內。這些和他最親近的人，竟都迷失了本性，甘心受人驅策，若是「奪命郎中」崔明嵬給他的靈藥失靈的話，那結果的情形，將是多麼的可怕！

南宮平方自心情忐忑不安之際，那兩個擎著宮燈的童子已扶著那乘錦輿，穿過任風萍等人排列的人徹，直抵庭階之下，方始停住，齊聲報道：「帥先生駕到！」

龍飛冷地說道：「請！」

兩錦衣童子雙雙捲起錦輿的珠簾，只見輿內緩緩走出一個面目清秀，身材頎長的中年文士來。

南宮平等人不由大爲詫異，想不到這個攪得中原武林雞犬不寧的梟雄，竟如此年輕，舉止更不像是叱吒江湖的人物。

帥天帆走出錦輿，面對廳堂，朗聲道：「本座聞說龍大俠靈柩已運返此間，本座欲先行祭奠一番，方談正事，止郊門下之意如何？」

龍飛端然正坐，沉聲道：「家先師與先生素昧平生，不敢拜領！」

帥天帆正色道：「閣下此言差矣，『不死神龍』威震天下，誰不欽仰，本座豈能例外？」

話聲一頓，側顧兩錦衣童子道：「還不快將祭品擺上！」

……

兩錦衣童子躬身應命，從錦輿後面取出一副香爐燭台以及鮮花果品，恭恭敬敬地走進廳堂

龍飛環目一睜，方待喝止，南宮平低聲道：「他既以禮來，我們且大方一些，不要讓旁人說『止郊山莊』小器。」

說時，兩錦衣童子已走至長案跟前，將香爐燭台以及鮮花果品擺列案上，焚香燃燭，躬身退下。

帥天帆一擺手，命那八名錦衣僮子一齊吹奏起哀樂，然後率了隨來的一群人物，面對廳堂，一連三揖。

龍飛等四人只好蕭立兩側還禮。

帥天帆行禮已畢，又復一擺手，沉聲道：「設座！」

那一群黑衣大漢當中，立有十七人應聲走出來，各人捧著交椅公案，頃刻間在廣庭中央擺設了八副座位。

帥天帆待座位擺好，揮手命人將錦輿抬開，那任風萍已自領了一班爪牙，躬身齊聲道：「請先生上座！」

帥天帆也不答禮，便自昂然坐上了正中的座位，然後微一領首示意。

任風萍又復朗聲道：「請七大門派貴賓上座！」

話聲一落，便見人群中，緩步走出一個老僧、四個道人、兩個老者，順序坐在其餘七副坐

位上。

南宮平等人雖不知這一僧四道兩俗，是否就是七大門派的掌門人，但見他們個個目蘊精

光，步履沉穩，神定氣足，分明也是七大門派中的重要人物。

這一來，止郊門下這四大弟子，俱不禁面面相覷，心中暗忖：「這番恐怕不好應付了！」

南宮平更是焦急萬分，暗忖道：「爹爹他們為何還不來，莫非有什麼變故？……」

正思忖間，帥天帆已朗聲發話道：「不死神龍已死，『止郊山莊』從今以後，自應從武林

中除名，各位以為然否？」

那七大門派之人彷彿是應聲蟲一般，竟齊地點頭道：「是極！是極！」

帥天帆得意地笑了笑，又道：「止郊門下有何話說？」

龍飛睜目大喝道：「就算我『止郊山莊』冰消瓦解，你帥天帆也休想獨霸武林！」環眼中

精光電射，一掃那七大門派之人，厲聲道：「各位難道忘了武林正義了嗎？」

那為首的老僧應道：「施主之言差矣，『止郊山莊』在武林中稱雄已久，這番盛極而衰，

正應讓有德者代之，我等奉掌門之命，到此共推帥天帆先生為武林盟主，望施主們共體大勢，切勿

執迷不悟才好！」

這一番話，只氣得龍飛面色鐵青，虯鬚飄動，拍案大叫道：「放屁！我看你們七大門派還

有什麼臉面立足於武林！」話聲一頓，厲喝道：「止郊門下，還不現身殺賊更待何時！」

喝聲一落，頓聽震天價一陣吶喊，從四方響起，百數十道強烈的孔明燈光，劃夜破空，集

中照射在廣庭之上！

帥天帆冷冷一笑，神色自若的笑道：「區區埋伏本座早已料到，只須一舉手，閣下這百數

十名子弟，便立成野鬼了！」

他話聲一落，陡聽那百數十道孤魂野鬼，瞧閣下能否把我們再變一變！」

妙極！這裡有現成的數十條孤明燈光之中，爆起一聲冷笑，跟著有人接口道：「妙極！

語聲沙啞，南宮平一聽竟是「幽靈群丐」之首，「窮魂」依風的口音，不由心中一喜！

帥天帆冷笑道：「妙極！妙極！本座算定諸位也該來了！」言罷，側顧那七大門派之人，

微一頷首示意。

那少林老僧合掌道：「七大派門下弟子已將此莊包圍，隨時聽候先生下令！」

南宮平聞言，心頭又是一驚，暗忖：「七大派的門下弟子，少說也有數百人之多，若真個

集中於此，則己方縱有『幽靈群丐』相助，也難挽回頹勢……」

看來，這一場力量懸殊的血戰，已勢難倖免，南宮平一面盤算，一面朝龍飛等人連使眼

色，示意準備廝殺。

那一邊，帥天帆已斬釘截鐵地說道：「殺！」

一僧四道兩俗，這七大門派之人應聲起立，各自從懷中取出本門信火旗花，齊地揚手擲向

天空……

「嗤嗤嗤嗤……」一陣藥信引燃之聲爆處，七道顏色不同，形狀各異的火花已沖霄而起，

直升上高空，又復「砰砰」直響，七道火光齊齊爆作七蓬五彩星花，將夜空照耀得如同白晝，絢爛奪目！

南宮平等人霍地長身而起，齊地掠至廳外，「嗆嗆嗆」數聲龍吟。各人已將兵刃撤出……

那百數十道孔明燈光一陣晃動，黑暗中，「咔咔咔咔」之聲如連珠般暴響……

任風萍聞聲變色，匆匆躍至帥天帆身後，低聲道：「此地伏有『諸葛神弩』！」

帥天帆冷然一笑，方自一搖頭，適時空際的七蓬星光已齊齊一閃而滅。

那少林老僧朗宣佛號，道：「任施主萬安，這區區『諸葛神弩』，算不了什麼，我們這信火一滅，彈指之間，此莊便成鬼域了！」

話尚未完，突地七縷烏金光華，電射而至，「奪奪」連聲，竟齊地分插入七大門派之人面前的公案上！

任風萍閃目望去，只見光華斂處，那七張公案之上，赫然都插著一柄烏金匕首，匕首的頂端，刻著一個栩栩欲活，猙獰可怖的魔鬼頭顱！

他乍見之下，不禁失聲呼道：「鬼頭魔令！」

那七大門派之人已各自伸手將匕首拔出，凝目一看，登時臉色俱變，互相看了一眼，霍地一齊朝帥天帆施禮道：「敝派有大事發生，恕我等不克參與盛會，再見！」

話聲一落，也不待帥天帆開口，已自齊地施展身形，破空而起，凌空又復齊聲發話道：

「止郊門下，後會有期！」餘音嬝嬝，七人蹤影俱杳，端的是神速至極。

帥天帆沒料到事情竟發生得這般突然，方自忙得一怔，七大門派之人業已遠去，不由大怒，冷冷哼了一聲，臉上殺機陡地層層湧起……

南宮平等人雖不知其原委，但哪肯錯過時機，當下齊聲大喝道：「子弟朋友們動手！」

陡聽莊門外一聲大喝：「風塵三俠駕到！」

南宮平乍聞之下，不禁心頭大喜，但立即又浮起了一層疑雲，暗怪道：「爹爹他們來到，為何會由帥天帆的人傳報？」

帥天帆臉上的殺機，這時已自轉化作三月春風，側顧任風萍使了個眼色便朗聲道：「快請，本座恭候多時了！」

那任風萍身形一閃，消失在人叢當中，緊跟著便見南宮常恕夫婦和魯遷仙，並肩緩步走進廣庭。

帥天帆離座施禮道：「三位俠駕怎地此時才到，那蕭夢遠呢？」

南宮常恕一抱拳，笑道：「愚夫婦因邀約二弟之故，因而耽擱，先生勿怪，那蕭大俠說要在另一地等候先生，不曾同來。」

帥天帆面上掠過一絲詫色，隨即含笑揖讓南宮常恕三人入座。

南宮常恕坐定之後，又開口道：「今夜大會發展如何？愚夫婦及三弟是否有效勞之處？」

帥天帆神色一整，道：「本來無須麻煩三位，但因七大門派之人臨陣退縮，致使令公子與止郊門下更是昧於大體，本座礙於三位金面，不欲大動干戈，不知三位可否……」乾咳了兩

聲，卻不再開口。

南宮常恕笑道。

南宮常恕笑道：「些須小事，愚夫婦理應效勞，以報先生大德。」

帥天帆喜道：「哪裡！哪裡！大俠言重了，昔日誤會，本座首先謝過！」言罷，抱拳一禮。

南宮常恕還了一禮，隨即掉頭對站在廳堂門前發怔的南宮平喚道：「平兒，過來！」

南宮平雖是一千萬個不願，但心知乃父此舉，必有用意，於是低聲囑咐龍飛等人留神戒備，然後步下庭階，走至雙親座前，跪下行禮道：「平兒叩見大人。」

南宮常恕神情一肅，沉聲道：「帥先生將一統武林，你為何這般不識大禮？」

南宮平垂頭低聲道：「孩兒……」

南宮常恕沉聲喝道：「不准多說，快起來，過去拜見帥先生，然後去與你的朋友敘敘闊契，為父還有話和你的大師兄說。」

南宮平本來打算分辯幾句，及至聽到後面，他乃何等聰明之人，心頭已自恍然，當下低聲應是，站起身來，對帥先生拱手道：「帥先生！」

帥天帆料不到事情如此容易解決，臉上笑容怒綻，連連點頭道：「公子深明大義，本座定然優禮相待。」

南宮平謝了一聲，便自走入人群當中，和葉曼青、狄揚、依露等被帥天帆迷失了本性之人，一一握手問候敘闊……

南宮常恕這才回過頭來，對龍飛道：「賢姪，『止郊山莊』已危如累卵，你們人單勢孤爲

何還不覺悟，聽從帥先生的話？」

龍飛睜圓環眼，高聲道：「伯父乃一代大俠，爲何也說出這種話來，小姪已下決心，寧爲

玉碎，不作瓦全，伯父不必多說！」

南宮常恕正色道：「賢姪一意孤行，難道就不替『止郊山莊』設想？」

龍飛厲聲道：「帥天帆狼子野心，小姪等縱然歸附，『止郊山莊』也難保全，即如伯父來

說，你能擔保日後不爲帥賊所害嗎？」

此言一出，帥天帆神色微微一變。

南宮常恕「哦」了一聲，緩緩轉過頭來，目注帥天帆，道：「不是他提起，在下倒忘了，

敢問先生一統武林之後，愚夫婦及三弟的地位如何？」

帥天帆略一沉吟，笑道：「那時，本座當待各位以貴賓之禮，助大俠恢復昔日基業。」

南宮常恕笑道：「吾家昔日富甲天下，先生能有此力量麼？」

帥天帆道：「本座一統武林之後，將進而一統天下，那時，子女玉帛皆我所有，恢復大俠

昔日基業易如反掌。」

南宮常恕長長「哦」了一聲，道：「原來如此，但適才在途中曾見七大門派之人全體撤

退，這情形似乎對先生一統武林之雄圖大爲不利，不知先生有何善策？」

帥天帆陰森一笑，道：「彼等性命早已在本座掌中，待此間事了，只須舉手之勞，便可令

彼等貼耳臣服。」

南宮常恕道：「敢情彼等性命，已為先生藥物所控制了？」

帥天帆道：「正是如此。」

南宮常恕神色一整，道：「先生此種作法，在下實不敢苟同。」

帥天帆冷冷道：「為什麼？」

南宮常恕正色道：「先生可知道，欲一統武林與天下，必須具備些什麼條件？」

帥天帆目光流轉，徐徐答道：「本座淺陋，望大俠不吝指教！」

南宮常恕沉聲道：「欲一統武林天下，首先必須以德服人，然後掌握人心，取得眾望所歸，方始大事可圖！」

話聲一頓，口氣突轉嚴厲，道：「如今先生所作所為，無一是處，如何能成大事！」

帥天帆勃然變色，推座而起，目注南宮常恕，喝道：「閣下此言是什麼意思？」

南宮常恕哈哈大笑，也自推座而起，朗朗叱道：「我以為先生問鼎中原，自必有過人之處，誰知先生竟是個倚仗藥物，以及利用人性弱點，從中要脅的卑鄙之徒，如此作為，真令我可憐亦復可笑！」

帥天帆氣得面孔鐵青，陰森森地凝注著南宮常恕道：「閣下以為本座如不倚仗藥物，便不能成就大事麼？」

南宮常恕笑道：「正是如此！」

帥天帆嘿嘿冷笑，沉聲喚道：「葉曼青、狄揚、依露，過來聽令！」

葉曼青、狄揚、依露應聲走了過來，齊地躬身道：「先生有何吩咐？」

帥天帆目注三人，語氣如冰地說道：「汝等將南宮常恕人頭繳來，不得有誤！」

葉曼青、狄揚、依露，三人面色呆板，躬身領命，齊地撤出寶劍，齊地身形一展，齊地清叱一聲：「狗賊納命！」

叱聲乍起，三道劍光有如閃電，齊地一閃即歛！

南宮常恕依舊含笑綽立，安然無恙。

帥天帆卻雙手捧胸，臉上充滿了驚駭錯愕與痛苦之色，嘴唇抽搐，卻吐不出半個字來，指縫間，鮮血汨汨流出……

「砰」然一聲，他終於直挺挺的仆倒地上，寂然不動！

這突然的變故，頓令帥天帆的一班爪牙，錯愕失措，一時間，個個呆若木雞，不知如何是好！

南宮平振臂大呼道：「弟兄們動手！」

呼聲才起，忽聽黑暗中傳來任風萍一聲冷笑，立見數十縷淡淡的白氣，骨嘟嘟自地面升起，瞬即彌佈了整個廣庭……

南宮平曾見過這種毒霧，深知厲害，不由大驚失色，慌忙喝道：「這是毒霧，大家快退！」身形一起，躍上半空……

南宮常恕夫婦與魯遷仙以及葉曼青等人睹狀，不由一愣，顧不得誅戮帥天帆的手下，齊地

隨著南宮平躍上空中……

只見白霧滾滾，人影晃動，「止郊山莊」的百數十道孔明燈光照射其上已失去了作用。

眨眼之間，帥天帆的一班爪牙已隱在白霧之中！

南宮平飛落圍牆上面，不禁頓足嘆息道：「可惜！可惜！首惡雖除，卻讓餘孽漏網了！」

陡聽空中一聲哈哈大笑！一條人影飛掠而來，雙手連揚，發出無數藍色火花，仿似正月裡

的花炮一般，飛灑落灑漫廣庭的白霧之中，同時，口中大喝道：「鼠輩還不給我現身出來！」

那濃濃的白霧與藍色火花一觸之下，立時有若滾湯潑雪一般，「嘶嘶」連聲，頃刻便自消

散殆盡！

強烈燈光照耀之下，只見任風萍領著一千爪牙已將退至莊門。

南宮平大喝一聲：「放！」

一陣連珠弩響，登時箭似飛蝗，將莊門堵了個風雨不透，帥天帆的一班手下，當先之人立

時慘叫連天，中箭倒斃了二三十個！

任風萍見勢不妙，把手一揮，竟率了群雄反身撲回廣庭，直向廳堂攻去……

龍飛、古倚虹、石沉三人齊聲怒喝，各揮長劍截住！

圍牆上，南宮平一聲長嘯「葉上秋露」有若經天長虹，飛舞而下，葉曼青、狄揚、依露也

各揮長劍躍下廣庭。

又是一陣喋喋怪笑，「幽靈群丐」在「窮魂」依風率領之下，紛紛現身……

這天下第一莊，登時一片混戰，刀光劍影，縱橫飛舞，血雨四濺，直殺得天昏地暗……

南宮平獨戰「旋風追魂四劍」唐環，連施絕招，大喝一聲，「葉上秋露」寒光閃處，唐環慘叫半聲，一顆斗大頭顱斜飛尋丈，身軀仆地不起！

狄揚、依露雙戰任風萍，兩柄長劍有若交尾游龍兩個盤旋，任風萍已被斬爲三截！

風雨雙鞭、古虹、破雲手、彭烈等人見勢不佳，更覺賣命無益，不約而同，各展救命絕招，打從刀山劍海之中撤身而出，擋開迎頭灑來的箭雨，落荒而逃。

南宮常恕夫婦與魯遷仙在屋頂督陣，眼看他們逃走，也不爲已甚，就此放過。

剩下來的一班爪牙，哪禁得住龍飛等人的一輪狠殺，轉眼之間，屍橫遍地，已然誅戮殆盡！

一切復歸平靜，「止郊」門下與葉曼青等人滿懷著勝利的喜悅，恭請南宮常恕夫婦與魯遷仙下來，簇擁著進入大廳，南宮平這才想起那最後趕來消滅毒霧之人，忙閃目四下一看，原來竟是那昔日門下食客萬達，忙上前致謝道：「多虧大哥及時趕來，才得大功告成，真不知怎生報答你才好！」

萬達笑道：「小事何足掛齒？倒是小弟在途中遇見了梅姑娘，她托我帶了封信給你。」

說時，拿出一封信交與南宮平。

南宮平心頭一震，忙問道：「她到哪裡去了？」

萬達嘆了口氣，道：「她麼，她已隨那『群魔島』的少島主去了！」

南宮平聞言，腦際登時一陣昏眩，吶吶道：「她……她……那是為什麼？」

萬達肅容道：「她真是個了不起的女子，她竟不惜以一己的幸福，換得了七大門派的撤退，平哥兒，她這份恩情，恐怕今生你也難報答得了！」

南宮平這才恍然那七大門派之人，是受了「群魔島」的要脅而撤退，那「群魔島」少島主之所以肯這般相助，自然是以梅吟雪相從為條件的。

他茫然而又昏亂地拆開梅吟雪給他的信，噙著淚水，一字一字的讀著：「……請善視青妹，莫念不祥人，今生已矣，願結來生緣……」

南宮平喃喃道：「……願結來生緣……願結來生緣……」忽地失聲叫道：「不！不！我今生就算踏遍天涯海角，也要尋你回來……」

忽地！一雙纖纖玉手，輕輕地扶住他的雙肩，耳邊只聽一聲嬌喚：「平哥！」

南宮平緩緩轉頭望去，迷濛的眼淚，恰正迎著葉曼青兩道充滿了憐愛的目光……

兩人默默地互相凝視著……

夜幕漸漸揭起，黎明已踏著輕快的腳步降臨大地……

《護花鈴》全書完

古龍精品集 73

護花鈴（下）

作者： 古龍
發行人：陳曉林
出版所：風雲時代出版股份有限公司
地址：10576台北市民生東路五段178號7樓之3
電話：(02) 2756-0949　　傳真：(02) 2765-3799
封面原圖：明人出警圖（原圖為國立故宮博物館典藏）
封面影像處理：風雲編輯小組
執行主編：劉宇青
行銷企劃：林安莉
業務總監：張瑋鳳
出版日期：古龍80週年紀念版2019年1月
ISBN：978-986-5803-03-2

風雲書網：http://www.eastbooks.com.tw
官方部落格：http://eastbooks.pixnet.net/blog
Facebook：http://www.facebook.com/h7560949
E-mail：h7560949@ms15.hinet.net
劃撥帳號：12043291
戶名：風雲時代出版股份有限公司

風雲發行所：33373桃園市龜山區公西村2鄰復興街304巷96號
電話：(03) 318-1378　　傳真：(03) 318-1378
法律顧問：永然法律事務所 李永然律師
　　　　　北辰著作權事務所 蕭雄淋律師

定價：240元　　〔Ⅲ〕**版權所有　翻印必究**

國家圖書館出版品預行編目資料

護花鈴 ／ 古龍著. -- 再版. --臺北市：
風雲時代， 2013.08
　面； 公分
　ISBN: 978-986-5803-03-2（下冊：平裝）
857.9　　　　　　　　　　　　102011133